KB095409

위로보다 월급이 소중한
직장 생활 ②

위로보다
월급이 소중한
직장 생활 ❷

초판 1쇄 발행 2023년 10월 10일

지은이 INJI
펴낸이 이기봉
편집 좋은땅 편집팀
펴낸곳 도서출판 좋은땅
주소 서울특별시 마포구 양화로12길 26 지월드빌딩 (서교동 395-7)
전화 02)374-8616~7
팩스 02)374-8614
이메일 gworldbook@naver.com
홈페이지 www.g-world.co.kr

ISBN 979-11-388-2367-8 (04810)
ISBN 979-11-388-2359-3 (세트)

직장 생활은 정답이 없다

위로보다 월급이 소중한 직장 생활 2

INJI 지음

나와 같은 수많은 미생들에게 진짜 도움이 되는 이야기

당신의 직장 생활이 지옥 같고 힘든 이유는 스스로 회사를 그만두지 못하기 때문이며
그 이유 또한 돈 때문임을 부인할 수 없다는 것이다

좋은땅

목차

Part 3 HR

Part 5 Competence

Part 6 Communication

Part 3

HR

1. 스펙과 신입 사원

• 신입 사원은 숨만 쉬고 있어도 힘들다

신입 사원이 직장 생활을 잘하려면 스펙과 경험 외에 어떤 것들이 더 필요할까? 신입 사원인 당신에게 필요한 정답은 아무도 모른다. 우선 직장 생활을 해 봐야 알 수 있고 실제 직장 생활을 더 해도 모르는 경우도 많다.

많은 사람들은 "평생직장은 없고 평생 직업을 가져야 한다."고 말한다. 하지만 취준생들에게는 지금 당장 원하는 기업에 취업하는 자체가 가장 큰 과제다. 그리고 취준생들은 스스로 무엇을 잘하는지도 모르고 경험과 경력도 부족하다. 단지 취업을 위해 준비한 약간의 스펙만 가지고 있을 뿐이다. 혹시 당신은 취준생들이 평생 직업에 대해 고민하는 모습을 본 적이 있는가? 솔직히 평생 직업이라는 말은 취업한 선배나 직장 생활 경험이 없는 교수들의 이야기다. 취준생들에게 평생 직업에 대한 말은 꿈나라 이야기다. 지금 당장은 내 코가 석 자다.

또한 취준생들이 힘든 또 다른 이유는 많은 기업들이 공채 방식에서 경력직 수시 채용 방식으로 변하고 있다는 사실이다. 개인적으로 경험한 회사도 2021년에 공채 제도를 폐지했다. 특히 기업들은 공채 직원에게 기대하는 장점이 거의 사라졌다고 말한다. 앞으로도 공채만의 특별한 장점이 부각되지 않는 한, 경력직 선호 현상은 더욱 뚜렷해질 것이다. 게다가 경력직은 업무에 즉시 투입이 가능하며 비용 측면에서도 효율적이다. 그래서 굳이 특별한 장점이 없는 공채 제도를 고수할 필요성이 사라졌다. 안타깝게도 공채나 신입을 지원하는 취준생들에게는 경력을 쌓을 기회가 부여되지 않을 것이며, 특별한 자격이나 전문성이 없는 이상 경력직 선호에 의해 취업은 점점 힘들어질 것이다. 슬프게도 취준생들은 "경력이 없으니 취업이 어렵고, 취업이 안 되니 경력을 쌓을 기회조차 없다."고 한탄한다.

그렇다면 스펙이란 무엇일까? 한국에서만 사용된다는 스펙이란 말은 취업을 위한 학력이나 학점, 봉사 활동 등 모든 자격이나 조건을 의미한다. 보통 5대 스펙은 학교, 학점, 토익, 어학 연수, 각종 자격증을 의미하며, 봉사 활동, 인턴 경험, 대외 수상 경력까지 합쳐서 8대 스펙이라고 하며, 외모까지 더해서 9대 스펙이라고 한다. 불행히도 수많은 대학생은 취업을 위한 스펙 경쟁을 대학 입학과 동시에 시작한다. 이미 대학은 학문이 아닌 취업을 위한 도구에 불과해졌다. 또한 스펙은 역량을 나타내는 객관적인 지표이자 취업을 할 수 있는 기회를 만든다. 스펙은 무엇인가를 할 수 있다는 역량을 의미하기도 하지만, 성과나 가치를 만들어 낼 수 있는 기회를 부여받을 수 있는 힘이 된다. 즉, 스펙은 자신의 역량과 성과를 보여 줄 수 있는 기회를 만든다.

물론 스펙이 뛰어나다고 해서 성과가 좋을지 여부는 아무도 모른다. 다만 스펙은 업무를 수행할 역량이 있고 성과가 좋을 것으로 예측되는 근거가 된다. 예를 들면 해외의 어떤 기업과 M&A를 진행하고 모든 계약은 영어로 되어 있다고 가정하면, 영어를 잘하는 사람과 못 하는 사람 중에 누구에게 해외 M&A 관련 업무 기회가 주어질 것으로 생각되는가? 게다가 영어 실력에 M&A에 대한 지식과 경험까지 있다면, 누가 더 해외 M&A 업무에 적합할지는 불 보듯이 뻔하다. 또한 당신이 택시 회사를 운영한다면, 운전자를 채용할 때 20년 운전 경험이 있는 무면허 지원자와 면허는 있지만 20년 동안 운전하지 않은 지원자 중에 누구를 채용하겠는가? 당연히 면허가 있는 지원자다. 면허가 없는 사람은 운전해서는 안 된다. 불법이기 때문이다. 이는 운전 실력은 있어도 운전 자체에 대한 자격이 없는 것이다. 즉, 스펙은 업무를 수행할 수 있는 기회를 만든다. 일단 기회가 있어야 성과를 내고 인정을 받을 수 있고 또 다른 기회가 생긴다. 스펙은 어떠한 일을 할 수 있는 능력과 자격을 의미하며 성장의 기회를 만드는 그릇이다. 그래서 5대 스펙이나 9대 스펙 등 다양한 스펙을 지니고 있을수록 취업이나 성과를 낼 수 있는 기회가 더 많이 생긴다.

많은 기업들은 블라인드 면접, 스펙 태클 면접 등 스펙 외에도 다양한 방법으로 취준생들의 역량을 검증하기 위해 노력한다. 하지만 어떤 취준생들은 스펙은 지원자의 역량을 정확히 평가할 수 없으며 심지어 스펙 자체가 무의미하다고 말한다. 하지만 만약 스펙이 무의미하다면, 당신은 그 의미 없는 스펙을 대신할 특별한 경험이나 역량을 가지고 있는가? 그렇지 않다면 스펙을 비판하기보다는 우선 남들 수준 이상으로 스펙을 쌓을 수 있어야 한다. 준비된 스펙도 없는 막연한 비판은 오히려 공허할 뿐이다. 그렇다면 스펙은 진짜 무의미할까? 당연히 아니다. 우선 당장은 지원하는 회사가 요구하는 스펙이면 충분하다. 그다음은 정성적인 평가이며 다양한 방법을 통해 평가와 검증이 시작된다. 남들보다 특별하거나 전문성 있는 스펙이 아니라면, 최소한 남들 수준의 스펙은 가지고 있어야 취업 경쟁이 가능하다.

취업에서 스펙이 전부는 아니지만 객관성을 입증할 수 있는 중요한 척도다. 만약 회사가 취준생들의 스펙을 안 보면 과연 무엇을 기준으로 지원자를 평가하고 걸러 낼 것인가? 열정? 리더십? 적극성? 사실 이런 정성적인 역량은 지원자 간의 비교도 어렵고 객관성이나 공정성을 확보하기는 더 어렵다. 그래서 기업들은 면접 이전에 스펙을 기준으로 서류 전형을 실시한다. 혹시 당신은 아직도 스펙이 중요하지 않다고 생각하는가? 그렇다면 오히려 되물어 보고 싶다. 만약 당신이 사람을 채용한다면, 무엇을 기준으로 할 것인가?

그렇다면 이렇게 힘들게 입사한 신입 사원은 과연 어느 정도 시간이 지나야 신입 사원에서 벗어날 수 있을까? 6개월이나 1년 등 암묵적인 기준이 있기는 하지만, 보통은 후배가 생기는 경우에 벗어나게 된다. 게다가 신입 사원은 옷차림이나 말투 등 많은 부분에서 티가 난다. 솔직히 그냥 딱 보면 알 수 있다. 대학 신입생이나 갓 자대 배치를 받은 이등병의 모습을 상상하면 이해하기 쉽다. 이처럼 아직은 모든 것이 서툴고 낯설기만 한 신입 사원에게 필요한 역량과 태도는 무엇이 있을까?

첫째, 모르거나 애매한 것이 있으면 반드시 질문하고 확인해야 하며 무엇이라도 배우려고 하는 적극적인 자세가 중요하다. 신입 사원 시절에 모르고 넘어가면 모르는 부분을 계속 반복하게 되고 이러한 모습은 곧 습관이 된다. 나중에는 모르면서 아는 척하는 무능한 직장인이 된다. "좋은 나무는 떡잎부터 알아본다."라는 말처럼, 이런 신입 사원은 이미 누런 떡잎이 되었을지도 모른다. 또한 신입 사원 시절은 실수가 인정되는 시기다. 그리고 누구나 실수를 할 수 있지만, 같은 실수를 반복해서는 안 된다. 배운 것은 잊지 말고 메모하며 하나씩 배우고 개선해야 한다. 그래서 신입 사원 시기는 업무에 대한 기본자세를 배우고 좋은 습관을 만들어야 한다. 보통 입사 3년 차가 되면, 직장 생활에 대한 태도와 업무 방식이 굳어지기 시작하고 그 이후에는 잘 바뀌지 않는다. 그래서 가능한 말랑말랑할 때 잘 배워야 하는 중요한 시기다.

둘째, 직장 생활과 업무는 익숙해지는 데 시간이 필요하다. 특히 일정 기간 상사나 선배의 배려 안에서 배울 수 있는 기회가 있다는 것은 신입 사원만의 특권이다. 그래서 너무 조급해하지 말고 하나씩 차분히 배워 나가야 한다. 만약 신입 사원에 대한 배려 없이 모든 직원을 업무 역량이나 성과 등 객관적 기준으로만 평가한다면, 신입 사원에겐 너무 가혹하고 불행한 일이 된다. 반대로 신입 사원이 자신의 역량과 성과를 나타낼 수 있는 기회를 성급하게 요청하거나, 기본적인 업무 자세보다는 성과나 능력만으로 평가받기를 원한다면 이 또한 불행한 생각이다. 패기는 좋지만 맡은 업무를 제대로 하지도 못하고 책임을 져야 한다면, 직장 생활은 시작부터 힘들어진다. 그리고 어차피 시간이 지나면, 성과나 역량에 대해 평가를 받게 된다. 절대로 피할 수 없다. 또한 회사의 중요한 업무는 경험과 책임을 질 수 있을 때 가능하다. 신입 사원은 아직 업무를 배워 가는 중이며 스스로 책임을 질 수 있는 위치도 아니다. 지금은 구구단을 배울 시간이지, 미적분을 할 수 있는 시간이 아니다. 어차피 시간이 지나면 야근과 스트레스로 인해 충분히 힘들어할 시간이 다가온다. 조급해할 필요가 전혀 없다. 신입 사원 시기는 업무 기초와 좋은 태도를 다지는 소중한 시간임을 잊지 말아야 한다. 어쩌면 직장 생활에서 가장 행복하고 감사한 시간일지도 모른다. 절대로 조급해하지 말고 시간과 마음의 여유를 가져야 한다.

셋째, 상사나 선배들의 듣기 좋은 이야기는 몸과 마음에 기억하고, 듣기 싫은 이야기는 그냥 흘려들어야 한다. "몸에 좋은 약은 입에 쓰다."고 하지만, 실제로 몸에 좋은 약이 아닌 말들도 많고, 굳이 아프지도 않은데 약을 먹을 필요도 없다. 상사나 선배가 싫은 소리를 하더라도 내용은 정확히 이해하되 자신감이나 자존감에 상처받으면 안 된다. 특히 신입 사원 시절은 자신에 대한 긍정적인 마음가짐이 그 어느 때보다 중요한 시기이다. 예를 들어 어떤 선배가 OJT 중에 어느 부서를 가고 싶은지 물어보면서, 당신이 지원하는 팀에는 TO가 없다거나 인원이 꽉 차서 갈 수 없다고 말한다면, 이렇게 말하는 선배는 가까이하지도 말고 그들의 빈말에 상처받지도 말아야 한다. 분명히 그 선배는 회사에서 신뢰와 인정을 받지도 못할 것이며, 상대방을 배려하는 마음이 부족한 이기적인 쓰레기에 불과하다. 솔직히 그냥 당신을 장난 삼아 가지고 논 것에 불과하다. 이런 선배들과는 적당한 거리를 유지하면 된다. 나 또한 신입 사원 시절, 이렇게 말하는 선배들이 많았다. 얼굴은 기억나지 않지만, 왜 그렇게 말했는지 지금은 이해하기에 생각할수록 짜증만 치밀어 오른다. 모든 음식이 몸에 좋은 것도 아니며 먹기 싫은 음식은 먹어도 소화가 잘 안 되는 것처럼, 듣기 싫은 이야기는 걸러서 듣거나 안 듣는 것이 가장 좋다. 오히려 이런 말들은 귀담아들어 봤자 당신만 손해다. 신입 사원 시기는 좋은 이야기만 들어도 그냥 힘들다. 출근해서 숨만 쉬고 있어도 답답하고 힘든 시기이며, 툭 치면 쉽게 죽을 수 있는 연약한 병아리 같은 존재다. 그래서 신입 사원은 항상 자신을 잘 보호하고 지킬 수 있어야 한다.

넷째, 어렵고 힘든 상황일수록 정직하고 솔직해야 한다. 모르는 것은 모른다고 솔직하게 말하고 상사나 선배에게 조언을 구해야 한다. 또한 실수를 했거나 곤란한 상황일수록 사실 관계를 솔직하고 정확하게 말해야 한다. 절대로 실수를 감추려고 하거나 책임을 회피하려고 하면 안 된다. 그리고 상사나 선배들은 당신의 생각과 행동을 항상 주시하고 있다. 그들은 당신의 거짓말이나 핑계를 다 알고 있다. 앞서 말했듯이, 신입 사원 시절은 실수가 어느 정도 용납되는 시기다. 하지만 마치 10년 이상 직장 생활을 한 사람처럼 이런저런 핑계를 대며 책임을 피하려고 해서는 절대 안 된다. 신입 사원만의 패기와 자신감, 정직함과 순수함이 있어야 한다. 실제로 신입 사원의 위기는 실수가 아닌 정직하지 못함에서 나온다는 것을 잊지 말아야 한다. 게다가 거짓말은 직장 생활에 너무 치명적이다.

다섯째, 출퇴근 등의 근태나 복장 예절은 생각보다 중요하다. 출퇴근 시간을 지키는 것은 신입 사원에게는 생명과도 같다. 성실성을 보여 줄 수 있는 가장 확실한 방법이다. 그래서 신입 사원 시절에는 개인적인 저녁 약속을 최소한으로 하는 것이 바람직하다. 그리고 팀 회식 이후 늦게 출근해서도 안 된다. 회식 때 과음한 후 다음 날 선배들의 일찍 출근하는 모습을 본다면, 당신은 '직장 생활은 정신력'이라는 말을 실감하게 될 것이다. 몸이 피곤한 것과 출근하는 것은 다른 것이다.

또한 복장은 정장 스타일에 가까울수록 바람직하다. TPO에 맞게 복장을 연출할 수 있어야 하며 자신의 스타일과도 잘 어울려야 한다. 복장은 분명한 전략이며 업무와 직장 생활에 대한 마음가짐을 나타낸다. 예를 들어 의사가 가운을 입고 있으면 의사로서 행동하게 되지만, 의사가 예비군복을 입으면 군기 빠진 예비군처럼 행동한다. 사실 예비군복을 입고서 의사처럼 행동하는 것이 더 이상하기는 하다.

여섯째, 취업이 확정되었다면, 직장 생활에 대한 사전 학습은 어느 정도 필요하다. 물론 입사해서 출근하면 자연스럽게 알게 된다. 하지만 직장에서 사용하는 오피스 활용 능력이나 품의나 결재, 보고, 직급과 호칭, 전화 예절, 비즈니스 매너 등 기본적인 회사 언어와 행동에 대해 미리 학습하면 어처구니 없는 시행착오를 줄일 수 있다. 즉, 센스와 기본이 되어 있는 신입 사원으로 인식될 가능성이 높아진다. 소개팅에서 첫인상이 중요하듯, 직장 생활도 첫 이미지가 중요하다. 그래서 가능하면 취업한 선배나 다른 직장 선배들에게 미리 물어보고 배워야 한다. 게다가 회사는 대부분 비슷한 언어를 사용한다. 마치 영어 단어를 암기하듯이, 회사 언어를 미리 숙지하는 것도 바람직하다. 마치 선행 학습이나 예습이라고 생각하면 이해하기 쉽다.

마지막으로 모든 사람들에게 친절해야 하며 웃는 모습으로 인사하는 습관을 가져야 한다. 사실 친절함이나 인사 습관은 평소 생활 태도에서 나온다. 인위적으로 연습을 한다고 해서 바로 좋아지는 것도 아니다. 하지만 친절함이나 인사성이 부족하다면 연습을 통해서라도 반드시 개선되어야 한다. 개인적으로 무뚝뚝하고 인사성 없는 후배가 좋은 평판을 가지고 있는 경우를 본 적이 없다. 또한 험담이나 뒷담화는 하지도 듣지도 말아야 한다. 경쟁이라는 이름하에 상대방을 험담하거나 불친절한 직장인이 의외로 많다. 하지만 신입 사원은 달라야 한다. 아직 때 묻지 않은 순수하고 예의 바른 모습이 있어야 한다. 시간이 지나면 어차피 지저분해지고 순수함이 사라지더라도 말이다.

이렇게 입사하기도 힘들지만 직장인이 되어 가는 것은 많은 것들이 필요하고 고통스럽다. 이미 익숙해진 직장 선배들을 보면 대단하다고 생각할 수도 있다. 하지만 크게 걱정하지 않아도 된다. 시간이 지나면 월급이 나오듯이 자연스럽게 당신도 회사에 어울리는 직장인이 될 것이다.

의외로 중요한 역량, '키와 외모'

이 이야기는 키 작은 사람을 비하하고자 하는 것이 절대 아니다.

기획과장 시절, 신입 사원이나 다른 부서에서 기획 인원을 뽑을 때 나만의 확실한 기준이 있었다. 솔직히 누가 알려 준 것도 아니고 그동안의 직장 생활 경험에서 느낀 것이다.

다른 본사 부서들은 출신 학교나 전공, 개인 성향을 기준으로 인원을 선발했지만, 나는 키와 외모를 최우선으로 확인했고 출신 학교나 전공은 크게 고려하지 않았다. 그 이유는 업무나 태도는 가르칠 수 있지만, 자신감과 표현력은 가르칠 수가 없었기 때문이다. 이 부분은 입사 전에 이미 형성되어 있는 것이라고 생각했다. 그리고 기준에 적합한 몇 명의 대상 인원을 선정하면, 부서의 고참 대리들에게 직접 가서 키와 외모, 매력이나 자신감이 실제로 있는지 확인하고 인터뷰를 시켰다. 그렇게 최종 인원이 선정되면, 그 친구를 인터뷰했던 고참 대리를 멘토가 되도록 정했다. 이렇게 하면 고참 대리는 자신이 직접 인터뷰하고 추천해서 데리고 온 직원인 만큼 누구보다 책임감 있게 가르쳤고 결과도 양호했다.

헨리 민츠버그의 『이것이 경영이다』라는 책에는 성공적인 경영을 위한 기본 자질 종합 목록이라는 내용이 있다. 그 자질 목록에는 '키가 큰'이라는 항목이 있으며, 키나 외모가 분명한 영향력을 가지고 있다는 사실을 의미한다. 다행히 사람을 보는 나만의 기준이 단순한 선입견이나 틀린 것만은 아니었다.

외모는 확실한 매력이자 경쟁력

키, 외모, 금전 등은 모두 중요한 능력이자 확실한 경쟁력이며 이성을 끌어 당기는 매력 포인트가 되기도 한다.

영업팀장 시절, 언제인지 기억은 안 나지만 부서 여직원들에게 배우자 선택 기준에 대한 질문을 했다. "만약 키가 160cm의 정우성과 180cm의 옥동자 중 배우자를 선택한다면, 누구를 선택하겠는가? 그리고 재벌인 옥동자와 가난한 정우성 중 누구를 선택하겠는가? 당신은 키가 165cm이며 연봉은 6천이고 재산은 10억이 있다고 가정하자."

질문을 받은 여직원들은 모두 심각하게 고민했고 쉽게 선택하지 못했다. 최종 선택과 의견은 사람마다 달랐다. 보통 금수저 혹은 돈이 가장 중요하다고 생각하겠지만, 실제로 키나 외모도 돈만큼 중요한 매력이자 경쟁력이었다. 솔직히 인정하기는 싫지만 사실처럼 느껴졌다.

그렇다면 당신은 누구를 선택하겠는가? 이런 종류의 밸런스 게임은 사람을 늘 고민하게 한다.

신입 사원인 당신, 분명히 잘할 것이고 잘될 것이다

보통 신입 사원은 입사 3개월 내에 50%가 퇴직 여부를 결정한다. 입사한 지 1년 이내에 20% 정도가 퇴사하고 5년 이내에 30% 정도가 추가 퇴사한다. 그리고 5년이 지나면 입사 동기 중 50% 정도만 남게 된다. 이는 개인적인 경험이며 생각보다 꽤 많은 숫자다. 이러한 트렌드는 앞으로도 계속 높아질 것이다. 그렇다면 신입 사원들은 왜 퇴사를 선택했을까? 그들은 더 좋은 조건의 회사로 이직을 하거나 상사나 선배와의 충돌 혹은 비전이 없는 회사 등 다양한 이유로 회사를 떠난다. 핑계 없는 무덤이 없듯이, 모든 퇴사에는 다 나름의 이유가 있다. 파랑새도 이유 중에 하나다.

개인적으로 이 땅의 모든 신입 사원들에게 해 주고 싶은 이야기가 있다.

첫째, 너무 잦은 이직은 독이 된다. 물론 누구나 퇴직이나 이직을 신중히 결정하겠지만, 최소한 커리어를 위해서라도 3년 이상은 한 회사에서 근무하는 것이 바람직하다. 그 이후에 퇴직이나 이직을 해도 늦지 않다. 오히려 성급할수록 손해다. 그리고 어쩌면 당신은 파랑새를 꿈꾸는 참새일지도 모른다.

둘째, 당신은 누구보다 소중한 사람이지만, 아직 회사에서는 당신의 생각만큼 소중한 존재는 아니다. 그렇지만 앞으로 소중한 존재가 될 중요한 사람이다. 그래서 현재 상황에 너무 힘들어하지 말고 조금 더 멀리 내다보는 눈과 참을성을 키워야 한다. 직장 생활은 커리어나 역량도 중요하지만 참을성도 중요한 실력이다. 세상엔 태어나자마자 날 수 있는 새는 존재하지 않는다. 그리고 주변의 상사나 선배들은 당신과 같은 힘든 시간을 견딘 사람들임을 기억하자. 힘들면 상사에게 마음과 손을 내밀어야지, 성급하게 사표를 먼저 내밀지는 말자.

셋째, 아직은 직장 생활이 서툴지만 금방 익숙해진다. 그리고 직장 생활에 대한 두려움이나 걱정의 90% 이상은 쓸모가 없었음을 깨닫게 될 것이다. 그러니 걱정할 필요가 전혀 없다. 분명히 시간이 흐르면서 당신의 생각과 태도가 회사에 맞게 변화되고 맞추어질 것이다. 지금 당장 힘들다고 해서 스스로 회사에 어울리지 않는 사람이라고 생각하면 안 된다. 미래에 대해 너무 불안해하지도 말고 조급하게 생각하지도 말아야 한다. 어차피 시간이 지나면 누구나 잘할 수 있는 것이 직장 생활이다.

넷째, 당신만의 경험과 지식, 스펙 등 모든 것이 무조건 옳다는 생각은 한 번 더 고민해 봐야 한다. 물론 지금은 맞을 수도 있지만, 업무, 시간, 사람, 상황에 따라 정답이 달라지기도 한다. 항상 역지사지의 자세로 업무나 사람을 이해하고 배려하며 생활해야 한다. 직장 생활의 정답은 혼자가 아닌 상사나 선배, 주변 사람들과 함께 찾아가는 것이다. 특히 모난 돌이나 독불장군은 어디에서도 환영받지 못한다. 게다가 당신은 직장 생활을 갓 시작한 신입 사원이다. 아직은 회사에 미숙하고 약자일 수 있지만, 시간이 지나면 금방 익숙해지고 상황이나 포지션이 달라진다. 조금은 길게 바라보고 동료들과 경쟁하기보다는 함께한다고 생각해야 한다. 그래야 즐겁고 행복한 직장 생활이 될 수 있다.

출근했던 첫날의 기대와 설렘, 두려움과 불안으로 가득했던 신입 사원 시절, 나는 이런 말들을 누군가로부터 들었어야 했다. 특히 네 번째 이야기는 가슴에 새겼어야 했다. 하지만 어느 누구도 이렇게 이야기를 해 준 사람이 없었다. 항상 질책과 지적, 험담과 뒷담화가 가득한 생활의 연속이었다. 그리고 어느덧 익숙해져 가는 직장 생활, 신입 사원의 초심은 열정과 패기를 의미하지만, 직장 생활이 길어질수록 자신에게 실망하고 힘들어 하는 모습을 목격하게 된다. 만약 다시 신입 사원으로 돌아갈 수 있다면, 나에게 꼭 이렇게 말해 주고 싶다. "직장 생활에 대해 너무 걱정하지 마. 너는 분명히 잘할 것이고 잘될 거니까."

2. 채용

• 회사의 미래가 사람이라면, HR의 핵심은 채용이다

과연 회사는 당신을 어떻게 바라볼까? 당신은 회사의 비용일까? 자산일까?

수많은 책에서 기업은 사람이 가장 중요한 자산이자 핵심 경쟁력이라고 강조한다. 물론 심정적으로는 동의한다. 하지만 현실은 사람을 비용으로 생각하는 경우가 더 많다. 회사는 핵심 인재만이 자산이며 대부분의 직장인은 비용이자 정리 대상으로 생각하기도 한다. 그리고 오너가 아닌 이상, CEO도 월급을 많이 받는 직장인에 불과하다. 그래서 CEO는 회사의 실적 부진이나 위기 상황에서 자신의 안위를 위해 명예퇴직이나 희망퇴직을 실행하기도 한다. 솔직히 이 과정에 회사의 미래를 위한 전략이나 대의는 없으며, 직장인은 자신이 회사의 소중한 자산이나 미래가 아닌 비용이었음을 확인하게 된다.

또한 MZ세대 직장인들이 많이 하는 이야기 중 "월급 받은 만큼만 일하고 싶다."라는 말은 직원을 비용으로 바라보는 회사에 대한 기대 없음과 자신의 노동력에 대한 정당한 월급만 주어진다면 그걸로 충분하며, 로열티나 애사심 같은 말들은 더 이상 의미가 없다고 생각한다. 그들은 이미 오월동주의 관계가 되었다. 그리고 이제는 회사보다 자신의 성공이 더 중요하고 커리어와 역량을 키우며 워라밸을 추구하는 것이 당연한 시대가 되었다.

그렇다면 HR에서 가장 중요한 영역은 무엇일까? HR은 사람을 채용하고 이동과 평가, 승진과 교육, 퇴직 등 인적 자원에 대한 전 과정을 의미한다. 그리고 회사의 미래가 사람이라면, HR의 핵심은 채용이다. 물론 이동, 평가, 승진, 교육 등의 영역도 중요하다. 하지만 성과를 내며 미래를 이끌어 갈 역량 있는 인재를 채용하는 것이 무엇보다 중요하다. 이제 채용은 회사의 단순한 기능이 아니라 분명한 역량이다. 그러나 대부분의 기업은 사람을 비용으로 생각하거나 갑의 마인드로 채용을 진행한다. 그러면서도 우수한 인재를 채용하기 위해 사람은 가장 중요한 자산이자 회사의 미래라고 강조한다. 야구 판의 "150km 빠른 공을 던지는 왼손 투수는 지옥에 가서라도 데리고 와야 한다."라는 말처럼, 진정한 채용은 인재를 알아보는 눈과 인재가 어디에 있는지 직접 확인하고 모시고 오는 과정이다.

하지만 현실의 채용은 단순히 모집 공고를 내면 취준생들이 지원하고, 그 지원한 사람 안에서 그나마 가장 우수한 사람을 선발하는 과정에 불과하다. 사실 회사에 필요한 인재를 찾아 적극적인 채용을 해야 하지만, 현실은 지원자 중에 가장 우수한 사람을 뽑는 수동적 채용이 대부분이다. 그래서 기업의 규모나 이미지에 따라 지원자의 수준이 달라진다. 게다가 과거에는 공채 중심의 채용 방식으로, 경험이나 역량이 부족해도 기업에서 교육과 실무 경험을 통해 역량을 향상시키고 회사와 직원은 함께 성장해 간다는 사고가 지배적이었다. 그리고 공채를 통해 입사한 직원은 애사심이나 로열티가 높다고 생각했다. 하지만 이제는 경력직 수시 채용 방식이 대세이며, 회사도 직원에게 애사심이나 로열티를 크게 기대하지 않는다. 공채 방식의 인재와 경력직 수시 채용 방식의 인재 사이에 애사심과 로열티는 상관관계가 없다는 것이 이미 확인되었고, 경력직 수시 채용 방식이 인력 운영과 성과나 비용 측면에서도 훨씬 효율적이다.

또한 구글은 "교육보다 채용이 더 중요하며, 좋은 대학 중상위권으로 졸업한 인재보다는 중위권 대학을 수석으로 졸업한 직원이 훨씬 도전적이고 성과 중심적이며, 대학을 졸업한 지 2~3년이 지나면 학교 성적과 성과는 무관하다."고 하면서 스펙보다는 역량과 경험 중심의 채용을 강조한다. 게다가 스펙은 입사할 때 영향력을 발휘하지만, 입사 후에는 경험과 역량이 성과를 좌우한다. 그래서 스펙은 입사를 위한 기본적인 수준이면 충분하다. 스펙은 입사나 업무에 대한 기회를 만들 뿐, 성과를 보장하지는 않는다.

특히 요즘의 채용 방식이나 과정이 점점 다양하고 복잡해진다는 의미는 채용이 그만큼 중요해지고 있다는 반증이다. 이제는 무슨 수를 써서라도 지원자의 실질적인 역량을 검증할 수 있어야 한다. 어쩌면 『드래곤볼』의 스카우터가 필요한지도 모르겠다. 회사의 성과는 경험과 역량에서 나오며 교육보다는 역량 있는 인재를 채용하는 것이 훨씬 효과적이다. 회사에 필요한 핵심 인재는 채용을 통해 만들고 확보될 수 있다. 그리고 인재가 인재를 알아보며 키울 줄 안다. 그래서 회사는 핵심 인재를 채용 과정에 적극 관여시키고 활용해야 한다.

인재는 인재가 키운다

글로벌 전략 컨설팅 회사와 함께 일하면서 들었던 이야기다.

회사의 A라는 컨설턴트는 항상 클라이언트의 만족도가 높았고 성과도 뛰어났다고 한다. 회사는 A가 다른 컨설턴트와 비교해서 무엇이 다른지 분석하고 벤치마킹을 할 수 있도록 분석 내용을 공유했다. 하지만 의외로 성과는 기대 이하였다. 그래서 회사는 고민 끝에 A를 글로벌 인재 개발 팀장으로 이동시켰다. 결과적으로 모든 컨설턴트의 역량과 성과가 향상되었다고 한다.

개인적으로 이런 모습이 가능성 있는 인재를 채용하고 성장시키기 위한 정답이라고 생각한다. 회사는 A를 인재 개발 팀장으로 이동시키면서 "지금 회사는 당신과 같은 우수한 인재를 많이 필요로 합니다. 인재를 직접 채용하고 교육을 통해 당신과 같은 역량 있는 인재를 많이 만들어 달라!"고 부탁했다고 한다. 그렇다면 이 말을 들은 A의 마음은 어땠을까? 솔직히 인재를 정확히 알아보고 인사 이동을 시킨 컨설팅 회사가 마냥 부러웠다.

인재는 인재가 키운다. 뛰어난 인재는 역량 있는 인재를 금방 알아보고 잘 키울 수 있다. 그래서 회사는 가장 뛰어난 인재를 인재 개발팀에 배치해서 성장시켜야 한다. 그리고 채용은 인사팀이나 채용팀이 아닌 인재 개발팀에서 채용과 교육을 통합해서 진행해야 한다. 업무나 기능의 효율성보다는 역량 자체가 중심이 되어야 한다. 하지만 인재에 목마르다는 회사가 인재 개발에 신경 쓰지 않거나, 가장 뛰어난 사람이 인재 개발 팀장이 아니라는 사실은 회사가 사람을 비용으로 생각한다는 반증이며, 누구나 할 수 있는 일을 하는 그저 그런 회사라고 자인하는 것이다. 사람이 미래라면 회사의 미래는 안타까울 뿐이다.

"여기 자신보다 더 우수한 사람을 부하 직원으로 삼아 목적을 달성하는 방법을 아는 한 인간이 누워 있다."라는 카네기 묘비명의 말처럼, 역량 있는 인재를 채용하고 성장시키기 위해서는 무엇보다 인재를 알아보는 눈과 인재에게 인정과 신뢰, 성과를 낼 수 있는 기회를 부여할 수 있는 현명함과 용기가 필요하다. 그렇다면 지금 당신 회사의 인재 개발 팀장은 어떤 사람인가?

3. 면접

• 면접은 자신감과 솔직함이 정답이다

요즘 취업은 '하늘의 별 따기'라고 말한다. 이미 대기업 취업 경쟁률은 100 대 1이 넘는 경우가 많고, 수많은 취준생들은 지금 이 시간에도 스펙과 경험을 쌓는 데 집중하고 있다. 취준생은 취업 전쟁을 하고 기업은 인재 전쟁을 하고 있다. 하지만 취업을 원하는 사람은 이렇게 많은데 역량 있고 창의적 인재는 턱없이 부족하다고 말하는 기업을 보면 아이러니하다. 그래서 답도 없는 취업 준비 시장이 계속 커지고 있는지도 모른다.

취업은 무엇보다 스펙이 중요하다. 취준생들은 5대 스펙과 9대 스펙 그리고 다양한 경험을 쌓는 데 열심이다. 하지만 기업 입장에서의 채용은 지원자의 스펙보다 더 중요한 것이 면접이다. 보통 스펙을 확인하는 서류 전형 등 면접 이전의 과정은 스펙이나 자격이 부족한 지원자를 걸러 내는 것이며, 면접은 이미 한 번 걸러진 지원자 중에 가장 역량 있고 회사에 적합한 지원자를 선발하는 과정이다. 그래서 서류 전형이 취준생들의 스펙을 확인하고 지원자를 지워 나가는 과정이라면, 면접은 지원자의 경험과 역량을 확인하고 선택하는 과정이다. 그리고 성과는 개인의 강점과 장점, 경험과 팀워크에서 나오며, 이를 확인하기 위한 면접의 중요성이 그 어느 때보다 강조되고 있다. 게다가 대기업의 면접 경쟁률은 10 대 1을 넘는 경우가 대부분이며, 서류 전형까지 합치면 100 대 1을 넘는 경우도 많다. 지금 시대의 취업 경쟁은 그 어느 때보다 치열하다.

면접이란 서로 대면하여 대화를 통해 인품과 태도, 경험과 역량 등을 평가하는 것을 의미한다. 보통 일반적인 채용 과정은 입사원서를 접수하면 서류 전형, 인적성 검사, 각종 시험, 면접의 순서로 진행된다. 그리고 건강 검진을 통해 최종 합격 여부가 결정된다. 우선 회사를 입사하기 위해서는 지원자가 취업하고 싶다는 의사를 회사에 표현해야 한다. 즉, 입사원서를 써야 한다. 입사원서에는 스펙과 경험, 자기소개 등이 포함되며 이 외에도 별도의 인적성 검사나 각종 시험을 통과해야 한다. 하지만 현실은 이 과정을 통과하기조차 힘들다. 그래서 어떤 취준생들은 "제발 한 번만 면접이라도 보는 것이 소원."이라고 말하기도 한다. 우선 이 과정을 통과해야 실무 팀장 면접이나 임원 면접을 볼 수 있는 기회가 주어진다.

세상은 계속 발전하고 AI나 각종 시스템으로 객관성과 공정성을 확보할 수 있음에도 불구하고, 왜 기업은 면담 형식의 면접을 계속 고수할까? 사실 기업은 회사에 가장 적합하고 역량 있는 인재를 채용하는 데 있어 면접 이전의 과정만으로는 한계가 있고 정확한 평가도 어렵다고 생각한다. 즉, AI나 시스템만으로는 객관적인 스펙은 확인이 가능하나 지원자의 정성적인 역량을 정확히 평가할 수가 없다. 특히 지원자의 적극성, 열정, 도전 의식, 리더십, 책임감 등 정성적인 역량에 대한 평가는 거의 불가능하다. 그렇다면 면접을 통해 지원자의 정성적인 역량을 객관적이고 공정하게 평가하는 것은 가능할까? 물론 얼마 안 되는 면접 시간으로 지원자의 역량을 정확히 평가하는 것은 거의 불가능하고 객관적이지도 않다. 그래서 집단 토론 면접, PT 면접, 실무 팀장 면접, 외국어 면접, 임원면접 등 다양한 면접 방식을 사용한다. 하지만 그 어떤 방법도 객관성과 공정성을 담보하기는 어렵다. 그럼에도 기업은 무슨 방법을 써서라도 지원자의 정성적인 역량을 검증해야만 한다. 그래서 HR에서 채용이 가장 중요하다면, 채용 과정에서는 면접이 가장 중요하다. 회사의 미래는 지원자의 정성적인 역량을 평가하는 면접에 달려 있는지도 모른다.

그렇다면 성공적인 면접을 위해서는 어떻게 준비해야 하는가?

첫째, 자신의 진짜 경험과 사실만을 바탕으로 말해야 한다. 절대로 다른 사람의 경험이 자기화되어서는 안 된다. 남들에게 들은 이야기를 마치 자신이 실제로 경험한 것처럼 말하는 지원자가 의외로 많다. 하지만 절대 거짓말을 해서는 안 된다. 면접은 당신의 역량과 경험, 태도를 확인하기 위함이다. 그래서 모르는 것을 아는 척하지도 말고, 아는 것은 솔직하고 정확하게 말해야 한다. 당연히 진짜 경험만을 바탕으로 해야 답변도 자신감 있게 할 수 있다. 게다가 면접관들은 지원자의 거짓말을 쉽게 검증할 수 있는 능력자들이다. 또한 면접은 사람과의 대화이며 정답이 정해져 있는 수학 시험이 아니다. 면접관이 아무리 편안한 분위기를 조성한다고 해도 편안함을 느끼기 어려울 정도로 불편하며, 갑과 을의 관계가 명확한 대화 방식이 면접이다. 그리고 질문에 대한 답변은 보고와 같이 두괄식으로 자신감 있고 간단명료하게 해야 한다. 이를 위해서라도 답변하는 경험이 거짓이어서는 안 된다. 이제는 제발 군대에서 지뢰를 밟았다는 이야기는 더 이상 하지 말자.

둘째, 자신의 장단점을 정확히 이해하고 자신감 있게 표현할 수 있어야 한다. 면접은 서류 전형에 합격한 지원자 중에 가장 역량 있고 회사에 적합한 사람을 선택하는 과정이다. 그래서 최소한 자신이 쓴 자기소개나 장단점, 스펙과 경험 등에 대해 정확히 기억하고 역량과 장점을 자신감 있게 어필할 수 있어야 한다. 솔직히 달변이 아니어도 상관없다. 그러나 실제 면접을 해 보면, 자신이 직접 쓴 자기소개서나 경험과 장단점조차 어떻게 썼는지 기억을 못 하는 지원자가 의외로 많다. 이는 준비가 안 되었거나 취업이 간절하지 않기 때문이다. 쉽게 말하면 기본이 안 된 것이다. 면접은 완벽한 사람을 선택하는 것이 아니라, 기본과 자신감이 있고 신뢰가 가는 지원자를 선택하는 것임을 기억해야 한다.

셋째, 예측하지 못한 질문에는 당황하지 말고 차분하고 솔직하게 대응

할 수 있어야 한다. 면접에 정답은 없다. 면접은 지원자의 역량과 성격, 태도를 보는 것이다. 그래서 모르는 내용이나 예측하지 못한 질문에 당황할 필요가 없다. 당황하면 오히려 자신감만 없어 보인다. 물론 적당한 긴장은 필요하지만, 너무 많은 긴장은 독이 되며 자칫하면 뇌 정지가 온다. 흥분하지 말고 차분하게 잘 모르겠으면 모른다고 솔직히 답변하고, 질문이 이해 가지 않으면 다시 묻고 재확인하면 된다. 게다가 답변 중 실수하는 것도 상관없다. 누구나 실수를 한다. 하지만 그 실수를 넘어가는 당신의 솔직한 태도와 자신감이 중요하다. 이는 압박 면접을 극복하는 힘이기도 하다. 이런 상황을 극복하기 위해서는 실전과 같은 모의 면접이 필요하며 연습을 통해 개선이 가능하다. 솔직히 더 좋은 평가는 아니어도 정확한 평가는 받아야 하지 않을까?

넷째, 외모는 깨끗하고 단정해야 한다. 옷차림과 스타일도 분명한 전략이며 몸매와 건강 관리도 중요하다. 특히 지원자는 절대로 피곤해 보이거나 찌들어 보이면 안 된다. 최소한 면접 전날은 과음도 피해야 한다. 무엇보다 자기 관리에 철저한 지원자로 보여야 한다. 뚱뚱하면 다이어트를 해야 하고, 건강하지 않다면 운동을 꾸준히 해야 한다. 면접은 당신이라는 상품을 회사에 어필하는 것이며, 회사는 당신의 가치를 평가하고 구매하는 것이다. 만약 당신이 백화점에서 옷을 구매한다고 하면, 누군가가 입었던 옷이나 오래되어 보이는 옷은 가급적 피하고 아무도 입어 보지 않은 깨끗한 옷을 구매하려고 할 것이다. 마찬가지로 면접은 회사가 당신을 구매하는 과정이다. 면접은 당신의 장점과 역량, 자기 자신을 어필하는 것이다. 장점은 스펙이나 경험도 중요하지만, 옷차림이나 건강, 외모적인 매력도 그 못지않게 중요하다. 솔직히 보기 좋은 떡이 먹기도 좋고 실제로 맛도 좋은 경우가 더 많다. 그래서 마치 오늘 데뷔하는 연예인처럼, 오전에 미용실에 가서 면접을 준비하는 지원자도 생각보다 많다. 그렇다면 면접을 이렇게까지 준비해야 할까? 솔직히 할 수만 있다면 해야 한다.

다섯째, 지원하는 회사에 대해 미리 공부를 해야 한다. 아무리 가벼운 소개팅도 상대방의 이름, 전화 번호, 사진을 받고 먼저 확인을 한다. 그렇게 적을 알고 나를 알면 백전백승이다. 그리고 자신에 대해 정확히 이해하고 자신감이 있다면, 그다음은 지원하는 회사에 대해 이해해야 한다. 회사의 기본적인 재무제표나 회사 소개와 비전에 대해 기억하고, 앱이 있다면 직접 사용해 보거나 뉴스 기사를 읽고 회사의 이슈를 사전에 공부하면 도움이 된다. 또한 지원하는 회사에 친구나 선배가 있다면, 미리 만나서 회사에 대한 정보를 알아보는 것도 좋은 방법이다. 면접은 면접관과 지원자의 기 싸움이며, 면접이 전쟁이라면 당신은 수많은 전쟁 경험을 가진 기업의 대표 장수와 겨루는 것이다. 할 수 있는 것을 철저하게 준비하지 않으면 백전백패가 확실하다. 우선은 지금 당장 할 수 있는 준비에 최선을 다해야 한다.

여섯째, 실전 같은 연습도 중요하다. 학원이나 취업 동아리를 통해 모의 면접을 많이 해 봐야 한다. 물론 연습을 실전처럼 해야지, 실전을 연습처럼 해서는 안 된다. 연습을 통해 자신감 있고 솔직한 자세를 몸에 체화시켜야 한다. 실제로 솔직하고 자신감이 있으면 베스트다. 또한 두괄식과 단답식으로 답변하는 연습도 필요하며, 자신의 경험과 역량을 스토리 있게 답변할 수도 있어야 한다. 스토리는 부족한 역량도 있어 보이게 만들어 준다. 게다가 답변이 진짜 당신의 이야기라면, 경험의 의미 부여 과정을 통해 충분히 스토리를 만들 수 있다. 하지만 경험에 대한 의미 부여 과정이 없었다면, 경험 자체도 기억이 잘 안 나거나 단편적으로만 답변하게 된다. 오히려 진짜 경험이 거짓말로 오해받기도 한다. 우리는 과대평가를 받을 수 있는 면접이 되기를 희망하지만, 최소한 과소평가를 받아서는 안 된다. 스스로 80점이면 90점은 몰라도 확실히 80점은 받아야 하지 않을까?

면접은 자신감과 솔직함이 정답이다. 이를 바탕으로 역량과 경험이 없어도 있어 보일 수 있도록, 있다면 확실한 어필이 될 수 있도록 준비해야 한다. 혹시라도 "당신을 오랫동안 지켜보면 알 수 있다거나 열정과 책임감이 누구보다 뛰어나다."라는 식의 답변은 비교나 검증이 불가능하며 실제 면접에서는 아무런 의미도 없다. 자기 자신을 솔직하고 자신감 있게 어필할 수 있는 능력이야말로 면접에서 가장 중요한 핵심임을 반드시 기억해야 한다.

개인적인 면접 이야기

개인적으로는 2000년에 직장 생활을 시작했다. 그 당시 입사 경쟁률도 100 대 1이 넘었다고 한다. 다음은 서류 전형과 실무 팀장 면접을 통과하고 최종 임원 면접을 볼 때의 실제 이야기다. 아직도 그 기억이 눈에 선하다.

최종 임원 면접에는 면접관 3명, 나를 포함한 지원자 3명이 각각 테이블 맞은편에 앉았다. 그리고 나는 3명의 지원자 중 가운데에 앉았다. 면접관은 한 명씩 자기소개부터 시켰다. 약 1분 정도의 자기소개가 끝나자, 면접관은 "지금부터 간단한 질문을 몇 가지 할 테니, 생각나는 사람부터 먼저 대답하세요."라고 말했다. 첫 번째 질문은 "12 곱하기 12는 얼마일까요?"였다. 나는 가장 먼저 144라고 답변했다. 그다음 질문은 "1/2 나누기 1/2은 얼마일까요?"라고 물었다. 옆에 있는 지원자가 긴장을 했는지 "1/4입니다!"라고 말했고, 나는 1초 정도가 지나서 "1입니다!"라고 말했다. 그리고 나서 개인 관련 질문들이 이어졌다. 특히 나에 대해 기억나는 질문은 "군대를 방위로 나왔는데, 방위와 공익 근무 요원과의 차이는 무엇인가?"였다. 나는 차분하고 자신감 있게 "방위와 공익 근무 요원은 똑같이 18개월을 근무하지만, 방위는 국방부 소속의 상병 제대이며 공익 근무 요원은 내무부 소속의 이병 제대입니다!"라고 말했다.

얼마 후 최종 합격 통보를 받았고 지옥 같은 직장 생활이 시작되었다. 그러나 1/4이라고 대답한 지원자는 보이지 않았다.

면접관을 하기 싫어했던 이유

팀장 시절, 언제부턴가 인사팀에서 면접 가능 여부와 일정을 물어보면 무조건 피하고 도망 다녔다.

그러던 어느 날, 상사였던 A 상무가 "너는 왜 신입 사원 면접을 보러 가지 않지?"라고 물었다. "저는 면접을 볼 때마다 지원자의 경직된 모습과 간절함이 불편하고 싫어요."라고 말했다. A 상무는 "너는 그래서 문제야. 특히 간부 사원의 자질이 부족해. 회사에서 너와 비슷하고 능력 있는 사람을 뽑으라고 시키는 건데, 왜 네가 싫다고 회사에서 시키는 면접을 피하나? 너 같은 팀장들이 안 가니까 역량이 부족한 다른 팀장들이 가서 엉망인 신입 사원을 뽑잖아!"라고 말했다. 하지만 나는 속으로 '그럼 당신이 임원 면접할 때 좋은 사람을 선발하면 되지 않나?'라고 생각했다. 그리고 개인적으로 사람을 잘 뽑는 사람이 되기보다는, 누군가 뽑은 사람을 잘 성장시킬 수 있는 선배나 멘토의 역할이 나에게 더 어울린다고 생각했다.

또한 어떻게 그 짧은 면접 시간 동안 지원자를 평가할 수 있단 말인가?

하지만 면접관 자체를 회사에서 인정받고 마치 완장처럼 생각하는 팀장들도 있었다. 역시 사람마다 생각이 다르다. 그리고 어부는 물고기를 죽일 때 머리 쪽을 수건으로 덮고 죽인다고 한다. 물고기의 눈을 마주치기가 두렵기 때문이다. 나 또한 누군가를 죽이는 것은 아니지만, 지원자의 간절함과 안타까운 눈빛을 견디기 힘들어 했다. 누군가를 평가하기보다는 함께하고 싶었고, 누군가에게 평가받기보다는 인정받고 싶었다. 평가 점수나 서열이 아닌 그냥 인간적인 관계로 인연을 맺고 싶었다.

4-1. 승진

• 승진은 최종 결과가 발표되기 전까지 아무도 모른다

가끔 후배들에게서 "팀장님, 승진은 어떻게 해야 가능합니까?"라는 질문을 받았다. 물론 해 주고 싶은 말은 많지만, 솔직히 정답이 무엇인지는 20년을 넘게 직장 생활을 해도 잘 모르겠다. 만약 내가 알았다면 벌써 임원이 되고 대표이사가 되지 않았을까?

대부분의 직장인들은 승진은 운 7, 기 3이라고 말한다. 스펙과 역량이 뛰어나다고 해서 성과가 반드시 좋은 것도 아니고, 성과나 역량이 부족하다고 해서 승진이 안 되는 것도 아니다. 정량화할 수 있는 실적이나 성과 외에도 승진에 영향을 미치는 요인은 너무나 많다. 예를 들면 근무 태도나 로열티, 도전 의식과 열정, 상사나 동료와의 관계 등 모든 것들이 포함된다. 또한 승진 연차가 되었다고 해서 무조건 승진이 되는 것도 아니다. 그리고 기본적으로 승진한 사람은 일정 수준 이상의 업무 능력과 성과가 존재한다. 성과나 역량이 부족하거나 상사나 동료들에게 인정과 신뢰를 받지 못하는 사람은 승진이 불가능하다. 게다가 회사에는 승진 연차나 나이 제한이 있는 경우도 많고, 이미 승진 연차를 넘어서 더 이상 승진이 불가능함에도 직장 생활을 계속하는 사람들도 많다. 사실 직장인에게 더 이상 승진의 기회가 없다는 것은 매우 슬프고 불행한 일이다.

『초격차』라는 책에서는 'Pay By Performance, Promotion By Potential'을 강조한다. 즉, 명확한 성과에 따른 금전 등의 보상은 반드시 필요하며, 직원의 잠재력과 역량에 따라 승진을 시켜야 한다는 의미다. 개인적으로 경험한 회사는 승진을 위해 직급별 3~4년의 실적 평가와 역량 평가를 50%씩 적용했다. 간부 사원은 역량 평가보다 실적 평가의 비중이 매년 커졌다. 승진을 위해서는 실적 평가와 역량 평가 두 가지 기준 모두 중요하며 서로 충돌되는 기준도 아니었다. 하지만 역량이 뛰어난 사람이 실적이 우수한 것도 사실이다. 그리고 모든 평가는 기준에 맞게 공정하게 진행되어야 한다. 정량화된 실적 평가는 직원들의 수용 가능성이 높지만, 역량 평가는 리더십이나 실행력 등 여러 가지 기준에도 불구하고 상사의 주관적이고 정성적인 평가가 절대적인 영향을 미쳤다. 그래서 역량 평가 결과에 대한 직원들의 수용 가능성이 상대적으로 떨어졌다. 게다가 상사들이 자주 하는 말 중에 "부하 직원을 잘되게 할 수는 없지만, 확실히 못 되게 할 수는 있다."라는 말도 주관적인 역량 평가가 승진에 많은 영향을 미치는 것임을 반증하는 말이다.

또한 실적과 역량 평가 결과를 통해 일정 수준 이상이면 승진이 되어야 하지만, 이 또한 자신의 평가 결과를 바탕으로 동일 직급 승진 대상자 중에서 상대평가를 통해 최종 승진이 결정된다. 즉, 자신의 평가 결과만 좋다고 해서 승진이 보장되는 것도 아니다. 승진은 회사의 직급별 최종 승진율과 더불어 평판, 인맥, 소통, 윤리적인 부분 등에서 문제가 없어야 한다. 즉, 승진은 성과 외에 영향을 미치는 수많은 부분들의 최종 결과물이다. 그래서 직장인들은 "승진은 최종 결과가 발표되기 전까지는 아무도 모른다."고 말한다. 솔직히 예측하기도 어렵고 단지 막연한 가능성에 기대만 할 뿐이다. 게다가 대부분의 직장인은 승진을 통해 연봉과 직책이 상승한다. 그래서 모든 직장인에게 승진은 축하받아 마땅한 기쁜 일임에 틀림없다.

4-2. 승진

- 승진하는 것과 회사를 오래 다니는 것은 완전히 다르다

보통 같은 회사에서 직장 생활을 하는 사람들은 사고와 행동 방식이 유사하다. 그리고 상사는 자신과 비슷한 사고와 행동 방식을 가지고 있는 사람을 승진시킨다. 즉, 상사는 코드가 잘 맞는 직원을 선호하고 높은 평가를 한다. 예를 들어 상사가 술을 좋아하면 술자리에 함께하는 직원을 선호하고, 야근을 좋아하면 야근을 불만 없이 잘 따라 주는 직원을 승진시킬 확률이 높다. 물론 이런 부분은 분명히 잘못되었고 이렇게 평가되어서도 안 된다. 하지만 이러한 평가 또한 엄연한 현실이며 부인할 수 없는 사실이다.

그러나 이렇게 생각하고 행동하는 상사도 자신은 항상 공정하게 평가한다고 생각하며, 상사 자신이 어떻게 행동하고 있는지 잘 모르는 경우도 많다. 게다가 상사와 술자리나 야근을 함께하는 직원이 다른 직원에 비해 스펙이나 역량이 절대 떨어지지도 않는다. 오히려 상사와 대화를 통해 많은 공감대를 형성하고 있기 때문에 업무에 대한 신뢰와 성과도 높다. 그들은 단지 친분만 좋은 것이 아니다. 신기하게도 상사와 함께하

고 인정받는 부하 직원은 상사의 업무 스타일이나 말투를 따라 하고 생각도 비슷해지면서 서로 닮아 간다. 그리고 시간이 되면 자연스럽게 승진하게 된다. 또한 면접도 마찬가지다. 면접의 여러 가지 질문이나 스킬이 있지만, 기본적으로 면접관 자신과 비슷한 생각이나 표현 방식을 가진 사람에게 더 끌리거나 높은 점수를 부여할 가능성이 높고, 실제로 그 사람이 채용될 확률도 높다. 혹시 당신은 이런 모습들이 모두 불공정하고 잘못되었다고 생각하는가? 물론 이성적으로는 잘못되었다고 말하고 싶지만, 이 또한 현실임을 인정할 수밖에 없다.

승진이 누락되면 선배나 동료들은 "어차피 직장 생활은 모두 똑같다. 그리고 한두 번 누락했다고 해도 크게 문제가 되지 않는다. 오히려 회사를 오래 다닐 수 있는 기회라고 생각하자. 빨리 승진하면 회사를 빨리 그만둘 뿐이다!"라는 말 같지도 않은 말로 위로를 한다. 그러나 정작 자신이 누락했을 때는 그 누구보다 결과를 수용하기 힘들고 죽을 것만 같았고 이렇게 생각하지도 않았다. 사실 어떤 말도 위로가 되거나 귀에 들리지 않았다. 솔직히 승진에서 누락하는 경험은 누구에게나 슬프고 감당하기 힘든 일이다. 그리고 승진하는 것과 회사를 오래 다니는 것은 완전히 다르다. 이것은 결정권이 누구에게 있느냐의 차이다. 승진은 회사가 당신의 성과와 역량을 인정해 주는 것이고, 회사를 오래 다니는 것은 구조조정이나 명예퇴직 등 특별한 상황이 아니라면 스스로 결정할 수 있는 것이다. 즉, 승진은 회사가 당신을 평가한 결과이며, 회사를 오래 다니는 것은 당신 스스로 결정할 수 있는 것이다. 이 두 가지는 같은 방향에 있는 동일한 이야기가 아니다. 그래서 회사를 오래 다니는 것과는 상관없이 승진할 수만 있다면 무조건 지금 하는 것이 정답이다. 1등으로 승진하든 꼴등으로 승진하든 상관없다. 승진만 하면 만사 오케이다.

입사 동기였던 A 팀장은 "나는 지금 아이가 10살이라서 대학까지 졸업을 시키려면 최소 60살까지 회사를 다녀야 한다."라고 말하면서 승진 누락을 스스로 위로했다. 하지만 A 팀장은 안타깝게도 21년 말에 퇴직했다. 분명히 우리도 입사했을 때는 패기와 열정으로 가득했고 대표이사는 아니더라도 최소한 임원은 될 줄 알았다. 그러나 시간이 흐르고 나이가 들면서 직장 생활이 점점 외롭고 초라해짐을 느꼈다. 아마도 대부분의 직장인들이 크게 다르지 않을 것이다.

사실 모든 직장인은 회사에서 인정받고 승진하고 싶어 한다. 만약 누군가가 "나는 승진에 대한 욕심이 없다."고 말한다면, 이는 100% 거짓말이다. 마치 직장인이 월급이 필요 없다고 말하는 것과 같다. 하지만 현실은 회사의 상황이나 인력 구조에 따라 어쩔 수 없이 승진에서 누락하는 사람들이 생긴다. 게다가 직급이 높을수록 승진 대상자 중 승진하는 사람의 비율이 줄어든다. 회사마다 차이는 있겠지만 개인적으로 경험한 회사의 경우, 직급별 승진율이 대리에서 과장은 40%, 과장에서 차장은 30%, 차장에서 부장은 20% 수준이었다. 과장 대상에서 3명 중의 2명은 누락되며, 차장 대상에서 4명 중의 3명이 누락되었다. 부장은 누락하는 사람이 그보다 더 많았다. 물론 임원의 경우 승진율은 10%도 안 되기 때문에 훨씬 치열하다. 그래서 누군가는 대기업 임원이 되는 것은 군대에서 별을 다는 것과 같다고 말한다. 그리고 개인적으로 부장까지 승진하면서 5번의 승진을 했고 2번의 누락을 했다. 총 5승 2패다. 그나마 동기들에 비해 나름 빠르게 승진한 편이었지만, 그래도 누락했을 때는 미칠 듯이 화도 나고 슬펐다. 하지만 어쩔 수 없음을 받아들여야 했고 스스로 무슨 이유를 만들어서라도 이해해야만 했다. 그때는 어느 누구의 말도 위로가 되지 않았다. 어쩌면 주변에 더 많은 사람들이 누락하고 있어서 상대적으로 위로가 되었다고 생각한다. 솔직히 '그래도 나는 동기 중에서 진급이 빠른 편이고 나만 누락한 것도 아니니까 괜찮다.'고 스스로를 위로했던 것 같다.

이렇게 힘든 상황에서 가장 필요한 것은 메타인지와 마인드 컨트롤이다. 화가 난다고 해서 누군가를 탓하거나 회사를 성급하게 때려 칠 문제가 아니다. 이때는 지금 자신의 상황을 누구보다 객관적으로 이해해야 하며, 또 다른 1년 동안 최선을 다해야 하는 모습이 필요하다는 사실을 스스로에게 정당화시켜야 한다. 오히려 그동안 부족했던 부분에 대해서는 반성하고 개선하려는 노력도 필요하다. 승진에서 누락한 사람은 모두 슬프고 힘들지만, 누락한 사람 모두가 회사를 그만두지 않는다는 사실과 또 다른 1년을 노력해야 한다는 현실을 가능한 빨리 깨달아야 한다. 그리고 승진 누락으로 힘들어하면 할수록, 자신도 힘들고 함께하는 동료들도 힘들어 한다.

학생은 누구나 좋은 대학을 가기 위해 노력하고, 직장인은 누구나 승진을 하기 위해 최선을 다한다. 학생과 직장인 모두 지금 이 순간에도 선의의 경쟁을 하고 있다. 물론 경쟁하고 있음을 평상시에는 느끼기 힘들지만, 성적표가 나오거나 승진이 발표되었을 때 비로소 경쟁하고 있음을 확실히 느끼게 된다. 또한 공부를 잘하는 방법만큼 승진하는 방법은 수없이 많을 것이다. 정작 자신에게 맞는 공부와 승진 방법을 몰라서 오늘도 이렇게 힘들어 할 뿐이다. 그래도 이왕이면 공부나 직장 생활 모두 좋은 결과를 얻는 것이 행복하지 않을까? 그렇다면 과연 어떻게 해야 승진을 할 수 있을까? 누군가 정답을 알고 있다면 꼭 들어 보고 싶다.

뛰어난 인재는 어디서나 빛이 난다

"부하 직원 중에서도 옥석을 확실하게 가릴 수 있어야 한다."라는 선배들의 말처럼, 회사도 역량 있는 인재를 정확하게 선별해서 성장시킬 수 있어야 한다. 그렇다면 수많은 직원 중 과연 누가 옥이고 누가 석일까? 만약 어떤 직원이 근무하는 상사마다 다르게 평가된다면, 옥은 아니라고 할 수 있다. 보통 옥이라고 할 수 있는 사람은 대부분의 상사가 동일하게 탁월한 역량이 있다고 인정하는 사람이다. 일을 잘하는 사람은 부서나 상사에 상관없이 어디서나 인정과 신뢰를 받는다. 즉, 뛰어난 인재는 어디서나 빛이 난다.

팀장 시절, 탁월한 역량이 있음을 확신했던 부하 직원이 두 명 있었다. A 대리와 B 대리. 그들은 회사에 대한 로열티와 많은 경험을 가지고 있었다. 항상 회사와 상사의 입장에서 업무를 진행했고 성과도 뛰어났다. 게다가 누구보다 성실했고 책임감도 탁월했다. 하지만 회사의 시스템은 그들의 뛰어난 역량에도 불구하고 그렇지 않은 사람들과 함께 묶어 동일한 평가를 적용했다. 즉, 옥과 석을 정확하게 구분하지 않았다. 많이 안타까웠다. 그럼에도 그들은 다른 직원들처럼 '더 노력해 봤자 회사로부터 기대할 것이 없으며 지금 당장 편한 것이 최고다.'고 생각하지도 않았다. 오히려 직장인이라는 자존심 때문에 업무에 더 집중한다고 말하는 고마운 직원들이었다.

슬프게도 나는 그들을 더 높은 직책으로 이끌어 줄 수가 없었다. 회사의 승진 제한 규정 때문이었다. 회사는 역량 있는 인재를 많이 확보하고 키워야 하는데 현실은 그렇지 못해서 아쉬웠다. 개인적으로 직원들의 역량이나 잠재력을 잘 알아보지는 못했지만 그래도 확실한 역량이 있고 상위 직책을 수행할 수 있는 직원들은 구분할 수 있었다. 솔직히 그들은 코칭도 더 이상 필요 없을 정도로 성장해 있었다. 하지만 그들을 제대로 알아보고 이끌어 주지 못하는 상황이 가슴 아플 뿐이었다.

우리는 굳이 왜 쉬는 날에 시장조사를 했을까?

개인적으로 경험한 회사는 동일 직급에서 8년 이상이 되면 승진 대상에서 제외되는 슬픈 제도를 운영하고 있었다. 그리고 이렇게 8년이 넘은 사람들을 '동일 직급 장기체류자'라고 불렀다. 많은 사람들에게 슬프고 안타까운 제도였다.

만약 당신이 회사에서 더 이상 승진의 기회가 없다면 어떻겠는가? 당장 회사를 그만두고 이직하겠는가? 아니면 어쩔 수 없이 계속 다니겠는가? 회사에는 이런 힘든 상황에 있는 사람들이 많았다. 그들에게는 더 이상 승진의 기회가 없었고, 현재 직급에 계속 머물거나 직책이 하향 조정되며, 회사에 대한 기대보다는 월급을 위한 생활인이 되어 가고 있었다. 당연히 업무에 적극적이기보다는 수동적이게 되고, 과감한 도전보다는 책임을 회피하게 되며, 회사에 대한 부정적인 생각이 점점 강해졌다. 솔직히 나를 포함해서 누구나 그 입장이 되면 똑같을 것이다.

부산에서 근무할 때, 더 이상 승진의 기회가 사라진 A 형님이 있었다. 우리는 같이 과장으로 승진했고 그룹 승진 교육도 함께 받았다. 하지만 오랜만에 함께한 A 형님은 더 이상 승진의 기회가 없었다. 그래서 A 형님에게 더 이상 승진이 안 되는 회사에 대한 마음은 어떻고, 이런 상황을 형님은 어떻게 견디고 있는지에 대해 솔직하게 물었다. A 형님은 "지금도 이 상황을 받아들이기가 너무 힘들고, 생각할수록 화도 많이 나지만 그래도 시간이 지나니까 조금씩 마음이 누그러지더라. 대신 지금은 더 이상 승진은 못 해도 주어진 업무에서 자존심 상하지 않게 최선을 다하는 중이다. 항상 나에 대한 신뢰를 잃지 않으려고 노력하며, 직장인의 또 다른 의미를 찾아가는 중이다."고 말했다. 그날의 A 형님은 이렇게 말하면서도 많이 슬퍼했다.

직장 생활은 모두가 승진하면 좋겠지만 현실은 그렇지가 않다. 하지만 승진이 제한되거나 힘들다고 해서 모든 사람이 회사를 그만두지는 않는다. 물론 힘든 상황을 받아들이고 마음을 바꾸는 것이 쉽지 않겠지만, 그래도 인간은 적응의 동물이다. 결국 주어진 상황을 받아들이면서 어쩔 수 없는 직장 생활을 하게 된다.

2021년 1월 3일 비 내리는 휴무일. 나는 A 형님과 함께 해운대로 시장조사를 다녀왔다. 우리는 굳이 왜 쉬는 날에 자발적으로 시장조사를 했을까? 솔직히 이렇게까지 하지 않고 자신만을 챙기면서 직장 생활을 해도 충분한데 말이다. 그리고 부산의 어느 중국집에서 함께 소주 한잔을 했다. 이날은 비도 내리고 마음도 많이 내려앉았다.

5. 퇴직

• 퇴직도 실력이다. 선택할 것인가? 선택당할 것인가?

인생에서 졸업이나 퇴직은 아름다운 마무리이자 새로운 시작을 의미한다. 그리고 직장인에게 퇴직이라는 말 역시 동일하다. 퇴직은 직장 생활의 끝을 의미하기도 하고 누군가에게는 새로운 시작을 의미하기도 한다. 모든 사람은 태어나면 죽음이 기다리고 있듯이, 직장인은 입사를 하면 동시에 퇴직이 존재한다.

요즘은 취업도 하기 힘들지만 퇴직이나 이직을 하는 사람들도 많다. 특히 미디어나 뉴스에 나오는 퇴직이나 이직 사유는 상사나 동료와의 갈등이 가장 많다. 이 외에도 조직 문화가 맞지 않거나 직책과 직급에 대한 불만, 연봉이나 복리후생이 기대 이하거나 회사와 자신의 비전이 불일치하기 때문이라고도 한다. 또한 직장 생활은 원래 고통스러운 것이고 '회사 밖을 나가면 지옥'이라고 말하는 사람들도 있다. 하지만 회사에 있는 매 순간이 지옥인 사람들이 더 많은 것도 현실이다. 그들은 항상 가슴속에 사직서를 품고 다니며, 힘들고 지옥 같은 직장 생활을 최대한 참고 견디다가 결국 퇴직을 선택하거나 당하게 된다. 만약 당신이 퇴직을 심각하게 고민하고 있다면, 결정이 늦으면 늦을수록 왜 빨리 퇴직을 하지 않았는지에 대해 후회하기 쉽다. 하지만 퇴직이란 인생에서 가장 큰 결정 중에 하나인데, 어느 누가 쉽게 결정할 수 있겠는가? 그래서 퇴직은 결정하기도 힘들지만 결정을 실행하기는 훨씬 어렵다. 개인적으로도 입사보다 퇴직이 더 힘들었다. 근무 기간이 길어질수록 퇴직 결정은 더 힘들어졌다. 지옥 같은 직장 생활 외에도 금전적인 상황이나 자녀의 교육비, 가족과 미래에 대한 불안, 자신감과 역량 부족 등 퇴직을 주저하게 만드는 현실이 안타깝기만 했다.

보통 퇴직하는 이유의 80% 이상은 상사나 동료와의 갈등. 즉, 사람 관계 때문이다. 직장인은 과중한 업무 때문에 회사를 그만두지 않는다. 개인적으로도 업무가 많아서 퇴직한 사람을 본 적이 없다. 일하는 방식이나 조직 문화, 평가나 고과, 직책이나 승진에 대한 불만, 야근이나 주말 근무가 많고 워라밸을 찾기 힘든 이유도 자세히 보면 상사나 동료와의 관계가 바탕이 된다. 그러나 많은 사람들이 퇴직할 때는 회사의 비전이 자신과 맞지 않거나 대학원에 가서 못했던 공부를 다시 하겠다고 말한다. 하지만 이는 퇴직을 하려다 보니 자연스럽게 생겨난 핑계에 불과하다. 만약 직장에서 인정과 신뢰를 받고 있다면, 어느 누구도 퇴직에 대해 고민하지 않는다. 그리고 퇴직을 결정한 이상, 굳이 속마음을 솔직히 말할 필요도 없기 때문에 핑계 같지도 않은 이유를 말하는 것에 불과하다. 결국 퇴직은 더 좋은 기회를 위한 이직이 아니라면, 대부분 사람 관계 때문에 발생한다.

그렇다면 회사는 당신의 퇴직을 어떻게 생각할까? 만약 당신이 회사에서 핵심 인재로 인정받고 있다면 당연히 퇴직에 대한 생각도 없겠지만, 퇴직 사유가 구차하게 비전의 불일치나 대학원 진학 등은 아닐 것이다. 그리고 회사 입장에서는 핵심 인재인 당신을 붙잡기 위해 최선을 다할 것이다. 하지만 대부분의 이직이나 퇴직은 회사에서 인정과 신뢰를 받지 못하고 사람 관계에서 어려움이 있기 때문에 발생한다. 게다가 어쩌면 회사도 오래 전부터 당신의 퇴직 결정만을 기다렸는지도 모른다. 솔직히 당신이 퇴직을 결정한 이유는 회사가 지옥 같고 싫기도 하지만, 회사도 당신을 긍정적으로 바라보지 않는다는 사실을 스스로가 더 잘 알고 있지 않은가? 직장인이라면 이 사실을 모를 수가 없다. 만약 모른다면 이는 더 큰 문제다.

그렇다면 왜 상사는 당신과 여러 차례 면담까지 하면서 퇴직을 만류했을까? 사실 상사 입장에서는 당신을 위한 배려보다는 자신의 조직과 사람 관리 능력에 대한 평가 때문인 경우가 더 많다. 상사는 당신을 배려해서 퇴직을 말리는 것이 아니다. 어쩌면 진짜 속마음은 상사 자신의 조직이 아닌 다른 팀으로 이동해서 퇴직하기를 바라는지도 모른다. 그리고 만약 상사가 당신을 진심으로 배려하는 마음이 있었다면, 당신은 퇴직 결정을 하지 않았을지도 모른다. 게다가 주변 동료들의 생각도 상사와 비슷하다. 잔인하게 들리겠지만, 상사나 주변 동료들은 당신의 퇴직에 대해 신경을 쓰거나 걱정하지 않는다. 어쩌면 당신이 빨리 퇴직하고 새로운 사람이 오기만을 기다리고 있을지도 모른다. 그들에게 당신에 대한 진심이나 배려 따위는 찾아보기 힘들다. 보통 자살이나 퇴사는 힘들어서가 아니라 외로워서 선택하게 된다. 그래서 당신이 퇴직을 결정하게 된 것인지도 모른다.

사람들은 왜 퇴직한 회사에 대해 감정이 안 좋거나 욕을 많이 할까? 당신은 이성 친구와 오랫동안 사귀다가 헤어지면, 헤어진 후에도 상대방에 대해 계속 욕을 하는가? 하지만 직장 생활을 오래 한 사람이나 짧게 한 사람 모두 퇴직을 하면 회사에 대한 감정이 좋지 않은 경우가 많다. 이는 회사를 퇴직하게 된 사유나 과정이 좋지 않았기 때문이다. 그러나 퇴직은 실력과 역량이 결정한다. 입사는 열정이나 스펙으로 가능하지만, 퇴직은 실력과 역량을 바탕으로 스스로 결정하는 것이다. 특히 스스로 경쟁력이 있다고 느꼈을 때 주도적인 퇴직이 가능하다. 하지만 대부분의 직장인은 자신의 실력이나 역량에 대한 확신이 부족하고, 실력과 역량의 유무도 잘 모르기 때문에 항상 퇴사를 희망하면서도 선택하기를 두려워한다. 게다가 직장 생활은 정년까지 보장되지도 않으며 대부분 정년 이전에 퇴직한다. 개인적인 경험으로 대기업에서 정년 퇴직을 하는 직장인의 비중은 10%도 안 된다고 생각한다. 정년 퇴직을 했다면 천수를 누린 것과 같다. 요즘은 과거의 사오정이나 오륙도라는 말보다 퇴직이 훨씬 빨라졌다. 그리고 이직이 그 어느 때보다 활성화되었기 때문에 한 회사에 입사해서 정년 퇴직을 하기란 거의 불가능하다. 당연히 역량과 기회가 있다면 이직을 하는 것이 자연스러운 문화가 되었다. 오히려 이직을 해 본 적이 없으면 무능해 보이기도 한다. 지금은 어느 누구도 회사를 평생직장으로 생각하지 않는다.

반대로 역량과 실력이 없으면 회사로부터 조기 퇴직을 강요당하기도 한다. 직장인이라면 누구나 다 알고 있다. 다만 자신에게 아직 이런 상황이 닥치지 않았을 뿐, 회사를 어쩔 수 없이 떠나는 선배들을 보면서 충분히 느끼고 있다. 그렇다고 해도 머리로는 이해하지만 가슴으로는 잘 받아들이지 못한다. 하지만 엄연한 현실이다. 또한 실력과 역량을 쌓아서 더 좋은 기회를 위해 자발적으로 퇴직하는 사람들도 많고, 성과나 평판이 나쁘거나 비윤리적인 행동 혹은 회사 손실에 대한 책임 등으로 인해 어쩔 수 없이 회사를 떠나는 사람들도 많다. 특히 회사가 징계 면직이나 권고사직을 제안하는 경우는 비윤리적 행동이나 금전적인 문제가 대부분이다. 이렇게 회사를 그만두는 사람들이 의외로 많다. 그리고 이렇게 어쩔 수 없이 퇴직하게 된 직장인은 회사에 대한 감정이 절대로 좋을 수가 없다.

보통 자신이 졸업한 중학교나 고등학교를 욕하는 사람은 거의 없다. 만약 누군가가 당신이 졸업한 고등학교를 욕한다면, 평상시 애교심은 없더라도 학교를 욕한 사람과 충돌하게 된다. 그렇다면 고등학교를 3년밖에 다니지 않았음에도 나름 애교심이 있는데, 회사는 그보다 훨씬 오랫동안 다니면서도 왜 애사심이 없고 퇴직한 회사를 욕하는 사람들이 넘쳐날까? 그 이유는 퇴직을 결정하는 주체와 퇴직을 선택하게 된 사유에 있다. 예를 들어 당신이 고등학교 2학년에서 3학년으로 올라갈 때, 성적이 안 좋거나 여러 가지 비행으로 학교로부터 퇴학이나 자퇴 제의를 받았다면, 지금 당신은 고등학교에 대한 긍정적인 감정이나 애교심이 남아 있을까? 솔직히 우리는 3년간의 고등학교 생활을 문제없이 졸업했기 때문에 학교에 대한 긍정적인 감정을 가지고 있는 것이다. 반대로 고등학교 2학년 때 자신의 결정으로 유학을 가거나 검정고시를 선택했다면, 학교에 대한 감정은 나쁘지 않다.

회사 또한 마찬가지다. 실력과 역량을 바탕으로 입사한 지 5년이나 10년 만에 더 좋은 회사로 이직을 하거나 개인 사업을 시작하는 경우 혹은 자신의 미래를 위해 FIRE족처럼 스스로 퇴직을 결정하는 상황이면, 절대로 회사를 욕하지 않는다. 오히려 이전에 없던 애사심이 퇴직 후 생기기도 한다. 하지만 대부분의 직장인은 자신의 의지와는 상관없이 상사로부터 괴롭힘이나 회사로부터 퇴직을 강요당했기 때문에 회사에 대해 욕을 하게 된다. 그리고 회사의 희망퇴직은 개인의 희망을 위해서라기보다는 회사에서 더 이상 희망이 없는 사람들이 선택하는 것이며, 명예퇴직 또한 회사에 대한 로열티나 자부심이 없는 사람들에게 마지막으로 제안되는 허울 좋은 단어에 불과하다. 이는 마치 퇴학을 강요당한 학생들과 동일하다. 그래서 퇴직의 결정 주체나 퇴직 과정이 어떻게 되느냐가 무엇보다 중요하다. 그렇다면 당신은 퇴직을 스스로 선택할 것인가? 아니면 회사로부터 선택을 강요당할 것인가?

회사는 절대로 당신을 지켜 주지 않는다. 혹시 조금이라도 기대하고 있다면, 당신은 회사를 잘못 이해하고 있는 것이다. 당신이 회사를 위해 무엇인가를 도전하고 실행했다고 해도 회사에 손실을 주거나 원칙과 절차에 어긋나는 경우 반드시 문제가 된다. 또한 애사심과 로열티를 가진 직장인이 회사에 많아야 하지만, 있는 척하거나 없는 사람들이 훨씬 많다. 사실 로열티나 애사심은 회사가 직원들에게 기대하는 욕심에 불과하다. 오히려 요즘은 로열티나 애사심에 대해 강조하면 꼰대로 오인받기 쉽다. 그렇다고 회사에 충성한다고 해서 회사가 당신을 제대로 인정하는 것도 아니다. 결국 직장인은 자신에게만 헌신하면서 실력과 역량을 키워 나가야 한다. 퇴직의 다음 스텝을 두려워하거나 걱정만 해서는 안 된다. 오히려 노력하지 않고 실력과 역량이 부족한 지금 자신의 모습을 더 두려워해야 한다. 솔직히 예전에는 회사에 헌신하다 헌신짝이 된 사람들이 꽤 많았다. 하지만 냉정하게 말한다면, 당신은 그냥 익숙한 회사에 오래 다닌 것에 불과하며, 실력과 역량이 부족하기에 회사에 헌신한 것처럼 자위하는 것인지도 모른다. 직장인이 자신을 지키는 유일한 방법은 실력과 역량을 키우고 미래를 준비하는 것밖에 없다고 단언한다.

직장인에게 평생직장이란 이미 사라졌다. 이제는 평생 직업만 있으며 스스로를 지키고 고용할 수 있어야 한다. 회사는 실력과 역량이 부족한 당신에게 내일이라도 퇴직을 강요할지도 모른다. 특히 회사가 위기이며 어려운 상황일 경우, 실력 있는 사람들이 가장 먼저 회사를 떠난다. 물론 그들에게는 실력과 역량이 있기에 또 다른 기회가 존재한다. 슬프게도 끝까지 남은 사람들은 실력도 없고 갈 곳도 없는 사람들이 대부분이다. 그리고 위기인 회사는 이렇게 남은 사람들과 함께 위기를 헤쳐 나가다가 결국 좌초하게 된다. 솔직히 다른 사람을 속일 수는 있어도 실력이 부족한 자신은 속일 수 없으며, 자신의 역량과 가치를 객관적으로 확인할 수 있어야 한다. 지금부터라도 상황을 냉정히 인정하고 실력과 역량에 집중해야 한다.

혹시 지금 퇴직을 고민하고 있다면, 당신은 회사로부터 도망치는 것인가? 아니면 새로운 도전인가? 안타깝게도 대부분의 퇴직은 강제적인 퇴출이나 도망에서 시작되고 새로운 도전으로 해석한다. 하지만 이 또한 정신 승리에 불과하다. 물론 커리어나 목표를 위해 새로운 도전을 선택하는 사람들도 있지만, 가장 솔직한 답은 퇴직을 고민하고 있는 자신만이 알 것이다. 만약 스스로 퇴직하는 이유를 잘 모르겠다면, 자기 자신과 솔직하게 이야기해야 한다. 회사는 당신의 인생을 책임지지 않는다. 물론 어느 누구도 책임지지 않는다. 그리고 회사의 오너가 아닌 이상 모든 직장인의 종착지는 퇴직이다. 직장인에게는 마치 죽음처럼 퇴직하는 순간이 반드시 다가온다. 또한 이 세상 어느 누구도 당신보다 당신을 더 사랑하지 않는다. 오직 당신만을 위해 생각하고 퇴사와 미래를 준비해야 한다. 회사에 충성하기보다는 자신의 실력과 역량 그리고 인생에 충실해야 한다. 불행하게도 우리는 회사로부터 배신당하고 나서야 이 사실을 깨닫고 후회하게 된다. 이는 직장 생활이 가지고 있는 가장 큰 딜레마이기도 하다.

새는 알에서 나오려고 투쟁한다. 태어나려고 하는 자는 지금의 세계를 깨뜨리지 않으면 안 된다. 하지만 어차피 그 세계는 저절로 깨지게 되어 있다. 스스로 깨트릴 것인가? 아니면 누군가에 의해 깨어질 것인가의 차이만 남아 있을 뿐이다. 당신은 닭이 될 것인가? 계란 프라이가 될 것인가? 가장 확실한 정답은 당신은 세상에서 가장 소중한 존재라는 사실이다.

회사를 나가면 지옥이니 그냥 여기 남아 있어

"회사를 나가면 지옥이니 그냥 여기 남아 있어!"

2021년 말, 희망퇴직을 선택했을 때 주변에서 가장 많이 들었던 말이다. 솔직히 나는 그들에게 되묻고 싶었다. 이렇게 말하는 당신도 회사를 한 번도 나가 보지 않았는데, 밖이 지옥인지 아닌지 어떻게 아는가? 나 또한 20년을 넘게 한 회사만 다니면서 한 번도 회사 밖을 나가 보지 않았다. 그렇다면 혹시 당신은 회사를 나가서 잘 안 풀리는 사람들만 봐서 그렇게 말하는 것인가? 어쩌면 당신도 당장 회사를 그만두고 싶지만, 용기가 부족해서 여기서 나와 함께 죽자고 말하는 것인가? 그렇게 말하는 것이 퇴직을 선택하지 못하는 자신을 위로하는 말은 아닐까?라는 잡스러운 생각이 들기도 했다. 솔직히 퇴직을 결정하고 가장 가슴에 와닿았던 이야기는 "그동안 고생했고 수고했다. 앞으로 더 잘되길 진심으로 응원해!"라는 말이었다.

개인적으로 오랫동안 퇴직을 준비했다. 그리고 이제 때가 되었다고 판단했고 용기와 자신감으로 퇴직을 결정했다. 직장 생활은 항상 스스로 당당할 때 그만둬야 한다고 생각했고, 이 결정을 용기 있게 실행했다. 물론 한편으로는 어차피 시간이 지나면 퇴학을 당하니, 퇴학보다는 자퇴를 선택하고 싶은 마음이기도 했다. 그리고 당신들이 그토록 두려워하는 지옥을 먼저 가 보고 지옥인지 여부는 나중에 말해 주겠다는 생각도 있었다. 솔직히 나는 회사를 나가면 지옥이 아니라, 자신감이나 실력도 없으면서 회사를 계속 다녀야 하는 모습이 더 자존심 상하고 지옥 같다고 생각한다. 그리고 퇴직을 선택하지 못하는 나 자신을 위로하기보다는 준비를 통해 새로운 도전을 하는 것이 더 의미 있다고 생각했다.

하지만 가장 안타깝고 슬펐던 것은 지옥은 내가 아니라 와이프가 느낀다는 것이다. 나만을 생각한 이기적인 선택에 미안할 뿐이다. 그래도 더 밝고 희망적인 미래를 위해 과감히 퇴직을 선택했다. 난 나의 선택을 믿고 싶다. 물론 두렵기도 하지만 자신 있게 도전하고 싶다. 시간이 지나 스스로 선택하지 못해 인생을 후회하고 싶지는 않다. 만약 학창 시절이 인생의 1막이고 직장 시절이 2막이라면, 이제 3막을 시작하려고 한다. 가슴속에 기대와 설렘, 두려움과 불안이 가득하지만, 그래도 일단은 해봐야겠다.

그동안 함께해서 고맙고 행복했습니다

부산에서 2년 정도 함께 일했던 디자인 A 팀장님이 있었다. A 팀장님은 나이가 58세로 임금 피크제 적용을 받고 있었다.

어느 뜨거운 여름날, A 팀장님과 함께 아이스 커피를 마시면서 "팀장님께서는 지금 정년 퇴직을 한다면, 회사로부터 어떤 말을 가장 듣고 싶으세요? 그리고 회사에는 어떤 말을 해 주고 싶으세요?"라고 물었다. A 팀장님은 "회사에 아무것도 바라는 것도 없고 솔직히 해 줄 말도 없다. 이젠 회사에 대한 애정이나 기대조차 없다."고 말했다. 그동안 회사에 대한 실망이 많았던 모양이다. 그리고 그 말이 왠지 너무 슬펐다. 그래도 30년을 넘게 근무했고 몇 년만 지나면 정년퇴직인데, 왜 회사는 직원들의 이런 실망스러운 마음을 모르는 걸까? 정말 회사는 새롭게 입사하는 사람들만 소중하고, 집으로 돌아가야 하는 사람들은 필요 없다는 것인가? 회사를 오래 다닌 사람들을 꼭 죄인처럼 느끼게 만들어야 하는가?

개인적으로는 회사로부터 "20년을 넘게 함께해서 감사했고 그동안 정말 수고했고 고마웠다."라는 말을 꼭 듣고 싶었다. 이 말은 내가 회사에

해 주고 싶은 말이기도 했다. 그리고 나는 A 팀장님께 "그동안 함께해서 고맙고 행복했습니다. 저는 먼저 떠나지만, 얼마 남지 않은 직장 생활 잘 마무리하시고 항상 건강하세요."라고 말했다. 그렇게 우리의 인연은 마무리가 되었다.

아쉬운 퇴직은 있어도 아름답고 행복한 퇴직은 없다

"아쉬운 퇴직은 있어도 아름답고 행복한 퇴직은 없다." 이 말은 개인적으로 생각하는 퇴직에 대한 정의다.

만약 행복한 퇴직이 있다면, 그 행복은 퇴직하는 사람의 행복이 아니라 그를 떠나 보내는 사람들의 막연한 생각에 불과할 뿐이다. 퇴직이 행복하려면 외부의 어떤 강제력이 아닌 스스로의 결정이 무엇보다 중요하다. 만약 누군가에 의해 퇴직이 결정된다면, 절대로 아름답거나 행복할 수가 없다. 어쩌면 퇴직 자체를 수용하기도 힘들 것이다. 그래서 퇴직을 강요당한 사람들은 극단적인 선택을 하기도 한다. 직장인에게 퇴직이란 이만큼 어렵고 힘든 결정이다.

예전에 함께 근무했던 A 상무님은 어느 날 회사로부터 퇴직 통보를 받았다. A 상무님은 퇴직하는 과정에서 "다행히 나는 임원을 7년 동안이나 해서 나름 복 받은 직장 생활을 했다고 생각한다. 회사에 진심으로 감사한다."고 말했다. 나는 옆에서 듣고 있으면서 조심스럽게 말했다. "상무님, 물론 저희에게도 금방 다가올 시간이고 제가 임원이 될지 안 될지는 아무도 모르지만, 그래도 임원이라도 하셨으니 다행입니다. 하지만 원하지도 않고 자발적이지도 않은 퇴직인데 어떻게 회사에 감사하는 마음이 진짜 마음이겠습니까? 솔직히 대표이사로 퇴직해도 많이 아쉬울 텐데, 회사에 감사하다는 생각은 자기 위로나 정신 승리라고 생각합니다." 라고 말했다. 물론 어쩔 수 없고 원하지도 않는 퇴직을 수용해야 한다면, 감사한 마음이 들 수도 있을 것이다. 하지만 나는 이런 말들을 들어야 하는 상황 자체가 너무 싫었던 것 같다. 그리고 이런 상황이 되지 않기 위해 그렇게 열심히 직장 생활을 했던 것 아닌가? 솔직히 직장인이라면 누구나 정년 퇴직을 해도 아쉬워한다고 생각한다. 직장인에게 퇴직이란 항상 슬픈 일이다. 하지만 퇴직은 직장인 모두의 이야기이며, 그 시간은 반드시 다가온다. 마치 죽음은 피할 수 없는 것처럼.

그렇다면 나중에 당신의 퇴직하는 모습은 과연 어떤 모습일까? 그리고 어떤 마음일까?

우리는 모두 소중한 인연이자 친구였다

넷플릭스 드라마 〈오징어 게임〉을 하루 만에 다 봤다. 게임 방식은 다르지만 학창 시절 오징어 게임을 많이 했고 그때 그 시절이 그리워지기도 했다.

오징어 게임은 1번부터 456번까지 총 456명의 사람들이 참가한다. 참가한 사람들은 모두 힘든 인생을 살고 있었고 어떤 희망도 보이지 않았다. 마치 지금이라도 당장 퇴직하고 싶은 직장인의 모습이었다. 그리고 그 안에 인연과 악연, 삶과 죽음이 있었다. 만약 이 게임이 직장 생활이고 죽는 것이 퇴직이라면, 나는 끝까지 살아남은 주인공이나 게임의 설계자가 아닌 게임 중에 탈락한 사람 중에 한 사람이라는 생각이 들었다. 그래도 다행히 몇 개의 게임을 통과한 나로서는 나름 재미있는 게임이었다고 생각한다.

물론 직장 생활이 오징어 게임과 같지는 않았지만, 그래도 나에게는 충분히 해 볼 만했다. 특히 "우리는 모두 깐부잖아."라는 말이 기억에 남는다. 직장 생활을 하는 동안 우리는 모두 소중한 인연이자 친구였다. 돈에 눈이 멀든, 승진에 눈이 멀든, 게임이 끝나면 모두 돌아갈 곳이 있는 행복한 직장인이었다. 그리고 나는 직장 생활에 최선을 다했으나, 불행히 운과 실력이 부족했고 지금은 무엇이 잘못되었는지 이해하고 있다.

이제 재미있었던 게임은 이쯤에서 멈추고 새로운 게임을 시작하려고 한다. 게임의 내용은 다르겠지만, 새로운 인연들과 즐거운 시간이 기다리고 있을 것이라고 확신한다.

시간을 돈으로 바꾸는 삶에서 탈출하려는 사람들

대한민국의 수많은 직장인들, 특히 MZ세대 직장인들은 그 어느 때보다 FIRE족이 되고자 노력하고 있다. FIRE(※ Financial Independence, Retire Early)족이란 30대 후반이나 40대 초반까지 경제적 독립을 할 수 있도록 돈을 최대한 빨리 모아서 직장 생활을 조기 은퇴하려는 생각을 가진 사람들이다.

FIRE족은 시간을 돈으로 바꾸는 삶에서 탈출하려는 사람들이다. 즉, 월급에 매달려 하고 싶지 않은 불행한 직장 생활을 계속하기보다는 자신에게 주어진 시간을 소중하게 사용하고 싶다는 생각을 실천하는 사람들이다. 즉, FIRE족은 인생에서 가장 소중한 시간을 자신에게 선물하려는 사람들이다. 그래서 FIRE족에게는 경제적 독립을 할 수 있는 수준까지 돈을 빨리 모으는 것이 중요하다. 보통 1년 생활비의 25배 정도의 돈이면 FIRE족이 가능하다. 이것을 4% 룰이라고 한다. 예를 들어 1년 생활비가 4천만 원 정도가 필요하다면, FIRE족이 되기 위해서는 약 10억 정도가 필요하다. 어떤 사람들은 생활비를 2천만으로 최소화하고, 5억 정도를 모아서 퇴직하는 경우도 있다. 하지만 직장 생활만으로는 이 조차도 쉽지 않은 것이 현실이다.

개인적으로 FIRE족으로 불리기에는 조금 늦은 감이 있지만, 그래도 나는 나 자신을 FIRE족으로 규정했다. 오랫동안 몸에 맞지도 않고 하기 싫은 직장 생활을 어쩔 수 없이 했지만, 무조건 돈을 빨리 모아서 원하는 일을 선택하고 싶었다. 하지만 쉽지 않았다. 게다가 돈을 얼마나 모아야 하는지 감도 오지 않았다. 솔직히 모아야 하는 돈에 대한 욕심은 끝이 없고 퇴직 시점을 정하는 것도 쉽지 않았다. 어쩌면 남들은 나에 대해 대기업 부장이자 사회에서 인정받는 안정적이고 좋은 직장을 스스로 걷어차고 나온 개념 없는 백수라고 부를지도 모르겠다. 뭐 그래도 상관없다. 난 나의 행복과 하고 싶은 간절한 것이 있었기에 모든 것을 포기할 수 있는 용기가 있었고 과감하게 실행했다. 이제 내가 원하는 일을 시작하기만 하면 된다. 이미 물은 엎질러졌고 다시 주워 담을 생각도 없다.

솔직히 나 자신을 위해 이직을 포기했다

개인적으로 직장 생활 동안 이직을 고민한 경우가 대리 말년 차와 초급 과장 시절, 총 두 번이 있었다. 우연히 헤드헌터를 통해 D그룹 기획실과 L그룹 기획실에서 연락이 왔다. 이직 조건은 대리 시절에는 연봉 20% UP과 직급은 대리에서 과장, 과장 시절에는 연봉 10% UP과 직급은 과장 그대로였다. 나름 고민을 많이 했다. 그래서 멘토이자 상사였던 A 팀장님과 상담을 했다.

A 팀장님은 "절대로 가지 마라. 이미 여기서 충분히 인정받고 잘하고 있는데 굳이 왜 다른 회사를 가느냐? 다른 회사 가 봐야 다 똑같고 비전도 없다."라고 단호하게 말했다. 물론 내 스스로 결정했으니 원망이나 아쉬움은 전혀 없다. 그리고 결과적으로 한 회사만 20년을 넘게 다니고 퇴직을 선택했다. 개인적으로 이직을 안 해 봐서 잘 모르지만 직장 생활이 다 비슷하다고 가정한다면, '이직을 해 봤어야 했는데.'라는 생각을 퇴직을 준비하는 지금 시점에서는 많이 하게 된다. 그랬으면 이직에 대한 경험도 생겼을 것이다. 물론 이직을 했다고 해도 크게 달라질 것도 없고, 퇴직이라는 결과도 크게 다르지 않았을 것이라고 생각한다. 이미 10년도

넘은 이야기지만, 그 시절은 요즘처럼 이직이 당연하거나 유연한 시절도 아니었고 이직에 대한 인식도 좋지 않았다.

가끔 후배들이 이직이나 퇴직에 대한 고민을 상담하면, 나는 절대로 퇴직하지 말라고 붙잡지 않는다. 그리고 꼭 해 주는 이야기가 있다. "너의 결정을 절대적으로 지지하고 응원한다. 너도 너 자신을 믿고 결정해라."라고 말해 준다. 이직은 용기이자 자신감에서 시작되며 실력과 역량이 있어야 가능하다. 그렇다면 그때의 나는 무엇이 부족했을까? 실력? 용기? 자신감? 솔직히 잘 모르겠다. 하지만 그때로 다시 돌아간다고 해도 결론은 같을 것이다. 그 당시 나는 나름 회사에서 인정받고 있었으며, 충분히 경쟁력 있고 좋은 포지션에 있다고 생각했기 때문이다. 만약 그렇지 않았다면 어쩌면 이직을 선택하지 않았을까?라고 생각한다.

솔직히 나는 나 자신을 위해 이직을 포기했다. 이직은 더 좋은 미래나 커리어에 대한 고민의 결과다. 이직은 오직 자신만을 위해서 하는 행동이다. 그리고 지금도 후회하지 않는다. 만약 누군가가 나의 이런 생각을 꼰대스러운 정신 승리라고 말한다면, 이 또한 인정하겠다.

오랫동안 기다려 온 소중한 희망퇴직

2021년 말, 회사에서 창립 이후 처음으로 희망퇴직을 실시했다. 회사는 코로나 위기 극복과 미래를 위해 직원들의 희생을 선택했고, 직원들은 자신의 미래를 위해 희망퇴직을 선택했다. 물론 이 과정에서 어떠한 강압이나 강요도 없었다. 그리고 항상 '퇴직은 실력'이라고 생각했던 나는 실력과 역량이 있는지 없는지 확신은 없었지만, 그래도 오랫동안 원했고 준비했던 것에 도전하기 위해 과감히 희망퇴직을 선택했다. 게다가 위로금도 준다니 얼마나 감사한가? 나름 복 받았다고 생각한다.

개인적으로는 회사에서 나름 신뢰와 인정을 받았다고 생각한다. 다행히 늦지 않게 부장까지 승진도 했고 지금은 임원 승진 첫 대상이다. 물론 임원이 되고 안 되고는 다른 차원의 문제다. 하지만 나는 희망퇴직을 선택했다. 과연 이 선택이 만용이자 개념 없음일까? 어쨌든 나에게 희망퇴직은 오랫동안 기다려온 소중한 퇴직 프로그램이다. 그래서 너무나 귀하고 감사했다. 누군가는 금융권이나 다른 회사와 비교하면 희망퇴직에 대한 보상이 턱없이 부족하다고 생각할 수도 있지만, 이 또한 내가 선택한 회사이고 충분히 수용 가능했다. 그리고 희망퇴직이 최종 확정된 순간,

마음이 그 어느 때보다 차분하고 편안했다. 미래에 대한 두려움은 누구에게나 있지만, 나는 내 인생의 또 다른 희망을 선택했다.

많은 직장인들이 "강한 사람이 오래가는 게 아니라, 오래가는 사람이 강한 사람"이라고 말한다. 솔직히 공감은 하지만 능력이나 자신감이 없는 사람들이 스스로를 위로하는 말에 불과하다고 생각한다. 개인적으로 20년이 넘는 직장 생활을 자신감 있게 했다. 하지만 직장 생활을 하면 할수록 미래와 자신감을 계속 잃어버릴 것만 같았다. 그리고 희망퇴직은 이혼으로 치면 합의 이혼이다. 나의 뜻을 전달하고 회사가 수용해 주는 고마운 합의 이혼. 그동안 너무 감사했고 편안한 마음으로 사랑했던 회사와 이별을 했다.

회사를 처음 입사했을 때 동기들이 "넌 언제까지 직장 생활을 할 거야?"라고 물으면, 나는 항상 "회사가 싫거나 재미가 없어지면 그만둘 거야."라고 말했다. 결국 이 말을 지키기는 했으나 실행하기까지 20년이 넘게 걸렸다. 나의 직장 생활은 생각보다 길고 힘들었다. 앞으로의 인생이 얼마나 더 힘들어질지 모르지만, 지금의 선택을 후회하고 싶은 생각은 추호도 없다.

나의 첫 번째 용기 있는 행동은 퇴직이었다

직장 생활은 누구나 힘들고 외롭지만 대부분의 직장인이 잘 참고 견디며 살아간다. 좋은 일보다는 슬프고 힘든 일이 더 많은 곳, 인정과 신뢰보다는 험담과 질투가 더 많은 곳, 나만 괜찮으면 상대방이 어떻게 되어도 상관없다는 이기적인 마음을 경쟁이라고 생각하는 곳, 나만 승진하면 모든 것이 옳고 좋은 것이라고 생각하는 곳에서 외로움을 느끼며 직장 생활을 했다. 하지만 이런 상황에서도 나 자신을 지키고 싶었고, 21년이 지난 지금에서야 실행한 첫 번째 용기 있는 행동이 바로 희망퇴직이었다.

희망퇴직을 선택한 나에게 동료들이 가장 많이 했던 질문은 "왜 벌써 그만두냐? 회사가 강요하는 것도 아닌데 더 다녀도 되지 않냐? 그리고 임원이 될지도 모르고 지금까지 잘해 왔는데 너무 아깝지 않냐?"라는 말들이었다. 하지만 그들의 말은 그동안 내가 무엇을 어떻게 준비했고 어떤 생각을 하면서 직장 생활을 했는지 잘 모르면서 묻는 말에 불과했다. 물론 그들이 알 수는 없다. 그동안 표현을 안 했을 뿐, 내 마음은 이미 오래전에 퇴직을 결정했다.

개인적으로 생각하는 솔직한 퇴직 사유는 첫째, 출근하기도 싫고 회사에서 무조건 벗어나고 싶은 간절한 마음. 그냥 지쳤던 것 같다. 둘째, 사람을 함부로 여기는 조직 문화와 서로 상처만 주는 직장 생활에서 하루 빨리 벗어나는 싶다는 간절함. 대부분 회사가 비슷할 것이다. 셋째, 나의 경쟁력이 회사 밖에서도 충분히 통할 수 있다는 것을 증명하고 싶은 자신감과 믿음. 넷째, 스스로 퇴직을 선택하지 못하고 회사로부터 퇴직을 강요당하는 상황에 대한 막연한 두려움. 마지막으로 소중한 금전적인 배려가 있었기에 확실한 적기라고 판단했다. 물론 핑계 없는 무덤이 없듯이, 나의 퇴직 사유는 수많은 핑계들로 가득 차 있을 것이다. 나중에 시간이 흐른 뒤, 나의 선택에 미안해하거나 후회하지 않기를 희망한다.

P.S. 앞으로 출근할 날이 3일 남은 어느 오후에.

오늘은 직장 생활 마지막 출근일

오늘은 20년을 넘게 다닌 회사를 마지막으로 출근하는 날이다. 그리고 어제 저녁은 직원들과 마지막 회식을 했다. 나는 항상 잠을 잘 잤는데, 어젯밤은 여러 가지 생각으로 뒤척였다. 감정이 복잡 미묘했다. 미래에 대한 두려움, 설렘, 답답함, 희망 등 솔직히 내 마음이 어떤 마음인지 잘 모르겠다.

아침에 갑자기 와이프가 남편의 출근 마지막 날이라고 해서 회사까지 같이 출근하고, 퇴근하는 저녁에도 나를 데리러 오겠다고 말했다. 많이 슬프고 안타까웠던 모양이다. 와이프는 퇴직을 필사적으로 반대했는데, 그렇게 많이 울었다는데, 와이프에게 너무 미안하다.

오늘은 나의 직장 생활 졸업식 날이다. 학생은 졸업하는 날짜가 같지만, 직장인은 졸업하는 날짜가 다르다. 직장인이라면 누구에게나 마지막 출근일이 존재한다. 다만 그날이 언제일지 모를 뿐이다. 그리고 나에게는 그날이 바로 오늘이다. 제발 출근해서 아무런 감정의 동요 없이 업무에 집중하고 평소처럼 기분 좋게 하루를 잘 마무리할 수 있기를 희망

한다.

P.S. 2021년 10월 말 마지막 출근길에서.

Part 4

Experience & Execution

1. 도전

• 도전은 미래지만 지금은 현실이다

우리는 불확실성의 시대에 살고 있다. 그렇다면 확실성의 시대가 있기는 했을까? 태초부터 세상은 모든 것이 불확실했다. 그리고 우리는 불확실한 세상 속에서 가장 확실하다고 생각되는 것들을 선택하면서 살아간다. 또한 사람들은 변화(Change)는 기회(Chance)라고 말하지만, 지금의 변화는 너무 빠르고 기회는 아무리 찾아도 보이지 않는다. 솔직히 우리는 오늘 죽을지 내일 죽을지 아무도 모른다. 다만 오늘 하루에 충실하고 더 좋은 내일을 기대하며 살아갈 뿐이다.

도전이란 정면으로 맞서 싸운다는 의미다. 그리고 우리에게 도전이 힘든 이유는 본능에 역행하는 행위이기 때문이다. 인간은 본능적으로 위험을 피하고 변화보다는 현실에 안주하고 싶어 한다. 앉으면 눕고 싶고 누우면 자고 싶다. 매슬로우의 욕구 5단계 이론에서 인간은 1단계의 생리적인 욕구가 만족되어야 그다음 2단계의 안정과 안전의 욕구를 추구한다. 그리고 2단계 욕구가 만족되어야 3단계 이상의 애정이나 소속감, 존중, 자아실현 등의 욕구를 추구하게 된다. 이를 직장 생활과 비교한다면,

1단계인 기본적인 연봉이나 복지 수준을 만족해야 2단계인 안정적인 직장 생활을 생각한다. 그다음 커리어나 역량 관리, 자기 계발, 직장 생활의 의미를 고민하게 된다. 그렇다면 과연 직장 생활의 도전은 어느 단계의 욕구일까? 도전은 항상 두렵고 힘들며 많은 희생과 기회비용을 요구한다. 그렇다면 왜 우리는 굳이 힘든 도전을 해야만 하는가? 혹시 누가 강요해서인가? 지금보다 더 의미 있고 가치 있는 삶을 살고 싶어 하기 때문이 아닐까? 그냥 지금의 현실에 안주하며 살아가면 더 편하지 않을까?

개인적으로 "시작이 반이다. 그래서 무조건 시작부터 해야 한다. 천 리 길도 한 걸음부터 시작하듯이, 우리는 지금 당장 시작해야 한다." 혹은 "도전이란 나이나 경험이 아닌 자신감과 용기로 하는 것이다."라는 말을 믿는다. 원래 도전과 용기는 쌍둥이며, 도전하고 싶어도 용기가 부족해서 못 하는 경우도 많다. 특히 도전하면 지금보다 고생만 더 하고 손해가 될 수도 있으며, 과거 실패의 경험들이 새로운 도전을 멈칫하게 만든다. 솔직히 그냥 이대로 현상 유지를 하는 것이 마음도 편하고 금전적으로 이익이 되는 경우도 많다. 하지만 새로운 도전을 하기에 늦은 나이란 없으며 돈이나 제약 조건은 핑계에 불과하다. 아무리 무모한 도전이라도 스스로 간절하고 절실하다면, 후회 없이 선택하고 도전해야 한다. 지금 이 순간에도 누군가는 용기 있게 도전하고 성공과 실패를 반복하고 있다. 용기 있는 행동은 두려움이 없는 것이 아니라, 두려움을 극복하는 것에서 시작된다. 그리고 이 과정에서 새로운 가치와 자신의 존재 이유를 찾는 사람들도 많다. 결국 세상은 이들을 중심으로 돌아간다.

그렇다면 우리는 도전하는 것이 왜 이렇게 힘들까? 의지와 용기 부족이 절대적인 이유는 아니다. 성공한 사람들은 도전의 의미와 가치를 강조하지만, 실패에 대한 배려나 재도약의 기회가 부족하다는 것을 아무도 말하지 않는다. 그들은 마치 누구나 도전하면 100% 성공할 것처럼 말한다. 하지만 현실은 그렇지 않다. 게다가 한국은 경제 규모에 비해 상대적으로 사회 안전망이 약하다. 만약 사업에 실패하고 모든 것을 잃어버리면 재도전하기가 거의 불가능하다. 특히 40대 이상의 직장인들은 훨씬 심하게 느낀다. 한 번 실패하면 자신을 포함하여 자녀들까지도 실패와 가난이 대물림된다고 생각한다. 그래서 상대적으로 안전한 직장 생활을 최대한 오랫동안 하려고 노력한다. 그리고 어쩔 수 없이 직장 생활을 그만두어야 할 때가 오면, 그때서야 안타까운 도전을 시작하게 된다.

조선 후기 거상 임상옥은 "장사는 사람을 남기는 것"이라고 말했지만, 솔직히 이 말도 사업을 처음 시작할 때 일정 수준 이상의 성공과 재산이 형성되어야 가능하다. 이를 바탕으로 사람과의 신뢰가 만들어질 수 있는 기회가 생기며, 그 이후에 실패하면 다시 도전할 수 있는 기회가 생기기도 한다. 그래서 처음엔 무조건 잘돼야 한다. 혹시라도 처음부터 실패하면 사람, 가족, 재산, 재도전의 기회 등 아무것도 남지 않는다. 게다가 우리는 어릴 때부터 사업이나 장사에 실패하여 패가망신하는 경우를 많이 봐 왔으며, 가난은 개인과 가족 모두가 감당하기에는 너무 큰 고통이다. 그래서 수많은 대학생들이 개인 사업보다는 공무원이나 대기업 등 안정적인 직장을 선호하게 된 이유인지도 모르겠다. 학생들이 미친 듯이 의대만을 가려고 하는 것도 마찬가지다. 안타깝게도 우리는 '안전빵이 최고의 빵'이라는 사실을 너무 일찍 깨달았다.

보통 인생에는 3번의 기회가 찾아오고 그 기회는 준비된 사람에게만 보인다고 한다. 그리고 기회는 준비된 사람에게만 보이지만, 그 기회를 살리기 위해서는 용기 있는 도전이 필요하다. 우리 주변에는 분명히 기회라고 생각했지만 두려움과 용기 부족으로 타이밍을 놓치고 시간이 지나서야 그때의 기회에 대해 후회하는 경우를 많이 볼 수 있다. 예를 들면 주식이나 부동산 투자가 그렇다. 누군가 추천을 해도 투자를 망설이고 결국 나중에 가격이 많이 올라가 있는 경우다. 물론 주식이나 부동산에 투자할 수 있는 돈과 학습은 미리 준비되어 있어야 한다. 그래야 기회가 기회로써 의미가 될 수 있다. 하지만 준비가 되어 있지 않으면 기회가 기회로 보이지 않는다.

또한 성공의 반대말은 포기이며, 실패의 반대말은 성공이 아닌 아무것도 도전하지 않는 것이다. 만약 실패하지 않고 안정적인 삶을 살고 싶다면, 도전을 최소화하거나 아무것도 하지 않으면 된다. 물론 모든 것을 투자하고 도전하는 것도 무모한 행동이다. 솔직히 도전이라는 단어로 모든 것을 걸기에는 인생이 너무 길고 소중하다. 게다가 실패에 따른 기회비용이 너무 크다. 당신만을 위한 도전이라면 상관없지만, 그에 따른 기회비용이 너무 크다면 신중하게 고려해야 한다. 그래서 우리는 항상 도전과 현실 안주 사이에서 갈등한다.

기회비용이란 '어떤 행위를 하기 위해 포기해야 하는 다른 기회의 최대 가치'라고 정의한다. 이는 선택에 따라 희생되는 비용이다. 그래서 선택이 없으면 기회비용도 생기지 않는다. 그리고 기회비용은 금전만이 아니라 시간과 노력 등 모든 것을 포함한다. 만약 당신이 지금 만나는 이성 친구와 결혼한다면? 이 돈을 지금 여기에 투자한다면? 지금보다 더 좋은 이성 친구나 투자 기회는 기회비용이 된다. 하지만 기회비용이 크다고 해서 선택과 도전을 주저해서는 안 된다. 도전의 가치는 항상 기회비용보다 크다. 하지만 만약 더 좋은 것을 찾기 위해 의사 결정을 주저한다면, 차라리 더 나쁜 것을 선택해서 버리고 남는 선택에 집중하는 방법이 편할지도 모른다. 가치가 큰 것을 선택하기보다 기회비용이 큰 것을 선택하기가 더 쉽기 때문이다. 그래야 후회를 최소화할 수 있다. 우리의 DNA에는 좋은 것보다 나쁜 것, 기회보다는 위기, 안전보다는 위험을 피하려는 유전자가 숨어 있다. 그래서 도전의 가치보다 위험이나 기회비용에 대해 더 민감하게 반응하는 것인지도 모른다.

특히 직장 생활에서의 도전은 두렵더라도 너무 겁먹지는 말아야 한다.

겁쟁이는 겁을 입으로 먹은 것이 아니라 마음으로 먹은 것이다. 그리고 솔직히 안 해 봐서 두렵지만 막상 도전해 보면 결과는 아무도 모른다. 그래서 그냥 도전해 보는 자체가 중요하다. 모르면 배운다는 생각과 그 자체가 경험이 될 것이라는 자기 확신이 필요하다. 어쨌든 도전은 분명히 남는 장사며 손해 볼 것은 없다. 지금은 일단 무조건 도전하고 실행해 보자.

노벨 프로젝트, 나는 왜 시키지도 않은 일을 했을까?

기획과장 시절, 회사를 위해 나름 의미 있는 일을 하고 싶었다. 그래서 제2의 르네상스이자 위대한 회사가 되기 위한 방법 중 하나로 혁신적인 조직 개편 프로젝트를 진행했다. 프로젝트 이름은 부하 직원들과 함께 '노벨 프로젝트'로 정했다. 노벨 프로젝트는 회사나 상사의 지시가 아닌 자발적이고 순수하게 회사를 사랑하는 마음에서 시작되었다. 솔직히 회사가 더 발전하기를 원했고 노벨상을 받을 수 있을 만큼의 효과가 있었으면 하는 마음도 있었다.

노벨 프로젝트를 위해 휴일과 주말을 포기하고 현장 직원들과 미팅을 하면서 생각과 내용을 정리해 나갔다. 그러던 어느 날, 갑자기 인사 팀장이 호출을 했다. "너 도대체 점포에 가서 무슨 이야기를 하고 다니는 거야? 네가 다녀온 점포들은 왜 이렇게 시끄러운 거야?"라고 물었다. 그래서 "그냥 해 보고 싶은 일이 있어서 현장 미팅을 했다."고 대답했다. 왠지 우리가 무엇을 하고 있는지 아는 사람이 많아질수록 자발적인 업무가 강제적인 업무로 변할까 봐 두려웠다.

그렇게 시작한 지 5개월 후, 노벨 프로젝트를 대표이사에게 보고했다. 대표이사는 방향과 내용에 대해 공감과 지지를 표하면서 적극적이고 구체적인 실행 방안을 부탁했다. 하지만 디벨롭하는 과정에서 많은 반대에 부딪혔다. 결국 실행까지는 실패했다. 그 당시 직원들은 "지금 이렇게 회사가 잘나가고 있는데, 왜 굳이 이 시점에 변화를 해야 하는지."에 대한 공감이 부족했다. 어쩌면 변화 자체를 두려워했을지도 모른다. 어쩌면 우리는 실행에 대한 필요성과 공감대 형성을 위해 더 많이 노력했어야 했다. 그리고 10년이 흐른 지금, 노벨 프로젝트의 내용이 최근에서야 조금씩 반영되기 시작했다. 하지만 모든 것은 타이밍이 중요한데 개인적으로 노벨 프로젝트의 타이밍은 이미 지나갔다고 생각한다.

2020년 어느 날, 멘토인 A 전무님과 저녁을 함께하면서, "그때 왜 시키지도 않은 노벨 프로젝트를 진행했어? 어떻게 그런 내용을 생각했어?"라고 나에게 물었다. "최고의 회사가 되기를 원했고 왠지 그냥 해 보고 싶었어요."라고 대답했다. 사실 처음엔 의무가 아닌 호기심과 애사심으로 시작했지만, 스노우 볼이 점점 굴러가면서 소명 의식이 더해졌고 나중에는 진심으로 회사에 도움이 되기를 바랐던 것 같다.

이제 노벨 프로젝트는 사라졌지만 아직도 나의 기억에는 큰 자리를 차지하고 있다. 아마 누가 시켜서 했으면 기억도 없을 것이다. 나에게 노벨 프로젝트는 21년 간의 직장 생활 동안 가장 자부심을 느꼈던 일 중에 하나다.

이제는 회사에 대한 열정이 사라진 것 같아요

영업팀장 시절, 함께 근무했던 A 대리님이 "팀장님, 저는 회사를 25년째 다녀서 그런지, 회사에 대한 열정이 사라진 지 오래됐어요. 이제는 회사를 더 이상 사랑하지 않는 것 같아요."라고 말했다. 솔직히 처음 들었을 땐 약간 당황했지만, 직장 생활을 오래하다 보면 그럴 수도 있겠다고 생각했다. 그리고 차분하게 이야기를 이어갔다. "대리님, 만약 서로가 오랫동안 사랑했는데, 어느 한쪽에서 먼저 사랑이 식었다고 생각하고 그 마음이 오래되었다면, 서로 솔직하게 이야기하고 헤어지는 게 사랑했던 상대방에 대한 예의가 아닐까요? 저는 그것이 사랑한 사람에 대한 기본적인 예의라고 생각해요."라고 말했다. A 대리님은 아무 말도 하지 않았다. 마음이 많이 상했던 모양이다.

다음 날 A 대리님은 마치 굳은 결심을 한 신입 사원처럼, 용모를 단정히 하고 출근했다. 나는 A 대리님이 무엇인가를 크게 느꼈고 앞으로 변하겠다는 의지의 표현이라고 생각했다. 내심 다시 열정을 가지고 업무에 임해 주기를 기대했다. 하지만 달라진 것은 아무것도 없었다. 역시 사람은 잘 바뀌지 않는다.

생각해 보면, A 대리님의 모습에 아쉬워할 필요가 전혀 없었다. 회사는 회사일 뿐이고, 직장인은 각자의 상황에 맞춰 생활하면 된다. 그리고 A 대리님은 팀장에게 정말 솔직하게 말씀하신 것이다. 회사에 기대하지 않으면 실망도 생기지 않는다. 회사에 대한 기대와 실망은 당신만의 이기적인 생각일 뿐이다. 직장 생활은 원래 힘들고 외로운 것이며, 직장인이라면 누구나 슬럼프가 찾아 온다. 어떻게 견디고 극복하는지는 각자의 몫이다.

가장 자랑스러운 기억, '농구 동아리 국풍'

기획과장 시절, 나는 본사 최초로 농구 동아리를 만들었다. 개인적으로 직장 생활 중 가장 자랑스러운 기억이다. 그 당시 본사에는 동아리 자체가 없었고 농구를 좋아하는 직원들만 삼삼오오로 함께 운동을 하고 있었다.

함께 농구를 하던 어느 날, 우리는 회사에 농구 동아리를 만들기로 뜻을 모았다. 나를 포함한 모두가 같은 마음이었다. 그리고 초대 회장은 내가 하게 되었고 직원들의 가입 신청서를 받고 정관을 만들었다. 농구 동아리 이름은 '국풍'. 이 이름은 농구 동아리를 만들고자 함께 뜻을 모은 장소인 이태원 초등학교 근처의 중국집 이름이다.

하지만 농구 동아리를 만드는 것이 생각만큼 쉬운 일은 아니었다. 농구를 좋아하는 직원들의 부서가 모두 달랐고, 어느 누군가가 총대를 메고 자기 부서 임원에게 결재를 받아야 했다. 그리고 직원 복지를 담당하는 부서의 팀장은 단지 예산만 지원해 주는 합의 부서에 불과했다. 그러니 어느 임원이 동아리를 만들어 주겠는가? 나는 속으로 '이렇게 프로세스가 되어 있으니 그동안 아무도 동아리를 안 만들었지!'라고 생각했다. 회사는 직원들의 복지가 중요하다고 강조했지만, 그에 대한 인식이나 시스템은 엉망이었다. 게다가 농구 동아리 결재를 받는 과정에서 기획 임원은 "도대체 왜 만들려고 하냐? 만들어서 뭐 하려고 하는 거야? 회사에 놀러 다니려고 하냐?"고 말했다. 나는 "상무님, 퇴근하고 저녁에 운동하는 거에요. 그리고 운동 끝나면 밤을 새워서라도 일을 할 테니 만들어 주세요."라고 말했다. 그 이후 농구 동아리는 KBL 대회도 참가하고 네이버 뉴스에도 나왔다. 특히 KBL 대회 때는 직원들의 와이프와 아이들도 같이 응원하고 함께했다. 그리고 이 모습을 지켜본 KBL 기자가 신기하게 생각했는지 감독으로서 인터뷰를 하기도 했다. 그리고 다행히 10년이 넘은 지금도 잘 운영된다고 한다.

처음에 농구 동아리를 함께 만들었던 직원들은 퇴직을 했거나 이직을 했어도 마음은 항상 그곳에 있다. 우리는 농구를 진심으로 사랑했다. 만약 누군가가 농구 동아리를 왜 만들었느냐고 물어본다면, "그냥 농구를 좋아하고 직원들과 함께 행복해지고 싶어서."라고 말할 것이다.

끝까지 하면 가능하다? 이제는 되면 한다!

예전 직장인들은 "끝까지 하면 된다! 그리고 될 때까지 도전한다!"라는 끝장 정신으로 최선을 다했고, '진인사대천명'이라는 말로 끊임없는 노력을 강요했다. 하지만 MZ세대 직장인들은 '나만의 성과로 인정되면 도전해 보겠다. 권한은 없고 책임만 있으면 절대 안 한다.' 혹은 '나에게 이익이나 좋은 결과가 보장 되는 상황에서만 도전하겠다.'고 생각한다. 물론 도전을 피하려고 하면 새로운 기회를 놓칠 수도 있다. 그러나 도전은 항상 힘들고 위험하다. 직장인은 위험보다 안전을 선택하는 것이 우선이며, 위로보다 월급이 더 소중하고 가급적 책임을 피해 가면서 오랫동안 직장 생활을 해야 하는 존재다.

대부분의 직장인은 '나에게 이익이 되면 도전하고, 결과가 확실하지 않으면 도전하기 싫고, 지금 당장 해야 하는 일도 너무 많아서 굳이 새로운 도전을 통해 위험과 책임을 감수하지 않아도 충분히 안정적이고 성공적인 직장 생활이 가능하다.'고 생각한다. 그래서 직장인에게 도전은 '무엇이든 도전하면 가능하다! 될 때까지 도전한다!'가 아닌 '결과가 확실하게 보장되면 도전한다!'는 컨셉으로 바뀌어 가고 있다.

또한 직장인에게 도전은 개인 사업이 아닌 이상, 회사에서 굳이 하지 않아도 나 아닌 누군가가 하게 되고, 그렇게 도전하는 모습이 부러울 수는 있으나 정답이 아닌 경우를 더 많이 봤다. 게다가 새로움에 도전하면 다치기 쉽다는 것을 본능적으로 알고 있다. 만약 회사 업무가 아니라 개인적으로 중요한 부분이라면, 누구나 도전하고 헌신할 것이다. 당연히 헌신이나 도전은 회사보다는 자신을 위해서 해야 한다. 솔직히 직장인은 끝까지 도전이나 최선을 다하지 않아도 자연스럽게 되는 일만 하고 싶다.

실패해도 다시 도전할 기회가 있다는 것 자체가 부럽다

자원이 풍부한 나라는 못산다? 금수저 친구들은 공부를 못한다? 로또에 당첨된 사람들의 끝은 항상 불행하다? 그렇다면 정말 이것들이 모두 사실일까?

개인적으로 로또를 살 때마다 1등 당첨을 한 번만이라도 되었으면 하는 생각을 간절하게 한다. 솔직히 어쩔 때는 당첨되었다는 생각만으로도 충분히 행복하다. 그렇다면 정말 당첨되면 끝이 불행할까? 솔직히 어떻게 될지는 모르겠지만, 제발 한 번만이라도 당첨의 기회가 있었으면 좋겠다. 누군가의 끝이 불행해진다는 이야기는 기회가 없는 사람들의 자기위로에 불과할지도 모른다. 그리고 자원이 풍부한 나라나 금수저나 로또에 당첨된 사람들은 그래도 한 번 이상의 기회는 있었다. 하지만 우리에게는 단 한 번의 기회조차도 없는 것이 현실이다.

더 냉정하게 말한다면, 금수저 친구들은 그 자체가 능력이고 기회이며 행복이다. 그리고 그 기회를 잘 활용해서 더 잘될 수 있는 기회가 있다는 것만으로도 충분히 부러워할 만한 일이다. 물론 누군가는 스스로 노력해서 만든 것이 아니라고 폄하할 수도 있겠지만, 그래도 부러운 것은 부러운 것이다. 드라마 〈재벌집 막내 아들〉의 대사 중에 "그렇게 주인 대접을 꼭 받고 싶으세요? 그럼 다시 태어나세요!"라는 말이 가슴에 와 닿았다면, 우리는 그만큼 부러워한다는 증거다.

또한 금수저에게 가장 부러운 것은 도전하고 실패해도 다시 시작할 수 있는 기회가 충분하다는 것이다. 최선의 노력은 개인의 영역이지만 사람마다 주어진 환경은 분명히 다르다. 그리고 옆 부서 대리님의 "로또 외에 답이 없다."라는 말은 아무도 모르게 로또를 구매하고 당첨을 기다리는 방법 외에 지금으로서는 더 좋은 방법을 기대할 수 없다는 슬픈 현실을 의미한다. 그렇다면 도대체 금수저는 로또를 몇 번 당첨된 것일까? 아무리 생각해도 부럽기만 하다.

개인적으로 직장 생활을 하는 동안, 오너가 가장 부러웠다. 솔직히 오너가 그 자리에 있는 이유는 개인적인 능력보다는 부모님을 잘 만나서라고 생각했다. 사실 그룹의 회장까지 할 만큼 능력이 뛰어난 것 같지도 않았다. 혹시 이 또한 질투에 불과한가? 정말 부러우면 지는 것인가? 그렇다면 나는 직장 생활 시작부터 이미 졌다. 하지만 그래도 다행이다. 그와 같은 사람들보다는 나 같은 사람들이 훨씬 많으니까.

2. 경험

• 경험은 가치 구슬로 전환되어야 한다

세상은 아는 만큼 보이고 경험한 만큼 이해할 수 있다. 아는 것이 없으면 보이는 것도 없다. 영화 〈인턴〉의 대사 중 "경험은 나이 들지 않아요. 경험은 결코 시대에 뒤떨어지지도 않지요."라는 앤 해서웨이의 말처럼, 경험의 중요성을 강조하는 이야기는 수없이 많다.

경험은 '실제로 해 보거나 겪어 본 것 그리고 이를 통해 얻은 지식이나 기능'이라고 정의한다. 보통 경험은 직접 해 본 것이나 가 본 곳 등 단순한 경험 외에도 다양한 방법으로 쌓을 수 있다. 그리고 경험에 자기만의 해석과 의미가 더해져야 진짜 경험. 즉, 가치 구슬이 된다. 같은 경험을 해도 사람마다 느끼고 생각하는 부분이 다르기에 경험의 의미도 차이가 생긴다.

그렇다면 가치 구슬이란 무엇인가? 우선 무엇을 실행하고 경험하는 자체는 중요하다. 하지만 경험을 했더라도 자기만의 해석과 반성적 사고를 통해 경험을 인식하지 않으면, 이는 단순한 경험에 불과할 뿐, 가치 구슬이 되지 않는다. 우리는 모든 것을 경험할 수는 없지만, 최소한 자신이 경험한 것은 자기만의 가치 구슬로 전환할 수 있어야 한다. 모든 것은 아는 만큼 보이고 행동한 만큼 경험으로 전환된다. 하지만 실제 경험은 했어도 자신만의 가치 구슬로 전환되지 못하는 경우도 많다. 그래서 입사 시 자소서에 자소설을 쓰는 취준생들을 많이 볼 수 있다. 이들은 경험 자체가 부족한 것이 아니라, 경험은 했어도 자기만의 의미 있는 경험. 즉, 가치 구슬이 부족하기 때문이다. 우리는 직접 경험한 것에 대한 의미를 부여하는 과정에서 생긴 가치 구슬을 통해 자신만의 스토리와 강점을 만들어 갈 수 있다. 이를 바탕으로 다양한 시각과 재조합을 통해 본질적인 의미를 찾고 새로운 생각을 할 수 있는 통찰력과 창의력을 길러야 한다.

그렇다면 경험의 절대량과 가치 구슬을 늘리기 위해서는 어떻게 해야 하는가?

첫째, 두려워하지 말고 무조건 실행해야 한다. 일단 무엇이든 해 봐야 알 수 있다. 집에 누워서 계획만 하지 말고 나가서 행동해야 한다. 공부를 열심히 하겠다고 결심했는데 계획만 짜고 있다면 공부를 잘할 수 있겠는가? 계획만 하지 말고 바로 실행해야 한다. 즉, 무엇이라도 직접 해 보는 것이 무조건 정답이다. 축구 선수가 골을 넣고 싶다면 헛발질을 두려워해서는 안 된다. 반드시 공을 먼저 차야 한다. 그래야 골을 넣든 헛발질을 하든 결론이 난다. 또한 경험의 절대량이 많을수록 유사하거나 공통점이 있는 경험으로 확대되며, 이를 통해 경험의 차이는 곧 역량의 차이가 된다. 예를 들어 달리기를 좋아하는 삶과 싫어하는 사람 중 누가 축구를 더 좋아할까? 축구를 좋아하는 사람과 싫어하는 사람 중 축구장에 가 봤을 확률은 누가 높을까? 그렇다면 야구나 농구를 더 좋아할 가능성은 누가 높을까? 당연히 달리기를 좋아하는 사람이 축구를 좋아하고 야구나 농구 등 다양한 경험을 했을 가능성도 높고 몸도 건강할 것이다. 그래서 경험은 고민하고 찾는 것이 아니라 일단 무조건 해 보는 것이다.

둘째, 모든 일에 호기심과 자신감이 있어야 한다. 한 번도 해보지 않은 것이나 모르는 것에 대한 호기심과 자신감은 도전과 실행하는 데 원동력이 된다. 특히 "천 리 길도 한 걸음부터, 시작이 반이다."라는 말처럼, 새로운 것을 경험할 때는 그냥 시작하는 자체가 중요하다. 그리고 그 시작은 호기심과 자신감이 있어야 가능하다. 그래야 경험의 절대량과 가치 구슬이 늘어난다. 당신은 충분히 잘할 수 있으니 일단 자신 있게 도전해 보자.

셋째, 다양한 경험을 가진 사람들과 많은 소통을 해야 한다. 직장인은 비슷한 경험과 생각을 가진 직장 동료들과 대부분의 시간을 함께한다. 그래서 다양한 생각을 접하는 경우가 부족하다. 게다가 그나마 하는 대화는 공통된 직장 이야기나 누군가에 대한 험담이 대부분이다. 그래서 점점 고인 물이 되거나 우물 안의 개구리로 변해 간다. 이를 벗어나려면 가급적 회사 밖의 다양한 사람들을 많이 만나서 소통을 해야 한다. 예를 들면 고등학교 친구, 다른 회사 친구, 다양한 소모임 참석 등을 통해 다른 생각과 경험을 늘려 나가야 한다. 혹시 당신은 시간이 부족하거나 직장인은 어쩔 수 없다고 생각하는가? 친구가 없거나 의지가 부족하기 때문이라고 생각하지는 않는가? 하지만 사람은 궁하면 통하기도 하고 변하기도 한다. 일단 지금 당장 회사 동료가 아닌 누군가에게 연락해 보자.

넷째, 읽고 보고 듣는 절대량을 늘려야 한다. 우선 무엇이라도 읽고 보고 듣는 습관 자체가 중요하다. 만화책, 소설책, 경제 경영서 등 어떤 주제라도 상관없다. 관심이 있다면 무조건 많이 읽고 보고 들어야 한다. 게다가 유튜브, TV, 영화 등 당신이 좋아하는 것도 많이 봐야 하며, 오디오북이나 지인과의 대화도 많이 해야 한다. 특히 무엇보다 듣기가 중요하다. 솔직히 타인의 이야기를 경청하기는 어렵지만, 듣는 행위 자체는 집중하면 누구나 잘할 수 있다. 이 외에도 피부로 느끼고, 냄새를 맡고, 맛을 보는 등 모든 감각을 활용해서 경험의 절대량을 늘려 나가야 한다.

다섯째, 스스로 원하거나 하고 싶은 것들이 많아야 한다. 절대로 귀차니즘에 빠져서는 안 된다. 또한 음주 가무도 분명한 능력이며, 영화를 좋아하면 엑스트라를 해 보기도 하고, 춤을 잘 추고 싶다면 나이트를 가거나 댄스 학원에 가서라도 배워야 한다. 운동을 좋아하지 않으면 헬스라도 해야 한다. 그래야 헬스장과 운동 기구에 대한 경험이 생긴다. 당신은 포커나 고스톱을 할 줄 아는가? 혹시 노름이라고 생각해서 몰라도 된다고 생각하는가? 그렇다면 우선 해 보고 싫으면 안 하면 된다. 그냥 경험해 보는 자체로 충분한 의미가 있다. 그래서 좋고 나쁘고의 선입견을 가지거나 실행의 제한을 두지 말아야 한다. 물론 도덕적이나 법률적인 테두리 안에서 선택해야 한다. 또한 당신만의 버킷리스트를 만들어야 한다. 버킷리스트가 몇 가지 안 된다면, 당신에게 문제가 있는 것이다. 어쩌면 당신이 하고 싶은 것에 대한 기억을 못 하고 있을 뿐, 생각해 보면 많은 것들이 있을 것이다. 그렇게 생각나면 무조건 메모하고 하나라도 경험해 보자.

또한 학생 때에는 경험의 가치가 금전의 가치보다 우선시되어야 한다. 우선 경험에 대해 욕심쟁이가 되어야 한다. 지금은 시간을 금전으로 바꿀 때가 아니라, 시간을 가치와 역량이 될 수 있는 경험으로 바꾸어야 한다. 그렇다면 경험은 쌓고 싶은데 돈이 없다면 어떻게 해야 하는가? 아르바이트를 통해 돈도 벌고 경험도 쌓아야 한다. 그리고 경험하고 싶은 것을 돈도 벌면서도 할 수 있는 기회가 의외로 많다. 솔직히 하고자 하는 의지가 없을 뿐, 방법이 없는 것은 아니다. 만약 당신이 공부를 하고 운동도 하고 게임도 하고 싶지만, 시간이 부족하다면 어떻게 해야 하는가? 잠자는 시간을 줄여서라도 꼭 해야 하거나 하고 싶은 일이 있다면 반드시 해야 한다. 젊다는 것이 무엇인가? 진심으로 하고 싶다면 과연 잠이 올까? 당신은 좋아하는 게임을 하면서 이미 수많은 밤을 보내지 않았는가? 시간이 없다는 것은 핑계에 불과하다. 지금은 무조건 시간을 만들고 경험을 쌓아야 한다. 제약이 있을 수는 있어도 충분히 이겨 낼 수 있다는 마음으로 하나씩 실행해 보자.

마지막으로 잘 노는 것도 실력이고 분명한 경쟁력이다. 경험과 가치 구슬이 쌓이면 경쟁력은 자연스럽게 올라간다. 그리고 우리는 경험도 쌓아야 하지만 가치 구슬로 전환도 해야 한다. 우리에겐 해야 할 것이 너무 많다. 그리고 실행하는 사람은 경험의 양이 계속 늘어날 것이고, 고민만 하는 사람은 항상 정체될 것이다. 그렇다면 지금 이 순간, 당신은 무엇을 하고 있는가? 오늘은 어떤 새로운 것을 경험했는가? 항상 이렇게 생각하며 노력하고 살아도, 나중에 시간이 지나면 '그때 더 열심히 할걸.'이라고 후회하게 된다. 하물며 지금 아무것도 안 하면 나중에 얼마나 후회할 것인가?

오늘부터라도 당신의 모든 실행이 경험과 가치 구슬로 전환되기를 희망한다.

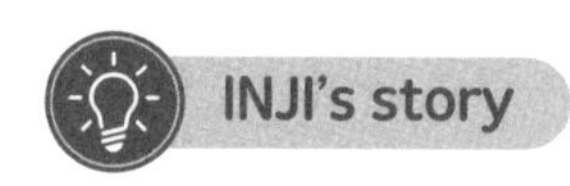

남의 경험은 절대 당신의 경험이 아니다

자신이 실제로 업무를 진행했거나 경험한 적도 없으면서, 후배나 다른 사람에게는 마치 자신이 업무 전체를 주도했고 성과를 낸 사람처럼 말하는 사람들을 회사에서 많이 봤다. 처음에는 그대로 믿었지만 나중에 거짓말로 밝혀지는 순간도 꽤 많았다. 당연히 상대방에 대한 신뢰는 바닥으로 떨어졌다. 그리고 신기하게도 다른 사람들 역시 그 사람에 대해 똑같이 생각하고 있었다. 솔직히 나는 나만 알고 있는 줄 알았다.

예를 들어 영국을 회사 출장으로 딱 한 번 다녀온 사람이 대영 박물관에 가 본 적도 없으면서 다른 사람의 대영 박물관에 대한 이야기를 들으면, 나중에 본인이 직접 가 본 것처럼 느끼고 말하게 된다. 하지만 대영 박물관에 언제 어떻게 갔는지, 무엇을 보았는지 등에 대해 확인하기 시작하면 상황은 점점 어려워진다. 실제 대영 박물관에 다녀온 사람은 다녀오지 않은 사람의 이야기를 쉽게 알 수 있다. 그리고 이런 모습들은 면접에서 자주 볼 수 있었다.

개인적으로 그룹 공채 면접을 자주 봤다. 이상하게도 피면접자들은 호주에서 소젖을 짜는 이야기를 많이 했다. 그래서 나는 소젖은 앞이나 뒤나 어디서부터 짜는지, 소젖은 몇 개인지, 짜는 시간은 얼마나 걸리는지 등을 물어봤다. 나는 솔직히 경험이 없어서 정답을 모른다. 다만 지원자의 소젖을 짠 경험이 사실인지 아닌지를 확인하려고 물어봤을 뿐이었다. 지원자들의 반응은 제각각 달랐다. 그리고 누가 진짜 경험이고 가짜 경험인지 나름 확신할 수 있었다.

가치 구슬은 당신만의 확실한 경쟁력이다

직장 생활 동안, 동료나 후배들에게 경험과 가치 구슬의 중요성에 대해 자주 이야기했다.

"만약 친한 친구나 후배가 해외 여행지 한 곳을 추천해 달라고 한다면, 당신은 어느 나라와 도시를 추천하겠는가? 추천하게 된 당신만의 이유는 무엇인가? 그리고 추천한 이유가 네이버에서는 찾을 수 없고 당신만의 경험에서 나왔다면, 그 추천한 여행지의 구체적인 경험은 무엇이며 당신에게는 어떤 의미가 있었는가?"라고 물었다.

질문을 들은 사람들은 대답하기 힘들어했다. 이렇게 생각해 본 적이 없기 때문이다. 만약 당신이 A라는 나라를 여행하고 돌아오는 비행기에서 '나는 나중에 A라는 나라를 다시 오고 싶을까? 이번 여행에는 나에게 무엇이 가장 좋았고 행복했는가? 어떤 부분이 가장 싫었는가?' 등의 질문을 스스로에게 했다면, A라는 나라의 경험은 단순한 경험이 아닌 당신만의 가치 구슬로 전환되었을 것이다. 그리고 그 경험이 긍정적이거나 부정적인 것과는 상관 없다. 'A라는 나라는 따뜻하고 경치가 좋았지만, 물가가 비싸고 사람들은 불친절하고 음식도 맛이 없다. 특히 공항 소매치기와 피시 앤 칩스. 다시는 가지 말아야지.'라고 생각했다면, 누군가에게 추천하거나 두 번 다시 갈 일은 없을 것이다. 이것은 당신만의 경험이 의미 부여 과정을 통해 가치 구슬이 된 것이다. 이 가치 구슬은 어느 누구도 당신과 같을 수 없다. 그리고 이렇게 모인 가치 구슬들을 통해 자신있게 당신의 이야기를 할 수 있게 된다. 이 외에도 경험과 가치 구슬을 위한 많은 질문을 할 수 있다. '가장 좋아하는 색과 그 이유는 무엇인가? 사랑하는 사람에게 추천하고 싶은 음식과 이유는 무엇인가?' 등이다.

이제부터라도 과거에 경험했던 것이나 지금 하고 있는 것부터 의미 부여를 통해 가치 구슬로 만들어 가야 한다. 가치 구슬은 당신만의 확실한 경쟁력이다.

3. 목표

• 목표가 없으면 도전이나 실패도 없다

우리는 어릴 때부터 매년 새해나 방학 때마다 목표를 세웠다. 그리고 작심삼일이라는 말처럼, 항상 얼마 못 가서 포기했다. 지금까지 작심삼일을 경험하면서 살아왔고 오히려 작심삼일을 당연한 것으로 생각하기도 한다. 그럼에도 새해가 되면 목표 세우기를 반복하고 있다. 어쩌면 우리는 이러한 반복을 통해 목표란 원래 실패하고 포기하는 것이라고 배워 왔는지도 모른다. 그렇다면 혹시 너무 어렵고 불가능한 목표만 세워서 실패와 포기를 반복하고 있는 것은 아닐까? 목표를 너무 크게만 생각하는 것은 아닐까? 하지만 큰 목표를 위해 작은 목표를 세우고 달성해 가면서 성공에 대한 경험을 쌓는 것의 중요함을 어느 누구도 가르쳐 주지 않았다. 그래서 아직도 목표에 대해 실패와 포기를 반복하면서 살아간다.

목표를 세운다는 것은 더 좋은 미래를 위한 시작이다. 성공하고 싶은 사람은 원하는 목표를 설정하고 목표에 대한 목적과 목표 의식을 가져야 한다. 만약 선생님이 되고 싶다는 목표를 세웠다면, 선생님이 되고자 하는 목적은 무엇이고 그 목표를 위한 계획을 구체적으로 세우고 실행해 나가야 한다. 우리는 어릴 때 "너의 꿈은 무엇이니? 어떤 사람이 되고 싶니?"라는 질문을 받으면, 대부분 대통령이나 과학자가 되고 싶다고 말했다. 요즘은 연예인, 운동선수, 유튜버라고 말한다. 하지만 성장해 가면서 무엇이 되고 싶다는 구체적인 목표나 희망보다는 지금 눈앞의 경쟁에서 뒤처지지 않고 문제없이 남들과 비슷하게 흘러가는 것 자체를 목표로 생각한다. 대학이나 전공을 선택하거나 회사를 선택할 때도 그냥 누구에게나 인정받는 좋은 대학과 회사에 들어가는 것 자체가 목표였고, 자신만의 목표가 명확한 대학이나 전공, 회사를 선택하는 친구들을 거의 보지 못했다. 게다가 우리는 스스로 목표를 세우고 성공한 경험도 거의 없다. 시간은 저절로 흘러가듯이, 우리의 인생은 누군가로부터 정해지고 주어진 길을 무리 없이 흘러가면 되는 것으로 생각하는지도 모른다. 어디로 가고 왜 가는지도 모르면서 말이다.

목표란 '어떤 목적을 이루기 위해 지향하는 실질적인 대상이나 구체적인 모습'을 의미하며, 목표 의식이란 '목표를 이루고자 하는 생각이나 신념'을 의미한다. 목표는 달성하고자 하는 구체적인 결과이며, 목적은 목표가 지향하는 방향이다. 그리고 "인생은 속도보다 방향이 중요하다."라는 말에서 그 방향을 설정하는 것이 목표와 목적이다. 또한 목표는 누군가로부터 강제로 부여되거나 우연히 발견되는 것이 아니다. 자발적으로 세워야 하는 것이다. 그래서 어릴 때부터 주어진 목표를 달성하기 위해 노력했던 기억은 이제 지워야 한다. 게다가 목표가 좋은 대학이나 회사 자체가 되어서도 안 된다. 요즘은 회사도 비전과 미션을 통해 회사의 존재 이유를 규정하듯이, 개인도 자신의 존재 이유와 삶의 목적이 명확한 목표를 세워야 한다. 하지만 이게 말처럼 쉽지 않다. 직장 생활을 20년 넘게 한 직장인들도 목표가 무엇이냐고 물으면, 아직도 자신의 목표가 무엇인지 모르고 고민하는 사람들이 대부분이다. 40대 이상의 직장인들은 '자녀들이 대학을 마칠 때까지 회사에 다니거나 재테크를 통해 일정 수준의 재산을 모으는 것' 등을 목표라고 말한다. 물론 목표가 될 수는 있다. 하지만 삶의 가치가 담긴 목표를 가지고 있는 직장인은 거의 보지 못했다. 그렇다면 삶의 목적과 그에 맞는 목표를 가지고 있는 사람들이 과연 얼마나 될까? 당신은 오늘도 명확한 목표없이 회사에서 소중한 시간을 보내고 있을지도 모른다.

"목표가 없는 사람은 목표가 있는 사람을 위해서 평생 일해야 한다."라는 잔인한 말처럼, 우리는 모두 자신만의 목표를 가지고 살아야 한다. 자칫하면 어쩔 수 없이 직장 생활을 오래 하는 것 자체가 슬픈 목표가 될지도 모른다. 그렇다면 목표는 어떠한 기준으로 수립하고 실행은 어떻게 해야 하는가?

첫째, 가급적 구체적이고 실현 가능한 목표를 수립해야 한다. 뜬구름은 잡을 수도 없고 그냥 흘러갈 뿐이다. 개인이나 회사 모두 마찬가지다. 달성이 불가능한 목표는 허황된 꿈과 희망 고문에 불과하다. 그래서 꿈을 따르기보다는 구체적이고 실현 가능한 목표를 설정하고 도전하는 것이 당연하다. 예를 들면 FIRE족처럼 조기 은퇴를 위한 금전적인 목표를 세우는 것도 필요하며, 커리어나 역량을 위해 박사 학위나 자격증을 취득하는 것도 바람직하다. 목표의 크기와는 상관없이 노력해서 가능한 조금은 도전적인 목표를 수립해야 한다.

둘째, 목표와 목적에 대한 의식을 명확히 해야 한다. 우선 목표는 주어진 것이 아니라 자발적이어야 한다. 그리고 목표 달성에 대한 방법론보다 목표 자체가 자신에게 어떤 의미가 있으며, 목표를 왜 달성하고 싶은지에 대한 목적이 분명해야 한다. 특히 목표 의식은 실행의 원동력이자 목표에 대한 의지나 신념을 강하게 한다. 그래서 누구나 가지고 있는 목표가 아닌 진심으로 원하는 삶의 방향과 가치가 있는 목표를 수립하는 것이 필요하다. 위대한 사람은 명확한 목표가 있고, 보통 사람은 막연한 소망만 있다.

셋째, 큰 목표는 세부적인 목표로 구체화하고 목표마다 달성 기한을 정해서 꾸준히 실행해야 한다. 세부적인 목표는 큰 목표를 위한 이정표 역할을 하며, 이 이정표를 통과할 때마다 성취감과 행복을 느낄 수 있어야 한다. 그래야 계속해서 동기 부여가 되고 목표 달성 의지도 높아진다. 그리고 목표에 대한 기한이 없으면 실행력이 줄어든다. 기한은 의무감으로 작동하며 목표를 향한 또 다른 힘이 된다. 그래서 세부적인 목표는 분

기나 반기 단위로 설정하는 것이 바람직하며, 이 과정에서 노력하는 자신을 칭찬하고 달성할 때마다 행복함을 느낄 수 있어야 한다. 그래야 지속 가능하다. 너무 크거나 먼 미래의 목표는 사람을 쉽게 지치고 포기하게 만든다. 솔직히 고통스럽기만 할 뿐, 전혀 행복하지도 않다. 하지만 슬프게도 우리가 세운 대부분의 목표가 그렇다. 목표가 없기도 하지만 목표가 너무 커서 힘들기만 하다.

넷째, 목표를 위해 필요한 자원과 문제점을 정확히 파악하고 제약 조건을 해결해 나가야 한다. 개인 사업을 하려면 돈이 필요하고, 교수가 되려면 대학원에 가야 한다. 또한 목표를 달성하고자 하는 의지와 열정만으로는 불가능한 목표가 너무 많다. 사업할 돈이 없으면 절약해서 시드머니를 만들고, 교수가 되고 싶다면 지금 당장 대학원을 등록해야 한다. 냉정하게 자신의 현재 상황과 문제점을 파악하고 하나씩 극복해 나가야 한다. 이 과정 자체도 하나의 목표가 될 수 있다. 그리고 당신은 충분히 해낼 수 있다.

마지막으로 목표를 달성하지 못하거나 포기했다고 해서 가치가 없는 사람이 되는 것은 절대 아니다. 오히려 세상에는 목표 자체가 없는 사람이 더 많다. 게다가 두려워할 필요도 없다. 실망하면 자신감과 자존감만 낮아지고 재도전의 의욕이 사라지면서 포기하게 된다. 절대로 자신에게 실망하면 안 된다. 원래 목표란 달성하기 어려운 것이다. 그리고 우리는 어릴 때부터 작심삼일을 통해 충분히 느끼고 배웠다. 우선 문제점을 냉정히 바라보고 개선하면서 도전하면 된다. 또한 목표가 없으면 도전이나 실패도 없다. 솔직히 실패가 두려우면 목표를 세우지 않으면 된다. 목표를 달성하지 못했다고 해서 실패가 아니다. 목표에 도전하고 실행해 본 그 자체만으로도 충분한 의미가 된다. 그래서 늦었다고 생각할 때가 가장 늦은 것이며, 후회하기 싫으면 지금 당장 시작해야 한다.

당신의 미래는 항상 불확실하며 지금은 현실이다. 공부에 왕도가 없듯이, 목표 달성에도 왕도가 없다. 오직 목적과 목표, 의지와 실행만 있을 뿐이다.

직장 생활의 목표는 무엇입니까?

2021년, 퇴직을 준비하면서 직장 생활과 인생의 목표에 대해 친구들과 많은 이야기를 했다. 친구들은 동년배인 40대 이상이 대부분이었다. 나의 퇴직은 오래 전부터 준비해 왔던 글을 쓰기 위해서이며, 이 글을 시작으로 책을 출판하고 유튜브를 통해 소통하면서 세상에 도움이 되는 삶을 살아가고 싶다는 것이 인생의 목표다. 구체적으로 말하면, 베스트셀러 작가이자 유튜버, 인플러언서이자 직장 생활에 대한 일타 강사가 되는 것이다.

그러나 함께 이야기를 했던 친구들은 대부분 구체적인 목표가 없었고 앞으로 무엇을 하고 어떻게 살아가야 할지에 대해 고민만 하고 있었다. 현실에 완전히 적응한 직장인과 월급을 통한 생활인만 존재했다. 마치 대학을 가기 위해 고등학교 생활을 하는 것처럼, 정년 퇴직을 하기 위해 힘든 직장 생활을 인내하는 모습이었다. 물론 그들도 퇴직을 결정한 나를 보면서 '생각 없이 뜬구름을 잡으러 간다.'고 생각했을지도 모른다.

친구들이 나의 목표에 대해 가장 많이 물어본 것은 "그게 돈이 돼? 진짜 가능성은 있어? 유튜브는 이미 레드 오션이야!"라는 말이었다. 하지만 나는 돈이 안 되어도 좋고 성공 가능성이 작아도 도전하고 싶었다. 솔직히 인생을 후회하고 싶지도 않고 꼭 해 보고 싶었다. 20년이 넘는 직장 생활과 1억이 넘는 연봉보다 내 삶의 가치와 신념이 훨씬 소중했다. 그래서 퇴직을 과감하게 선택할 수 있었다. 물론 친구들도 원하거나 희망하는 것들이 있었다. 건강을 위해 운동을 한다거나, 골프를 좋아하니 골프샵을 운영하고 싶다는 등이다. 하지만 막연히 희망만 할 뿐, 구체적인 실행 계획은 없었다. 단지 고민만 하고 있었다. 아마 대부분의 직장인이 친구들과 비슷할 것이다. 게다가 나이가 들어감에 따라 경쟁력은 떨어지고 이직은 더 어려워졌으며 어쩔 수 없이 회사에 올인할 수밖에 없는 답답한 상황이다.

"직장 생활의 목표는 무엇입니까?"라는 물음에 명확하게 대답할 수 있는 직장인은 거의 없을 것이다. 나 또한 마찬가지였다. 하지만 입사한 지 20년이 넘은 지금, 나만의 목표를 말할 수 있다는 것이 얼마나 다행인지 모른다. 그리고 이제는 실행만 하면 된다.

보고 자료의 핵심은 무엇인가요?

팀장 시절, 부하 직원들에게 항상 본인이 만든 보고 자료의 핵심을 강조했다.

그래서 부하 직원이 보고 자료를 가지고 오면, 나는 부하 직원에게 형광펜을 주면서 자신이 만든 보고 자료에서 가장 중요하다고 생각하는 핵심 내용을 세 군데 표시하라고 시켰다. 처음에 부하 직원들은 어디에 표시할지 몰라서 당황했다. 그리고 보고 자료의 비용 절감 금액이나 매출 신장률 등 기존에 익숙한 포인트에 자신감 없이 표시했다. 내가 마치 그들을 시험에 들게 한 모양이다.

표시를 하고 나면 부하 직원에게 설명했다. 첫 번째는 반드시 제목에 한 줄! 당신이 무엇을 왜 만들었는지 보고의 목적을 제목으로 확인할 수 있어야 한다. 두 번째는 지금 이 내용이 왜 필요한지에 대한 개요나 배경에 한 줄! 마지막으로 의사 결정을 하게 하는 가장 중요한 지표나 결론에 한 줄! 보고자는 반드시 스스로 표시할 수 있어야 한다고 강조했다.

부하 직원들은 왜 이렇게 해야 하는지 이해하는 척은 했지만, 굳이 이렇게까지 해야 할 필요성까지는 느끼지 못했던 것 같다. 하지만 이렇게 해서 다른 상사에게 보고를 했던 직원은 "실제로 많은 도움이 되었고 후배들에게 똑같이 알려 주고 있다."고 말했다. 그나마 누군가에게는 효과가 있어서 다행이다.

보고 자료는 목적을 명확히 해야 한다

팀장 시절, 부하 직원 중에 자료 만드는 것을 좋아하던 A 대리가 있었다.

어느 날, A 대리는 지시하지도 않은 보고 자료를 스스로 만들어서 가지고 왔다. 그래서 "이건 뭐에요?"라고 물었더니 매출 활성화 대책이라고 말했다. 보고 자료를 자세히 보니 타이틀은 매출 활성화 대책인데, 하이라이트는 비용 절감 금액에 표시되어 있었다. 그래서 다시 물었다. "뭘 만들었다고요?" A 대리는 매출 활성화 대책이라고 말했다.

A 대리와 조용히 면담을 했다. "A 대리님, 제가 분명히 무엇인가 스스로 시작할 때는 보고 자료부터 만들지 말라고 하지 않았나요? 그리고 대리님은 매출 활성화 대책이라고 말했는데, 강조한 부분은 왜 비용 절감 부분입니까? 자신이 무엇을 왜 만들고 있는지 목적을 명확히 하고 만드세요!"라고 말했다. A 대리는 주눅이 들 수도 있었지만 스스로 개선해 나갔다. 열정과 긍정이 가득한 친구였다. 그리고 보고 자료가 좋아졌음은 당연했다.

도대체 무엇을 위한 MBO인가?

목표에 의한 성과관리 기법인 MBO는 많은 회사에서 실행되고 있다. 보통 MBO는 목표를 달성하면 금전 등의 인센티브를 부여하고, 달성하지 못하면 페널티를 주는 방법으로 진행된다. 하지만 현실은 페널티는 없고 인센티브만 있는 경우가 더 많기도 하다.

MBO에서 설정되는 목표는 목표를 부여하는 사람과 부여 받는 사람 간의 합의가 매우 중요하다. 그래야 목표에 대한 적합성, 공정성, 성과에 대한 몰입감이 생긴다. 하지만 개인적으로 경험한 회사는 직원 간의 목표 합의는 존재하지 않았고 목표를 일방적으로 통보하는 방식으로 운영되었다. 그리고 목표가 달성되면 다행이었고 달성하지 못하면 마녀 사냥이 시작되었다. 물론 MBO를 기획한 사람들은 이를 통해 성과가 올라간다고 생각하겠지만 오히려 직원들의 불만만 올라갔다. 게다가 MBO의 목표는 직원들을 줄 세우고 평가하기 위한 도구로 사용되었다. 그래서 직원들은 "이게 도대체 누구의 목표인가? 적어도 나의 목표는 아니다. 그러니 크게 신경 쓰지 말자!"라고 불평했다. 어쩌면 목표에 대한 합의가 없었다는 사실보다 회사로부터 배려받지 못했다는 생각이 더 큰 것인지도 모르겠다.

솔직히 많이 안타까웠다. 목표를 부여하는 사람이 부여한 목표를 책임지지도 않으며, 책임지는 사람은 부여되는 목표에 대해 의견 제시나 합의도 불가능한 상황. 그럼에도 목표를 부여 받는 사람들은 결국 책임을 질 수밖에 없는 상황이 되었다. 그래서 배는 산으로 가고 성과는 바닥으로 직행했다. 도대체 무엇을 위한 MBO인가? 아무리 좋은 제도라도 실행하는 단계에서 문제가 있으면 제도의 목적이나 의미가 왜곡되고 결과도 불투명해진다. 그런데도 개선되지 않고 계속 진행되는 것을 보면, 이건 제도 문제가 아니라 사람들의 의식 문제다. 고칠 수 없는 병은 없지만, 병의 원인을 정확히 진단하고 처방하고자 하는 의사나 병을 치료하고 싶은 환자가 없다는 사실이 회사의 병을 계속 키웠다.

4. 회사 업무

• 어떻게 하면 회사 업무를 잘할 수 있을까?

당신은 "공부 머리와 일 머리는 확실히 다르다."라는 말을 어디선가 들어봤을 것이다. SKY 대학이나 미국 아이비리그 대학 등 좋은 대학을 졸업한 사람들이 성과가 더 뛰어나다는 의미는 아니지만, 그래도 좋은 대학을 졸업한 사람들이 성과가 높을 수 있는 업무에 더 많은 기회를 부여받기도 하고, 주변의 시선도 잘해 낼 것이라는 기대치가 존재하는 것도 사실이다. 물론 결과는 해 봐야 알 수 있다.

회사 업무는 '자신이 맡아서 책임지고 하는 일'을 의미하며, 시간과 경험이 쌓이면서 실력이 된다. 특히 실력은 PDCA 사이클을 통해 강화된다. PDCA 사이클이란 계획을 수립하고(Plan), 실행하며(Do), 실행 결과를 체크하고(Check), 조정과 개선의 과정(Action)을 지속해 나가는 프로세스를 의미한다. 그리고 누군가가 PDCA 과정 중 가장 중요한 과정이 무엇이냐고 묻는다면, 나는 주저 없이 '실행(Do)'이라고 말할 것이다. 모든 성과는 반드시 실행(Do)을 해야 하며, 실행은 이 책을 관통하는 핵심 주제이기도 하다.

같은 회사의 직장인들은 일하는 방법이나 사고방식이 비슷하다. 또한 회사가 원하는 인재상은 창의적이고 도전적이며 혁신적이고 미래 지향적인 인재 등 대부분 비슷하다. 면접을 보면, 합격하는 사람은 지원하는 다수의 회사에 합격되고 불합격하는 사람은 거의 다 불합격된다. 그래서 "합격이 되는 사람은 계속되고 안 되는 사람은 계속 안 된다!" 혹은 "회사의 인재에 대한 생각이나 사람을 보는 눈은 대부분 비슷하다."라고 말한다. 물론 회사마다 약간의 차이는 있지만, 회사가 원하는 인재상이나 일하는 방식은 비슷하다. 그리고 많은 직장인들은 "회사를 그만두는 이유는 대부분 사람 때문이다. 솔직히 업무가 힘들어서 그만두는 사람은 없다!"라고 말한다. 직장 생활은 사람 관계가 어려울 뿐, 회사 업무는 누구나 충분히 해 볼 만하다. 당연히 회사 업무에 대해 크게 부담을 가질 필요는 없다.

그렇다면 회사 업무에 대한 오해는 어떤 것들이 있을까?

첫째, '대학 전공이 중요하다?' 아니다. 회사 업무는 전공이나 학력과는 상관없는 경우가 대부분이다. 물론 입사를 위한 최소한의 스펙과 자격 조건은 필요하다. 그리고 대부분의 회사 업무는 시간과 경험이 쌓이면 누구나 충분히 할 수 있다. 물론 업무 성격에 따라 차이가 있기는 하지만, 자격증이나 고도의 전문성이 필요한 영역이 아닌 이상, 회사 업무는 누구나 쉽게 할 수 있다. 반대로 말하면, 당신을 대신해서 회사 업무를 할 수 있는 사람도 그만큼 많다는 의미다. 그래서 회사가 직장인을 우습게 여기는지도 모르겠다. 어쨌든 회사 업무가 어렵거나 두려운 것에 대해 크게 걱정하지 않아도 된다. 나 또한 처음엔 잘할 수 있을까 두렵기도 했지만, 막상 경험해 보니 어렵지 않았다. 오히려 야근이나 주말 근무가 힘들었을 뿐, 업무 자체가 힘들지는 않았다. 솔직히 업무가 많아서 힘들었다.

둘째, '열심히 노력한다고 해서 회사가 알아주는가?' 맞다. 다 알아주고 인정해 준다. 다만 열심히에 대한 기준이 다를 뿐이다. 일단 회사 업무는 무조건 잘하고 봐야 한다. 그리고 회사 업무는 근태나 성실성 등 기본적인 자세와 업무 태도면 충분하다. 회사 업무는 사람에 따라 성과물의 차이가 크지 않고 대동소이하다. 게다가 당신의 노력하는 모습을 상사나 주변 동료 모두가 지켜보고 있다. 당신에 대해 모르는 것이 아니라 모른 척을 하고 있을 뿐이다. 당신만 그 사실을 못 느낄 뿐이다. 회사의 기본을 지키고 업무에 집중한다면 회사 업무는 누구나 잘할 수 있고 충분히 인정받을 수 있다.

셋째, '나만을 위해 노력하고 나만 잘하면 되는 게 아닌가?' 아니다. 회사는 혼자 사는 곳도 아니고 혼자서 하는 업무도 아니다. 모든 업무가 부서와 부서, 사람과 사람 사이에 엉켜 있다. 그래서 타 부서나 상사, 동료와의 소통이 무엇보다 중요하다. 특히 친절함을 바탕으로 상대방의 마음을 이해하려는 노력과 배려하는 마음이 중요하다. 회사 업무는 사내 인맥이나 네트워크를 통해 쉽게 해결되거나 협력하는 업무가 많은 바, 적보다는 친구를 많이 만들어야 한다. 유아독존의 사고방식이나 불통왕의 모습으로는 회사 업무를 잘할 수 없다. 조금은 이기적이어도 괜찮지만, 조직의 허용 범위를 넘어서는 안 된다. 그리고 당신 혼자서 잘할 수 있는 회사 업무는 그다지 많지 않다.

우리는 성과를 내고 월급을 받기 위해 회사를 다닌다. 그렇다면 회사 업무를 잘하는 방법은 얼마나 많을까? 그중에 당신에게 적합한 방법은 몇 가지나 있을까? 솔직히 생각해 보면 그다지 많지 않을 것이다. CEO나 대학교수들이 책이나 강연을 통해 일에 대한 정의 및 일을 잘하는 방법에 대해 수없이 이야기하지만, 왜 나에게 맞는 방법은 없을까? 혹시 영원히 풀리지 않는 숙제 같은 것일까? 또한 일을 잘하기 위한 방법에 대해 수많은 기업들이 이야기한다. 예를 들면 아마존의 13가지 일하는 방식은 '고객에게 집착해라.', '결과에 주인 의식을 가져라.', '발명하고 단순화하라.', '리더는 대부분 옳다.', '최고의 인재만을 채용하고 육성하라.', '최고의 기준을 고집해라.', '크게 생각해라.', '신속하게 판단하고 행동해라.', '근검절약을 실행해라.', '다른 사람의 신뢰를 얻어라.', '깊게 파고들어라.', '반대하거나 받아들여라.'. '구체적인 성과를 내라.' 등이다. 이 13가지 방법 모두 성경에 나온 구절과 비슷하게 들리며 틀린 말은 하나도 없다. 또한 개인적으로 경험한 회사는 '7가지 일하는 방법과 기준'을 제시했다. '모든 생각과 판단의 기준점은 고객이다.', '과거와는 다른 방식으로 일한다.', 'RISK가 있어도 도전한다.', '업무를 깊이 있게 파고든다.', '관행과 낭비를 버리고 스마트하게 일한다.', '팀보다는 회사를 먼저 생각한다.', '다른 사람의 신뢰를 얻는다.' 등이다. 이 외에도 많은 기업들은 성과를 내기 위한 수많은 방법을 언급하고 있으며 내용도 대동소이하다. 마치 공부를 잘하는 방법이 대부분 비슷한 것처럼 말이다. 다만 나에게 적합한 방법을 아직 못 찾았을 뿐이다.

그렇다면 회사 업무를 잘하는 방법 중 개인적 측면과 관계나 업무적 측면으로 구분해서 이야기한다면,

우선 개인적 측면으로는,

첫째, 메모광이 되어야 한다. 관심과 호기심을 바탕으로 생각나는 모든 것들을 메모할 수 있어야 한다. 업무에 대해 갑자기 떠오르는 아이디어나 상사와 동료의 이야기 중 기억해야 하거나 와닿는 부분 등을 놓치지 말고 메모할 수 있어야 한다. 우리는 기억을 믿지 말고 기록을 믿어야 한다. 개인적으로 나이가 들어갈수록 금방 사라지는 생각들을 붙잡는 방법은 오직 메모와 기록뿐이라는 사실을 절감하면서 살아가는 중이다.

둘째, 기분이 좋아지고 모든 일이 잘될 것만 같은 스스로의 루틴을 많

이 만들어야 한다. 회사 책상 위에 가족사진을 놓거나 좋아하는 색깔, 향기, 음악 등 당신의 5감을 만족시키는 것들과 기분을 좋아지게 하는 말과 행동 등을 자신만의 루틴으로 만들어야 한다. 그래서 누군가는 아침에 이불을 정리하고 출근하라고 말하기도 한다. 이를 위해서는 자신이 좋아하는 것들을 정확히 알고 있거나 찾을 수 있어야 한다. 이를 통해 동료들에게도 긍정의 에너지를 발산할 수 있어야 한다.

셋째, 자신을 사랑하고 모든 상황에서 자신감 있게 행동해야 한다. 자신감은 자기 확신에서 나온다. 특히 상사와 회사를 사랑하려면 자신감과 자기애가 있어야 한다. '나는 잘될 거야. 항상 내 자신을 믿어!'라는 긍정적인 생각과 자신감으로 스스로를 강하게 만들어야 한다. 실행이나 반성이 없는 막연한 자신감이 아닌, 개선 의지와 실행력을 통해 구체적인 역량과 실력을 키워야 한다.

마지막으로 모든 업무를 회사나 상사의 입장에서 판단하려고 노력해야 한다. 솔직히 처음에는 잘 안 된다. 하지만 최소한 당신만의 편협한 생각을 정답이라고 맹신하지는 말아야 한다. "성공하고 싶다면, 한 치수 큰 모자를 써라."라는 말처럼, 회사나 상사의 입장에서 판단하고 행동해야 한다. 당신은 지금 누구를 위해서 일하는가? 바로 자신이다. 그렇다면 무엇을 위해 일하는가? 당연히 성과를 위해서 일한다. 그리고 성과는 회사나 상사, 상대방 입장을 이해하려는 노력에서 시작된다는 것을 잊으면 안 된다. 자신의 기준으로 혼자서만 열심히 하는 것은 정답이 아니다.

관계나 업무적 측면으로는,

첫째, 업무 우선순위와 TO DO 리스트를 매일 정리하는 습관을 길러야 한다. 이 습관은 메모광이 되면 쉽게 할 수 있고 아침에 10분만 투자하면 충분히 가능하다. 일을 잘하는 사람은 업무를 못 할 수는 있어도 업무를 놓치지 않는다. 그리고 당연히 업무 우선순위는 상사와 협의해야 한다. 만약 당신이 왜 싫은 상사와 협의해야 하며, 스스로 결정하면 안 되냐고 묻는다면? 회사 업무는 당신 혼자만의 일도 아니고 혼자서 하는 일도 아니다. 만약 함께하기 싫으면 개인 사업을 하면 된다. 우선은 당장 해야 할 업무를 정리하고 상사와 함께 이야기를 시작하자. 지금 당신의 상사가 등 뒤에서 기다리고 있는 중이다

둘째, 업무 수명 시 수명을 받는 사람의 업무 자세가 훨씬 중요하다. 보통 상사가 업무 지시를 할 때 상사 자신은 구체적이고 명확하게 설명했다고 생각하기 쉽다. 이는 마음이 급하고 시간이 다르게 흐르기 때문이다. 물론 실력이나 배려가 부족할 수도 있다. 하지만 부하 직원 입장에서는 업무 목적이나 방향, 보고 기한 등이 명확하지 않은 경우가 많다. 이 부분은 부하 직원인 당신의 성과를 위해서라도 반드시 상사에게 확인해야 한다. 만약 업무 목적이나 방향이 애매하거나 명확하지 않다면, 반

드시 질문을 통해 확인해야 한다. 그리고 질문하는 것이 상사에 대한 예의가 없는게 아니라, 모르면서도 질문을 하지 않는 것이 예의가 없는 것이다. 질문이 없으면 성과도 없고 자칫하면 지옥 같은 직장 생활이 시작될 수 있다. 일단 상사 탓을 하기 전에 자신을 먼저 되돌아볼 수 있어야 한다.

셋째, 가급적 상사를 좋아하고 사랑해야 한다. 사실 상사와의 관계는 불가근불가원(不可近不可遠)이 가장 이상적이다. "반드시 상사를 좋아하거나 미워할 필요는 없다. 다만 상사와의 관계를 잘 관리해서, 상사가 당신의 성과와 목표에 도움이 되게 할 필요가 있다."라는 피터 드러커의 말처럼, 상사를 진심으로 사랑하기는 어려워도 적절한 관계 유지는 매우 중요하다. 상사 또한 마찬가지이다. 부하 직원과 인간적으로 친해지면 좋겠지만, 그 중심에는 성과가 기본이다. 친분은 친분에 불과할 뿐이다. 또한 상사를 좋아하거나 사랑하기 어렵다면, 최소한 뒷담화나 험담은 하지 말아야 한다. "발 없는 말이 천 리를 간다."라는 말처럼, 당신의 뒷담화나 험담은 반드시 상사 귀에 들어간다고 생각해야 한다. 어떤 경우에는 당신이 하지도 않은 말들이 오해가 되기도 한다. 솔직히 상사를 험담하지 않는 것만으로도 관계 개선 가능성은 충분히 열려 있다.

넷째, 상사의 이야기에 집중해야 한다. 물론 호응까지 잘하면 금상첨화다. 그리고 상사의 이야기 중 메모할 내용이 없어도 받아쓰는 척이라도 해야 한다. 자연에서의 적자생존(※ 환경에 가장 잘 적응하는 집단만이 살아남는다.) 원칙과 회사에서의 적자생존(※ 메모하는 사람이 살아남을 수 있다.)이라는 말이 같은 단어로 쓰이는 것을 보면, 약육강식의 자연 법칙과 성과로 경쟁하는 회사의 법칙은 크게 다르지 않다.

마지막으로 상사의 이야기를 왜곡해서 들으면 안 된다. 최소한 들었으면 정확히 이해하는 것이 부하 직원의 기본이다. 상사가 '아'라고 이야기하면 정확히 '아'라고 이해해야 한다. 관계가 좋지 않다고 '야' 또는 '×발'이라고 오해하거나 왜곡해서 들으면 절대 안 된다. 특히 자신만의 감정이나 피해의식을 상사에게 투영하면 안 된다. 회사에는 나쁜 상사들도 많지만, 자질이 부족하고 형편없는 부하 직원들이 더 많다. 그래도 상사는 성과나 리더십 등 회사 시스템을 통해 인정받아 승진한 사람이다. 하지만 부하 직원인 당신은 아직 회사 시스템을 통해 상사만큼 인정받은 사람이 아니다. 게다가 상사도 입사할 때는 당신 못지않은 스펙과 역량, 열정과 창의성을 가지고 있었다. 물론 당신에게 보이지 않을 수도 있다. 어쨌든 절대 상사를 과소평가하면 안 된다. 지금은 자신의 실력을 키워야지, 상사에 대한 피해 의식을 키우면 안 된다. '상사는 당신을 선택할 수 있어도, 당신은 상사를 선택할 수 없다.'라는 말을 기억해야 한다. 이외에도 업무에 대한 책임감이나 주인 의식, 고객 중심적 사고, 신뢰와 판단력, 도전 의식과 열정, 통찰력과 소통 능력 등 회사 업무를 잘하기 위한 수많은 역량과 방법이 있다. 지금부터라도 자신에게 맞는 방법을 찾고 하나씩 실행해야 한다.

오늘 하루를 치열하게 보냈지만, 정작 퇴근할 때는 무엇을 했는지 기억이 없는 슬픈 직장인, 회사 업무는 아무리 해도 끝이 없고 결승점이 보이지 않는 마라톤처럼 느껴질지도 모른다. 그럼에도 직장인은 회사 업무를 무조건 잘해야 한다. 그래야 내일이 있고 다음을 기약할 수 있다. 슬프지만 엄연한 현실이기에 그들을 응원하지 않을 수 없다.

5. 현장 경영

• 당신에게 현장은 어떤 의미인가?

현대그룹 정주영 회장의 "자네 직접 해 봤나?", 롯데그룹 신격호 회장의 "자네 직접 가 봤나?"라는 말을 들어 본 적이 있는가? 모든 업무와 의사결정은 현장 중심이 되어야 한다는 의미를 강조한 말이다. 물론 그룹의 회장이 현장에 자주 방문한다고 해서 현장 경영이 구현되는 것은 아니다. 현장 경영은 모든 구성원이 현장에 대한 이해를 바탕으로 의사 결정을 해야 하며, 기업의 가치를 현장에서 찾고 이루어진다면 지속 가능한 회사가 될 수 있다는 실질적인 경영 방침이다. 그리고 이제는 현장 경영을 강조하지 않는 기업은 찾아볼 수가 없다.

현장 경영은 기업의 모든 구성원이 현장에서 의미와 가치를 찾을 수 있다는 생각과 눈이 있어야 한다. 겉으로 드러나는 안전 RISK나 생산과 효율만의 문제가 아니라 현장의 문제를 스스로 찾아내는 문제의식과 개선과 해결을 통해 새로운 가치를 만들어 가는 노력이 병행되어야 한다. 예를 들어 백화점의 경우, 우문현답(※ 우리의 문제는 현장에 답이 있다.)이라는 말을 통해 직원들에게 현장 경영의 중요성과 필요성에 대해 공유했다. 자신의 현재 위치에서 지금의 모든 상황을 문제로 인식하고 현장의 경험을 바탕으로 효과적인 개선안을 찾아 실행하는 인재가 되기를 희망했다. 하지만 실질적 실행이 아닌 단순한 구호나 방향 제시만으로는 한계가 명확했다.

현장 경영은 현장에 대한 실질적인 방문과 이해가 중요하다. 무엇보다 현장에 자주 가 봐야 하며 직장 생활과 업무의 리듬을 현장에 맞출 수 있어야 한다. 그리고 현장에 가는 것이 특별한 행위가 아니라, 현장과 늘 함께하고 있다는 생각과 행동이 선행되어야 한다. 현장에 대한 이해와 공감이 없다면, 성과를 위한 기회를 놓치거나 경쟁에서 뒤처지게 된다. 또한 핵심 인재로 성장하고 싶다면, 현장에서 직접 보고 느껴야 한다. 물론 현장에 몇 번 방문했다고 해서 현장을 제대로 이해하는 것도 아니다. 현장의 업무와 시스템을 직접 경험을 해야 이해도가 높아진다. 현장은 눈과 귀가 아닌 몸으로 직접 체험할 때 비로소 의미가 된다.

하지만 본사에서 근무하는 직원 중 현장에 방문하지도 않고 방문해 본 것처럼 말하고, 현장에서 근무하는 사람들과 소통하려는 노력조차도 하지 않는 형식적인 경험을 가진 직원들이 많다. 과연 이런 직원들이 현장에 대한 문제점과 개선안을 수립하면 정말 가치 있고 유의미한 결과물이 나올까? 개선안이 제대로 작동되고 효과가 있을까? 그래서 현장 사람들은 본사 직원들을 책상물림이나 탁상공론이라는 말로 폄하하고, 현장의 이해가 부족한 기획, 인사, 마케팅 등은 모두 무의미하다고 불평한다. 예를 들어 백화점 본사에서 근무하는 직원이 쉬는 날 영화를 본다고 가정해 보자. 집 주변의 영화관 중 백화점과 함께 있는 영화관에 1시간 정도 일찍 가서 백화점을 둘러보고 나서 영화를 보는 사람과 '왜 쉬는 날까지 백화점을 가야 하나?'라고 생각하면서 현장을 둘러보지 않는 직원 중 과연 누가 현장을 잘 이해하고 있을까? 누가 더 성과를 내고 인정받을 가능성이 높을까? 현장 경영에 대한 이해가 없으면 현장에는 근무 시간이 아니면 가기도 싫고 가야 할 필요성도 느끼지 못하며, 쉬는 날 백화점에 가는 것 자체가 짜증 나고 싫어지게 된다.

그러나 현장에 대한 이해와 의식이 부족한 직원들은 오히려 이러한 부정적 평가를 불공정하다고 말한다. 만화『미생』의 이야기처럼, 현장에 고객, 기계설비, 작업복, 운동화가 있다면, 본사에는 대표이사와 상사, 보고서, 양복, 슬리퍼 등이 있다. 현장은 공장만이 아니라 사무실도 현장이며, 이 둘의 물리적 구분은 무의미하다. 현장과 본사는 모두 중요하며 이 두 영역을 이해하고 통합할 수 있을 때, 비로소 제대로 된 현장 경영이 가능하다. 하지만 본사는 높은 양반이며 현장은 평민이나 노예처럼 느껴지는 것도 엄연한 현실이다. 솔직히 신입 사원들이 본사 부서를 지원하는 것만 봐도 충분히 느낄 수 있다. 개인적으로 현장에 대한 이해가 부족한 직원들에게 "우리 회사의 진짜 문제는 현장과 현장 직원들을 우습게 생각하고, 현장에 대한 문제의식도 없으며, 실제로 모르면서 아는 척하고 현장에 가 보지도 않았으면서 가 본 척하며, 해 보지도 않았으면서 해 본 척하는 모습이 아닐까?"라고 자주 말했다. 혹시 너무 꼰대스러운 상사였을까?

그렇다면 묻고 싶다. 지금 당신의 현장은 어디인가? 그리고 당신에게 현장은 어떤 의미인가?

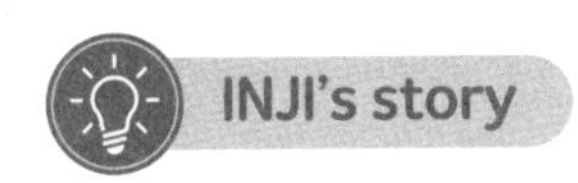

참석했던 모든 사람이 한순간에 얼어붙었다

기획과장 시절, VIP 브리핑 자료를 대표이사와 함께 공부하고 있었다. 영업 본부장과 STAFF 팀장이 함께 참석해서 부산 상권의 A 점포 활성화 방안에 대해 보고를 했다.

보고를 받은 대표이사는 "이 자료는 누가 만들었나? 그리고 STAFF 팀장은 최근 현장에 직접 가 봤나?"라고 물었고, STAFF 팀장은 "아직 한 번도 못 가 봤습니다."라고 솔직하게 대답했다. 대표이사는 STAFF 팀장에게 "이 회의실에 있을 자격이 없으니 나가게!"라고 말했고, STAFF 팀장은 조용히 회의실을 나갔다. 회의에 참석했던 모든 사람이 한순간에 얼어붙었다. 그리고 대표이사는 나에게 월요일 오전까지 다시 만들어서 재보고하라고 지시했다. 나는 즉시 부산행 KTX 열차를 예매했고 소중한 주말은 그렇게 부서졌다. 그리고 보고 당일인 월요일 오전, 보고를 시작하기 전 대표이사는 나에게 "부산 현장에는 갔다 왔나?"라고 물었고, 나는 "금요일 퇴근 후 내려가서 일요일 오전에 올라왔습니다."라고 대답했다. 그리고 보고는 문제없이 잘 끝났고, 대표이사도 부산으로 향했다.

현장은 몸으로 이해할 수 있어야 한다

와이프가 태어나고 살던 곳이 부산이라 서울과 부산 간의 장거리 연애를 무려 8년 동안이나 했다. 그리고 2012년 2월에 결혼했다. 우리 커플은 서울, 대전, 광주, 대구, 울산, 포항, 부산 등에서 만나 현지 백화점을 돌아다니며 데이트를 했다. 물론 이곳저곳 맛집도 찾아 다니고 포항에서는 울릉도와 독도를 가 보기도 했다.

솔직히 왜 그렇게 점포를 방문했는지 잘 모르겠다. 하지만 그냥 각 지역의 백화점은 모두 다 한 번씩은 가 보고 싶었다. 어쩌면 직장 생활에 도움이 될지도 모르고 현장을 조금 더 이해할 수 있게 될지도 모른다고 생각했기 때문에 그랬던 것 같다. 물론 회사에서 인정받고 승진하고 싶은 마음도 가득했다. 그리고 이런 식의 데이트를 이해해 준 와이프에게 고맙기도 했다. 그렇다면 이런 행동들이 과연 직장 생활에 도움이 되었을까? 나는 "많은 도움이 되었다!"고 확실하게 말할 수 있다. 실제로 현장을 방문하면 그 지역이나 점포만의 분위기를 느낄 수 있다. 그래서 현장은 몸으로 이해할 수 있어야 한다. 게다가 굳이 드러내지 않아도 은연중에 드러나기도 하고 상사나 보고의 신뢰가 올라가기도 한다.

6. 효율과 성과

• 직장인은 무조건 성과가 최우선이다

대학생 시절, 당구를 치다 어려운 공이 나와서 "어떻게 쳐야 하지?"라고 친구에게 물으면 이렇게 대답했다. "JAL Method를 사용해!" 즉, 알아서 '잘' 치라는 말이다. 사실 무엇이든 결과가 가장 중요한 것 아닌가? 쉬운 공도 못 치면 게임을 지게 되고, 어려운 공도 잘 치면 이길 수 있다. 결국 이기는 것이 성과이자 전부였고 과정은 그다음이었다. 특히 야구, 축구, 당구 등 모든 스포츠는 이겨야 재미가 있다. 야신 김성근 감독의 이기는 야구가 팬들에게는 가장 재미있는 야구다. 우리가 쉽게 말하는 '졌잘싸'는 자기 만족을 위한 정신 승리에 불과하다.

그렇다면 직장에서 말하는 효율과 성과의 의미는 무엇인가? 얼핏 보면 비슷한 말 같지만 완전히 다른 말이다. 효율은 들어간 노력 대비 결과물의 비율이며, 성과는 구체적으로 달성한 실적이나 결과물이다. 효율적이라도 성과가 없을 수는 있지만, 성과가 있으면 효율적이라고 평가를 받기도 한다. 그리고 대부분의 회사는 효율보다 성과가 우선이다. 또한 성과(Performance)는 실행(Perform)의 결과물이며, 실행과 성과는 거의 동일한 의미다. 즉, 일단 실행을 하고 어떻게 실행하는지가 성과를 좌우한다. 그래서 계획만 하고 실행이 없으면 성과 자체가 없는 것이다.

회사는 시간과 금전 등 제한된 자원의 효율적 사용 및 선택과 집중을 통해 성과를 창출해야 한다. 하지만 힘들게 고생했음에도 성과가 나쁘면 그 어떤 말도 핑계가 된다. 또한 직장인은 성과에 의해 평가를 받으며, 리더십도 성과 여부에 따라 판단된다. 주어진 상황에 따라 필요한 리더십이 상이하며, 성과에 따라 같은 리더십도 다르게 평가된다. '성과 중심의 리더십' 혹은 '고성과 조직의 리더' 등의 말들은 모두 이런 맥락에서 나온 문구다. 또한 어떤 위로나 핑계도 성과를 덮을 수 없다. 잔인하게 들리겠지만, 공부를 못하는 학생과 성과가 낮은 직장인은 자연스럽게 도태된다. 그래서 최선을 다하고 노력해도 성과가 나쁘면 다른 방법을 찾거나 다른 길을 빨리 알아보는 것이 현명한 선택일지도 모른다.

보통 회사 업무는 상사로부터 주어진다. 대부분의 직장인은 스스로 문제점을 찾거나 개선이나 혁신하려는 노력이 부족하다고 한다. 하지만 직장인은 지금 당장 해야만 하고 주어진 일에 충실하기 바쁘다. 게다가 이 회사가 내 것도 아니고, 지금 주어진 일만 처리하는 것도 하루가 벅차다. 그렇다면 회사가 잘돼야 내가 잘되는 것인가? 솔직히 그것도 아니다. 회사가 잘돼도 나는 안 될 수 있으며, 회사가 안 돼도 나는 충분히 잘될 수 있다. 회사와 직장인은 계약 관계에 불과하며 회사와 상생한다는 말은 받아들이기 힘들다. 특히 요즘 MZ세대 직장인은 "월급 받은 만큼만 일하고 싶다!"고 당당하게 말한다. 하지만 사람마다 생각과 행동이 다르듯이, 누군가는 업무에서 주인이나 리더가 되기도 하고 노예처럼 끌려다니기도 한다. 그리고 누가 성과가 좋을지는 불 보듯이 뻔하다. 어차피 해야 한다면, 남들보다 성과를 낼 수 있으면 좋지 않을까?

엄밀히 말하면, 효율은 직장인의 기본적인 사고방식이며, 성과는 대표이사나 주인의 사고방식이다. 대부분의 직장인은 효율적, 열심히, 최선, 서로 합의된 프로세스를 통해 업무가 진행되면, 성과가 부진해도 어느 정도 이해하고 넘어갈 수 있다. 하지만 대표이사나 주인은 일을 했으면 반드시 성과가 있어야 하며, 손실이나 부진한 성과를 절대로 쉽게 넘어가지 않는다. 즉, 노력을 했어도 성과가 나쁘면 노력은 무용지물이 된다. 그래서 만약 핵심 업무나 성과에 집중하지 않고 바쁘다는 핑계로 성과와 상관없는 업무를 우선시한다면, 당신의 평가와 성과는 좋을 수가 없다. Busyness 때문에 Business를 못 하는 직장인은 용도 폐기가 되기 쉽다. 직장인은 무조건 성과가 최우선이며 효율과 과정은 그다음임을 반드시 기억해야 한다.

성과와 신뢰는 하루하루 쌓이는 것이다

우리는 아침마다 "어머니, 학교 다녀오겠습니다." 혹은 "여보, 회사 다녀올게."라고 말하고 등교와 출근을 한다. 그렇다면 학생은 왜 학교에 가고, 직장인은 왜 출근을 할까? 학생은 공부를 통해, 직장인은 일을 통해 성과를 내기 위해서다. 그리고 학생은 성적으로, 직장인은 실적으로 성과가 나타난다.

성적과 실적의 공통점은 '적(積)'이라는 단어에 있다. 모든 것은 쌓인다는 의미다. 성적과 실적 모두 시간과 노력이 쌓여서 이루어진다. 운전 면허나 커트라인이 있는 시험이 아니다. 그리고 직장 생활은 하루하루가 쌓이면서 실적이나 성과 외에도 상사나 동료와의 신뢰도 함께 쌓인다. 게다가 오해도 쌓이고 불만도 쌓이며 업무와 스트레스도 쌓인다. 그렇게 많은 것들이 쌓이면서 당신의 직장 생활이 만들어진다.

그렇다면 지금 당신은 무엇을 어떻게 쌓아 가고 있는가? 회사에서 인정받는 핵심인재이자 고성과자인가? 상사나 동료의 신뢰는 받고 있는가? 솔직하게 생각해 볼 필요가 있다.

버릴 것은 확실히 버려야 한다

"안 해도 될 일을 효율적으로 열심히 하는 것만큼 쓸모 없는 일이 없다!"라는 말은 세계적인 석학 피터 드러커의 말이다. 하지만 직장인의 입장에서 이 말을 생각해 보면,

우선 성과가 없다고 판단되는 '안 해도 될 일'은 대표이사나 주인의 판단 영역이다. 대부분의 직장인은 '안 해도 될 일'에 대한 여부를 스스로 판단하지 않는다. 자칫하면 책임을 져야 하기 때문이다. 오너가 조용히 다가와서 "당신이 왜 안 해도 될 일인지 여부를 판단하지?"라고 물으면 할 말도 없다. 직장인은 업무가 주어지면 실행해야 하는 '을'의 입장이다. 게다가 오너는 직장인이 회사의 주인이라고 생각하지 않는다. 회사의 주인은 오직 오너 자신뿐이다. 혹시 억울하거나 이해가 안 가면 개인 사업을 해 보면 확실히 알 수 있다.

그리고 '효율적으로 열심히 하는 것'은 직장인이 가장 잘할 수 있는 부분이다. 특히 '열심히'라는 말은 어떤 직장인에게는 최고의 무기가 되기도 한다. 그들은 업무를 통해 성과를 내야 하는데 그냥 열심히만 할 뿐이다. 그래서 어제도 밤을 새고 오늘도 야근을 준비한다. 또한 기존의 시스템이나 프로세스에서 조금만 개선하면 직장인이 기대하는 약간의 효율과 성과는 충분히 가능하다. 그래서 '효율적으로 열심히 일하는 것'은 직장인이라면 누구나 가능하고 잘할 수 있다. 다만 그 효율이 목표로 하는 성과를 의미하지는 않는다. 하지만 책임을 지기 싫어하는 직장인의 성향을 감안하면, 효율과 개선에 집중하려는 마음을 충분히 이해할 수 있다. 그렇더라도 직장인은 열심히가 아닌 성과로 자신의 가치를 증명해야 한다.

그렇다면 마지막의 '쓸모없는 일'은 과연 누구의 판단인가? 이 역시 대표이사나 주인의 영역이다. 만약 직장인이 주인의 입장과 생각을 이해하고 판단할 수 있다면, 쓸모없는 일을 구분하고 효율 개선을 통해 성과를 만들 수 있다. 그러면 당연히 회사에서 승승장구할 것이다. 하지만 대부분의 직장인은 회사의 주인이 아니기에 주인의 생각을 이해하거나 주인의식을 가지기 힘들다. 그것을 알기에 직장인은 주인 의식의 중요성을 강조하고 주인 의식을 갖기 위해 노력한다.

사실 피터 드러커나 세계적인 석학들의 이야기는 회사 오너나 대표이사 입장에서는 충분히 이해가 가지만, 오늘도 어쩔 수 없이 출근을 해야만 하는 직장인의 입장에서는 짜증스러운 이야기임에 틀림없다. 혹시 그들은 항상 오너들만 만나서 그렇게 이야기하는 것인가? 과연 직장인으로서 신입 사원이나 직급이 낮은 직장 생활을 해 보기나 했을까? 오늘은 그들에게서 지옥 같은 직장 생활을 계속 해야만 하는 사람들에 대한 이해와 생각을 들어 보고 싶다.

7. 선택과 포기

• 스스로 선택할 것인가? 아니면 포기를 강요당할 것인가?

인생에는 무엇인가를 반드시 선택해야 하는 시기가 있다. 대학이나 전공을 선택하거나, 개인 사업이나 취업 등 중요한 선택을 해야 한다. 그리고 이러한 선택은 누군가가 선택해 주는 것이 아니라 반드시 스스로 결정해야 한다. 그래야 후회가 없다. 어느 누구도 당신의 인생을 대신 살아주거나 책임져 주지 않는다. 또한 무엇인가를 선택하면 동시에 기회비용도 발생한다. 우리가 쉽게 이야기하는 '선택과 집중'이라는 말은 선택을 해야 집중할 수 있다는 의미이며 사실 이 둘은 같은 방향의 단어다. 그리고 우리는 선택과 포기의 문제에서 항상 갈등한다. 모든 것을 선택할 수 없으니 그중에서 최선의 선택을 하고 집중해야 한다. 특히 선택의 문제에서 가장 중요한 것은 스스로 확신을 가진 선택이어야 한다는 것이다. 선택은 자신감과 자기 신뢰에서 나온다. 확신이 부족한 선택은 포기도 못 하고 집중도 제대로 할 수가 없다.

직장 생활은 의사 결정과 문제 해결의 과정이다. 의사 결정은 책임을 지겠다는 마음가짐에서 시작되며, 자신이 의사 결정을 하지 않은 결과를 책임지고 싶어 하는 직장인은 아무도 없다. 하지만 직장 생활에서는 의사 결정이 강요되고 책임을 져야 하는 상황이 많이 발생한다. 그리고 어차피 책임을 져야 한다면, 자신감 있는 선택과 집중을 통해 성과를 내야 한다. 개인적으로 더 좋은 선택을 위해 고민하기보다는, 어떤 선택이 더 나쁜지를 결정해서 포기하는 방법을 사용했다. 나에게는 이 방법이 아쉬움이나 후회가 가장 적은 방법이었다. 오히려 경계하는 것은 고민만 하고 어떤 선택도 하지 못해서 실기하거나 끌려다니는 것이다. 자신감 있게 선택하지 못하면 어떤 것도 제대로 할 수가 없다. 우리는 어릴 때부터 선택과 집중만이 정답이라고 배웠고, 실패와 포기는 나쁜 것이라고 배웠다. 하지만 포기는 선택을 통해 생기는 것이며 동시에 기회비용도 발생한다. 선택에는 포기가 반드시 존재하며 집중은 그다음이다.

사실 무엇인가를 포기하려면 선택하는 것보다 자신감과 용기가 더 많이 필요하다. 솔직히 포기가 익숙하지도 않지만 두렵기도 하다. 하지만 선택하지도 못하고 누군가에 의해 포기를 당하는 것이 더 두렵다. 예를 들어 당신의 업무가 성과도 부족하고 팀에 문제가 되어 다른 동료에게 넘어가는 경우가 종종 있다. 직장 생활에서 이런 경우는 의외로 많고 생각만 해도 자존심이 무너지는 일이다. 또한 회사의 신규 사업이나 투자 등 새로운 영역에 도전하는 것은 많은 자원과 용기 있는 결단이 필요하다. 하지만 반대로 기존 사업 영역을 포기하는 것은 훨씬 더 많은 용기와 책임이 뒤따른다. 그래서 직장인 중에는 신사업 영역에 도전해야 한다고 말하는 사람은 많지만, 기존의 사업 영역을 포기하거나 축소해야 한다고 말하는 사람은 보기 힘들다. 회사 업무도 마찬가지다. 새로운 업무를 만들어 내는 사람은 많아도, 기존의 업무가 비효율적이거나 불필요해도 책임지는 사람의 명확한 지시가 없으면 계속하게 된다. 새로운 업무는 도전과 칭찬의 영역이지만, 기존의 업무는 포기와 책임의 영역이기 때문이다. 그리고 직장인 어느 누구도 포기에 따른 책임을 지고 싶어 하지 않는다. 그래서 업무는 줄어들지 않고 계속 늘어만 간다. 직장인이 항상 바쁜 이유이기도 하다.

당신은 직장 생활에서 성과에 대한 포상과 실패에 대한 징계 중 무엇을 더 많이 보았는가? 포상은 과감한 도전과 탁월한 성과에서 나오지만, 징계는 포기, 실패, 개인 비리에서 나온다. 또한 많은 회사에서 'Fast Fail'이라는 말로 실패를 적극적으로 장려하고 포상까지 하겠다고 말하지만, 실제로 포기나 실패는 징계로 이어지는 경우가 더 많다. 회사는 손실에 대한 책임을 반드시 묻는다. 그래서 포기나 실패가 발생할 수 있는 업무는 최대한 접근하지 않는 것이 바람직하다. 물론 직장 생활을 오래 할 수 있는 최고의 방법이기도 하다.

그렇다고 포기가 항상 나쁜 것만은 아니다. 할 수 없는 일을 끝까지 해내려고 노력하는 것만큼 비효율적이며 무식한 일도 없다. 때로는 포기가 최선인 경우도 많다. 그리고 너무 늦은 포기는 치명적인 기회비용을 발생시키기도 하며 재도전을 할 수 있는 기회를 사라지게도 한다. 게다가 최선을 다해도 안 되는 일이 세상에는 너무나 많다. 특히 직장 생활은 적정선에서 타협과 포기도 할 줄 알아야 한다. 하지만 직장인들은 "한 번 더 도전하자!" 혹은 "될 때까지 최선을 다하자!"라는 말을 더 많이 한다. 그리고 이런 말들이 당장 필요한 포기를 더 어렵게 만들며, 안타깝게도 점점 답도 없는 미궁 속으로 빠지게 된다.

보통 시작이 있으면 끝도 있으며, 그 끝은 성공이 아니라 실패와 포기일 수도 있다. 그리고 과감한 결단은 새로운 도전보다는 포기의 영역에서 더욱 빛이 난다. 그렇다면 당신은 스스로 선택할 것인가? 아니면 포기를 강요당할 것인가?

나는 포기하는 방법을 배우지 못했다

팀장 시절, 부하 직원에게 포기를 강요한 적이 있다. 지금 생각해도 너무 미안하고 후회되는 일이다.

항상 노력하고 누구보다 성품이 좋은 A 대리님. 온라인 업무를 담당했는데 점포의 모든 구성원이 함께 노력해야 하는 중요한 업무였다. 하지만 쉽지 않았고 성과도 부진했다. 게다가 A 대리는 타 부서 직원들에게 실망하거나 상처를 받으며 많이 힘들어했다. 팀장으로서 변화가 필요하다고 생각했다. 그래서 고민하다가 A 대리와 미팅을 했다.

"대리님, 우리 함께 온라인 업무를 포기하면 안 될까? 나랑 같이 포기하자. 모든 책임은 내가 질게."라고 말했다. 하지만 A 대리님은 내 말이 서운했는지 많이 울었다. 자존심에 상처받은 것이다. 솔직히 반대로 생각해 보면, 내가 상사에게 이런 말을 들었어도 똑같았을 것이다. 그러나 이렇게 말하는 나에게도 상처가 되었다. 가끔은 '직장 생활을 하면서 왜 이렇게까지 했어야 했나?'라고 후회한다. 그냥 노력하는 척하며 대충 넘어가도 되는 일인데 말이다. 물론 그 이후 우리는 최선을 다했고 다행히 성과는 점점 좋아졌다.

사실 나는 업무를 포기하는 방법을 배우지 못했던 것 같다. 업무를 책임지려는 용기는 있었지만, 업무를 포기하는 자존심은 지키고 싶었던 것 같다. 그리고 개인적인 자존심 때문에 많은 직원들이 상처를 받았다. 상처받은 모든 직원들에게 진심으로 사과한다.

8. 실행력

• 실행만이 정답이다

유명한 파레토의 법칙처럼, 인생도 20%가 계획, 80%가 실행으로 이루어진다. 그리고 모든 것은 간절하고 절실해야 실행으로 옮겨진다. 솔직히 싫어하는 것은 누구나 하기 싫고, 좋아하는 것만 해도 시간은 항상 부족하다. 게다가 우리는 술, 담배, 게임, 도박 등 이롭지 않은 것들에 쉽게 끌린다. 오늘도 밤을 새워 게임을 하고 음주 가무로 하루를 보내기도 한다. 우리의 DNA는 나쁜 습관들을 사랑한다. 또한 실행력을 떨어뜨리는 말들이 있다. '하지만, 그러나, 그런데, 그렇지만' 등의 접속사 다음에 이어지는 말들은 실행의 당위성보다는 핑계에 불과할 때가 많다. '내일부터 하겠다! 하지만~' 혹은 '꼭 하고 싶어요. 그렇지만~' 등의 말은 결국 하기 싫다는 의미다. 개인적으로 이런 표현을 많이 하는 사람 중에 실행력이 뛰어난 사람을 본 적이 없다.

실행력은 생각이나 계획을 행동으로 전환하는 능력이며, 실행하지 않는 계획은 무의미하다. 특히 인생은 목적과 방향 설정이 중요하다. 하지만 목적과 방향을 설정하고 빨리 실행하는 것은 더 중요하다. 즉, 실행만

이 정답이다. "길을 아는 것과 그 길을 걷는 것은 다르다. 무조건 직접 경험해 봐야 알 수 있다."라는 영화 〈매트릭스〉의 대사처럼, 오직 실행만이 정답과 오답을 확인할 수 있다. 그리고 과거는 해석에 따라 달라지고, 미래는 현재의 실행에 따라 결정된다. 실행은 나의 모든 글을 관통하는 주제이기도 하다.

그렇다면 실행력을 올리려면 어떻게 해야 하는가?

첫째, 계획이나 결심을 했으면 바로 실행해야 한다. 주저해서는 안 되고 할까 말까 고민되면 무조건 해 봐야 한다. 늦었다고 생각되면 진짜 늦은 것이며, 늦었으니까 지금 바로 시작해야 한다. 하지만 우리는 항상 고민만 하다가 아무것도 못 하고 실기를 반복한다. 회사 업무도 마찬가지다. 계획이나 정보가 70% 이상 정리되면, 과감히 결정하고 실행하면서 수정해 나가야 한다. 최근 '애자일'이라는 말이 강조되는 이유도 계획만 하고 실행력이 부족하기 때문이다. 그래서 성과가 미흡하다. 가급적 빨리 실행하고 개선을 통해 성과를 창출해야 한다. 즉, 모든 직장인은 실행과 개선을 동시에 진행할 수 있는 동사형 인재가 되어야 한다. 원래 계획만 세우면 계획만 남는다. "시작하는 방법은 그만 말하고 이제는 실행해야 한다."는 월트 디즈니의 말처럼, 지금은 머뭇거릴 시간이 아니다. 실행하는 순간만이 최고의 순간임을 잊지 말아야 한다.

둘째, 자신에게 의무감을 부여하는 상황과 환경을 의도적으로 만들어야 한다. 실행이 하기 싫거나 불가능한 이유가 아닌, 할 수밖에 없는 이유를 찾거나 만들어야 한다. 솔직히 굳은 결심만으로는 실행하기가 쉽지 않다. 절실함이 있어도 책임이나 두려움이 더 큰 직장인, 지금의 두려움을 실행하는 용기로 바꿀 수만 있다면, 당신은 이순신 장군과 동급이다. 게다가 우리가 실행을 할 수만 있다면 지금처럼 미생일 리가 없다. 그래서 계획이나 목표가 생기면 지인들에게 이야기하고, 금전이나 시간 등의 제약 조건을 감안해서 실행해야 한다. 사실 우리는 시간이 없어서 실행을 못하는 것이 아니라, 실행을 하지 않았기에 시간을 낼 수 없는 것이다. 만약 다이어트를 한다면, 과자나 아이스크림도 사지 말고, 친구들과의 저녁 약속을 최소한으로 줄이고, 참아야 하는 상황이 아니라 참을 것이 없는 상황과 환경을 의도적으로 만들어야 한다. 이는 마치 고시생들이 공부에 방해되는 것을 피하고자 절에 들어 가는 것과 같다. 스스로 실행할 수밖에 없는 상황과 환경을 만들어야 한다. 우리는 작은 유혹에도 혹하기 바쁜 약한 존재니까.

셋째, 실행의 결과가 반드시 좋아야 한다는 강박이나 두려움에서 벗어나야 한다. 실행은 하기도 힘들지만 실패하기도 한다. 그래서 사람은 누구나 실패를 두려워하고 현상 유지에 집착한다. 하지만 너무 큰 상처나 후유증이 없는 정도의 실패라면 충분히 수용 가능하다. 그리고 실패에 대한 두려움에서 벗어나려면 자신감과 자기 신뢰가 무엇보다 중요하다. 당신을 믿는 사람은 오직 당신밖에 없다. 결국 모든 것은 직접 해 봐야 알 수 있다. 정답은 실행에 달려 있고, 후유증이 작은 실패는 가치 있는 경험이 될 것이다.

마지막으로 실행은 지속성이 중요하다. "한 걸음이라도 쌓이지 않으면 천 리에 이를 수 없고, 작은 물줄기가 모이지 않으면 강과 바다가 될 수 없다."는 순자의 말처럼, 존버 정신으로 최선을 다해 실행해야 한다. 물론 실행 해 보고 맞지 않으면 과감하게 포기도 할 줄 알아야 한다. 지속성의 시간은 사람마다 다르겠지만, 우선 해 보고 실력이 늘지 않는다면 그 때 포기해도 늦지 않다. 다행히 시간과 노력을 투자했다면, 그 경험만으로도 충분한 가치가 있다. 실행의 지속성은 분명한 역량이자 실력이다.

그렇다면 만약 실행의 결과가 좋지 않다면, 어떻게 받아들여야 하는가? '최선을 다하지 않았다.'고 자책해야 하는가? 아니면 '단지 운이 없었다.'고 위로해야 하는가? 사실 후회는 '했어야 했는데, 할 수 있었는데.'라는 생각에서 나온다. 많은 사람들이 임종 전에 무엇인가 해 보지 않아서 후회하기보다는 제대로 해 본 일이 없어서 후회를 더 많이 한다고 한다. 당신은 최소한 실행하지 못한 후회는 하지 않았으면 좋겠다. 패배자는 실행하지 않은 사람이며 실행에는 패배가 없다. 그리고 무엇을 실행하던 그 안에 배움과 경험이 있다. 우리는 최소한 후회하는 삶은 피해야 하지 않을까?

9. 피드백

• 피드백은 하는 사람이나 받는 사람 모두 다 고통스럽다

우리는 왜 항상 같은 실수를 반복할까? 어쩌면 같은 실수를 반복해도 괜찮다고 생각할 수도 있다. 무엇이 문제였고 왜 실수했는지 반성하지 않기 때문에 같은 실수를 무한 반복한다. 그리고 조직에서 점점 바보가 되어 간다. 바보는 같은 실수를 반복하고, 똑똑한 사람은 다른 실수를 하며, 현명한 사람은 실수를 통해 배우고 같은 실수를 반복하지 않는다. "잘못을 저지르고도 고치지 않는 것이 진정한 잘못이다."는 공자의 이야기는 같은 실수를 반복하는 사람이 그만큼 많다는 것을 의미한다. 나 또한 그런 사람 중에 한 명이다.

피드백은 계획과 결과의 차이를 줄여 나가고 원하는 결과를 위한 노력을 의미한다. 보통 실수가 반복되고 개선이 안 되는 것은 문제 의식이나 개선 의지가 없기 때문이다. 그래서 '궁금한 것은 반드시 물어봐야 하지만, 같은 내용은 두 번 물어보지 않겠다.'는 생각으로 같은 실수를 반복하는 것을 경계해야 한다. 피드백의 목적은 자기 반성과 개선에 있다. 하지만 상대방이 피드백의 필요성을 공감하지 못하거나 개선 의지가 없으면 피드백의 의미도 사라진다. 역시 피드백도 멘토링처럼 사람을 가려 가면서 해야 한다.

"소 잃고 외양간 고친다."는 속담은 뒤늦은 후회를 의미하지만, 그래도 스스로 반성하고 외양간을 늦게라도 고치려는 사람은 같은 실수를 반복하지 않는다. 사실 진짜 어리석은 사람은 소를 잃어도 아무런 개선 없이 슬퍼만 하다가 또 다시 소를 잃어버린다. 그렇다면 '소를 왜 잃어버렸을까? 앞으로 잃어버리지 않으려면 어떻게 해야 할까?'라는 생각을 하지 못하는 이유는 무엇 때문일까? 아마도 소가 아주 많거나 잃어버린 소가 자기 소가 아닌 경우일 것이다. 그리고 이는 업무에 대한 책임감이나 주인의식이 없는 것과 같다.

피드백과 유사한 의미로 '피드 포워드'가 있다. 피드 포워드란 '일을 실행하기 전, 원하는 결과를 위해 필요한 정보나 의견을 미리 제공하는 것'을 의미한다. 공부로 비유한다면, 피드백은 복습이고 피드 포워드는 예습이다. 개인적으로는 예습이 더 중요하다고 생각한다. 예습은 수업의 집중도를 높이고 주도적 학습이 가능하다. 회사 업무도 마찬가지다. 업무의 목적과 방향, 보고 기한 등을 상사와 미리 공유함으로써 성과를 높이는 것과 같다. 그러나 복습은 수업 이후에 별도 시간을 통해 학습하는 것이며, 이해가 안 되는 부분에 대해서는 추가적인 확인 과정도 필요하다. 예습에 비해 상대적으로 비효율적이다. 하지만 당연히 둘 다 중요하다.

그렇다면 상사나 선배로서 피드백을 잘하려면 어떻게 해야 하는가?

첫째, 상대방에 대한 감정은 최대한 배제하고 사실 자체에만 집중해야 한다. 먼저 피드백 의도를 정확히 설명하고 문제의 원인과 결과에만 초점을 맞춰서 말해야 한다. 편견이나 비난, 분노 등 개인적 감정을 노출하면 오해만 생긴다. 또한 피드백은 상대방이 원하고 필요로 할 때만 해야 한다. 직장 상사라면 원하지 않아도 어쩔 수 없이 피드백을 해야겠지만, 선배나 동료라면 스스로 찾아올 때까지 지켜보는 것이 바람직하다. 그래서 피드백은 신뢰와 역지사지가 중요하다. 게다가 장소와 시간 등 타이밍도 상대방에 맞춰 해야 한다. 이렇게 이해하고 배려해도 상대방이 거부한다면 피드백을 하지 말아야 한다. 굳이 신뢰도 없고 원하지도 않는 피드백은 효과도 없고 서로 간에 불신과 상처만 남긴다. 직장 상사와의 관계가 좋은 부하 직원이 많지 않다는 것이 그 증거다.

둘째, 불필요하거나 질책 같은 피드백은 가급적 피해야 한다. 특히 피드백을 자주 하면 잔소리로 오해받기 쉽다. 피드백이 필요한 사람과 필요하다고 생각하는 사람의 입장 차이 때문에 반드시 필요한 피드백도 불필요하다고 느낀다. 귀로는 듣지만 마음으로 듣지 않고 결국 아무런 효과 없이 잔소리만 반복된다. 그리고 서로에게 실망하고 지쳐 가며 관계는 계속 악순환된다. 그래서 피드백은 상대방이 원할 때까지 기다려 주는 것이 좋다. 하지만 대부분의 직장인은 업무에 항상 바쁘고 피드백을 하거나 받는 것 자체를 싫어한다. 솔직히 상사가 말하니까 마지못해 듣고 있을 뿐이다. 그러나 상사는 부하 직원에게 피드백을 하지 않아도 알아서 잘했으면 하는 생각이 가득하다. 솔직히 업무를 잘하면 피드백을 할 필요도 없다.

그렇다면 부하 직원으로서 피드백을 잘 받고 싶다면 어떻게 해야 하는가?

첫째, 피드백의 필요성을 스스로 간절하게 느껴야 한다. 피드백을 원하는 사람은 절실함을 가져야 한다. 하지만 문제 의식이나 개선 의지가 없는 사람은 피드백의 필요성조차 느끼지 못한다. 게다가 본인은 아무 문제없이 잘하고 있다고 생각한다. 당연히 개선되는 모습은 찾아보기 힘들다. 하지만 정작 피드백이 필요하다는 사실을 본인만 모른다. 주변 동료들은 다 알고 있지만 어느 누구도 말하지 않는다. 그리고 직장 생활은 점점 힘들어진다. 보통 개선과 발전이 없는 직장인은 이런 과정을 통해 만들어진다.

둘째, 회사에서 인정과 신뢰를 받는 선배를 파악하고 직접 찾아가서 배워야 한다. 그들이 왜 상사와 동료에게 인정과 신뢰를 받는지 직접 확인하고 배워야 한다. 인정과 신뢰를 받는다는 것은 실력과 경쟁력이 있음을 의미한다. 그리고 어느 부서나 실력자가 존재한다. 배우고자 하는 마음과 눈과 귀를 열면 실력자가 누구인지 쉽게 알 수 있다. 당연히 직접 찾아가야 그나마 발전 가능성이 생긴다. 혹시 당신을 위해 누군가가 진심으로 다가와 줄 것이라는 생각은 집에서만 해야 한다.

셋째, 자신에게 필요한 피드백이 무엇인지 명확하게 이해해야 한다. 피드백은 필요한 부분이 무엇인지 먼저 구체적으로 확인하고 그다음 요청해야 한다. 이는 피드백을 원하는 사람의 기본 자세다. 또한 피드백을 요청했으면 경청하고 반드시 실행해야 한다. 상대방이 시간이 남아서 피드백을 해 주는 것이 아니다. 당신의 간절한 부탁으로 없는 시간을 쪼개서 하는 것이다. 그리고 피드백을 받았다면, 실행 결과를 상대방에게 다시 피드백을 하고, 효과나 결과에 대해 감사함을 표시해야 한다. 하지만 부하 직원이 상사에게 먼저 찾아가서 피드백을 요청하는 경우는 드물다. 어차피 시간이 지나면 상사는 당신을 찾을 것이고, 당신은 끌려가서 질책 같은 피드백을 받을 것이다. 굳이 자신에게 무엇이 필요한지 고민하지 않아도 충분히 알게 되며, 자연스럽게 지옥행 직장 열차를 타게 된다.

원래 어느 시절이나 뛰어난 제자보다 좋은 스승이 훨씬 귀하고 소중했다. 그리고 직장 생활은 피드백이 통하지 않는 부하 직원과 함께 근무하는 상사도 힘들고, 인정과 신뢰를 받지 못하는 부하 직원은 더 힘들다. 그래서 피드백은 하는 사람이나 받는 사람 모두 다 고통스럽다.

피드백이 안 통하는 스펀지형 후배가 있었다

오래 전, 함께 근무했던 후배인 A 대리가 있었다.

A 대리는 업무의 목표와 방향을 미리 상사와 정확히 확인하지도 않았고 중간 보고도 하지 않았다. 당연히 업무 기한도 지켜지지 못했다. 게다가 상사에게 보고하는 자체를 매우 두려워했다. 그래서 항상 많은 지적과 질책을 받았고 성과는 바닥을 치고 있었다. A 대리는 그냥 하루하루가 힘들어 보였다.

A 대리는 지적을 받으면 "죄송합니다. 제가 잘못했습니다. 제 자신이 가장 큰 문제입니다. 열심히 하지 않아서 그렇습니다."라는 말로 자학적인 모습을 보였다. 상사는 되려 그 말에 더 이상 질책하지 않고 계속 참았다. 개인적으로 옆에서 처음 들었을 때는 많이 놀랐고 도와주지 못해서 미안했지만, 그럼에도 변화되지 않는 모습에 실망했다. 솔직히 A 대리의 이런 말들은 "제발 변화하기 싫으니까 더 이상 질책하지 마시고 저를 포기하세요."라는 의미로 들렸다. 그래서 동료들은 A 대리를 '스펀지형 인간'이라고 불렀다. 상사에게 깨질 때는 푹 들어가지만, 금방 다시 원

상태로 돌아오는 유형의 직장인. 누군가는 맷집이 강하다고 말한다. 그렇게 A 대리는 피드백이 안 통하는 스펀지형 후배였다.

그래도 가끔 A 대리와 홍대에서 술도 마시고 크리스마스도 함께 보내면서 많은 이야기를 했다. 하지만 변화되지는 않았다. 결국 1년 뒤, A 대리는 타 부서로 이동했다. 그리고 A 대리는 지금도 힘들게 직장 생활을 하고 있다.

Part 5

Competence

1. 아이디어

• 다르게 바라보고 새롭게 생각하기

당신은 '자살'의 반대말은 '살자', '변화(CHANGE)를 기회(CHANCE)로', 어느 자동차 회사 광고의 'Beautiful'을 'Viewtiful'로 표현하는 것을 본 적이 있는가? 이 같은 표현들은 무엇인가를 임팩트 있게 전달하고자 할 때 사용된다. 얼핏 말장난처럼 들리기도 하지만 효과가 있으면 의미가 된다.

사실 회사에서 당신에게 기대하는 아이디어는 천재만이 할 수 있는 순수하고 절대적인 창의력이나 무에서 유를 만들어 내는 것이 아니다. 상황에 대한 문제의식을 가지고 업의 본질을 이해하고 재해석하며 다각도로 바라볼 수 있는 시각을 통해 나오는 아이디어 수준이면 충분하다. 그리고 이는 역지사지 자세와 다각적 사고 프로세스에 따라 충분히 좋아질 수 있다. 팀장 시절, 부하 직원들은 "팀장님, 항상 다르게 생각하려고 노력하면 피곤하지 않으세요?"라고 자주 물었다. 그러면 나는 "이렇게 생각하는 게 정말 피곤한가?"라고 스스로 되묻고는 했다. 사실 피곤하지 않았고 굳이 다르게 생각하려고 노력하지도 않았다. 그냥 한 번 더, 혹시라도 하면서 다르게 생각하려고 했던 것이 전부였다. 어쩌면 부하 직원들이 물어본 이유는 "팀장님, 너무 피곤하고 힘드니까 이제 그만 좀 하시죠."라는 불평불만을 에둘러 말한 것인지도 모르겠다.

많은 직장인들이 '나는 왜 아이디어가 없을까?'라는 고민을 한다. 세상엔 수많은 아이디어가 넘쳐나지만, 정작 자신은 참신한 아이디어가 부족하다고 느낀다. 그렇다고 누구에 비해 지능이 낮은 것도 아니다. 그냥 새롭고 신선한 아이디어가 없다는 사실에 자신감을 점점 잃어 가고 있을 뿐이다. 그래서 아이디어라는 말만 나오면 머리부터 아프기 시작한다. 그래도 한편으로는 다행이다. 옆 동료의 표정을 보면 나만 그런 것도 아니니까.

그렇다면 어떻게 해야 아이디어가 많은 직장인이 될 수 있을까?

첫째, 갑자기 아이디어가 떠오르면 즉시 메모를 할 수 있어야 한다. 특히 회사나 집 어디서나 항상 메모를 할 수 있도록 준비되어 있어야 한다. 아이디어는 휘발성이 매우 강해서 방금 떠오른 생각이 5분만 지나도 사라진다. 또한 아이디어는 확장성이 있다. 아이디어를 메모하고 나중에 다시 보면 새로운 생각이 추가되기도 한다. 이러한 과정을 통해 아이디어를 계속 디벨롭할 수 있다. 그래서 생각나는 아이디어를 즉시 메모하는 습관은 중요하다. 우선 메모광이 되어야 한다. 이제는 기억을 믿지 말고 기록을 믿고, 머리를 믿지 말고 손을 믿어야 한다.

둘째, 아이디어의 가치를 알아보고 살릴 수 있는 실력이 필요하다. 원래 모든 아이디어는 연약하게 태어난다. 누군가 툭 하고 치면 쉽게 죽는다. 마치 힘없는 병아리처럼, 미세한 상처 하나에도 쉽게 죽는다. 그래서 어떤 아이디어라도 소중하게 생각하고 잘 키워 나갈 수 있어야 한다. 나중에 그 아이디어가 어떠한 결과를 가져올지는 아무도 모른다. 하지만 직장에는 아이디어 킬러들이 도사리고 있다. 그들은 자신의 아이디어는 없어도 남들의 아이디어를 죽이는 방법을 확실히 알고 있다. 참신한 아이디어가 나와도 바로 죽이거나 수용하지 않으며, 지금 처음 들었어도 이미 알고 있었다는 듯이 공격한다. 그래서 지금 이 시간에도 수많은 아이디어가 태어나자마자 죽어 간다. 이제부터는 참신한 아이디어를 생각하지는 못해도, 최소한 남들의 아이디어를 죽이지는 말자.

셋째, 세상이나 업무에 대한 관심과 호기심이 많아야 한다. 아이디어는 관심과 호기심에서 시작된다. 주변의 작은 변화와 다양함에 관심과 호기심을 가지기 위해 의도적으로 노력해야 한다. 솔직히 처음에는 어색하고 힘들지만 노력하다 보면 금방 익숙해지고 습관이 된다. 그리고 아이디어가 많은 사람은 항상 많고 없는 사람은 때려죽여도 없다. 그래서 아이디어 킬러가 많은 것인지도 모르겠다. 관심 영역 외에도 계속해서 관심과 호기심을 갖기 시작하면, 당신만의 아이디어가 될 수 있는 소재는 무궁무진하다.

넷째, 아이디어를 위한 자기만의 방법을 개발해야 한다. 이미 수많은 책에 아이디어를 어떻게 개발하는지에 대한 방법이 나와 있다. 우선 읽어 보고 쉽게 할 수 있는 것부터 해야 한다. 예를 들면 다양한 각도에서 바라보기, 더하고 빼고 곱하고 나누고 분해하고 재조합하는 등 수많은 방법이 있다. 그리고 아이디어는 간절하고 절박해야 한다. 반드시 실행해 보고 가장 잘할 수 있는 방법을 선택해서 당신만의 경쟁력으로 만들어야 한다.

마지막으로 아이디어가 떠올랐다면 실행으로 옮길 수 있어야 한다. 솔직히 아이디어가 머릿속에만 있으면 없는 것과 마찬가지며 당신만의 공상에 불과하다. 적극적으로 표현하고 실행을 통해 성과로 만들 수 있을 때 아이디어의 가치가 인정을 받는다. 또한 회사 업무는 처음 시작한 사람이 아닌 마무리한 사람에게 성과가 귀속되듯이, 아이디어의 가치는 제안한 사람이 아니라 실행한 사람에게 귀속된다. 그래서 재주는 당신이 넘고 돈은 왕서방이 가져가는 경우를 많이 보고 있지 않은가? 만약 당신의 아이디어라면, 끝까지 관여하고 주도해야 당신의 성과가 될 수 있다.

당신의 창의력을 어떻게 확인할 수 있을까?

당신의 입사나 승진을 결정하는 중요한 면접이다. 갑자기 면접 30분 전에 주제를 주면서 5분 동안 스탠딩 PT를 하고 대표이사와 임원들의 질문을 받는다고 가정하자.

질문 1: 지금 발표한 PT 내용 중 자신이 가장 강조하고 싶거나 중요하다고 생각하는 내용을 한마디로 요약해서 말해 보세요.

질문 2: 지금 발표한 PT 내용 중 자신만의 고정관념이나 선입견이라고 생각되는 부분이 있다면 어느 부분인지 말해 보세요.

질문 3: 지금 발표한 PT 내용 중 자신만이 생각할 수 있는 가장 창의적인 부분이 어느 부분인지 설명하고, 왜 그 부분이 창의적이라고 생각하는지 말해 보세요.

질문 4: 지금까지 살아오면서 스스로 가장 창의적이었다고 생각했던 경우와 그 내용의 어느 부분이 창의적인지에 대해 말해 보세요.

혹시 생각만 해도 무섭고 두렵지 않은가? 대표이사와 임원 앞에서 PT를 하면서 동시에 창의적인 부분까지 생각해야 한다는 것이 어렵지 않은가? 이런 질문에 당신은 어떻게 대응할 것인가? 미리 주제와 질문을 알고 있어도 대답하기 힘들겠지만, 이렇게 갑자기 주어진다면 과연 어떻겠는가?

왜 아이디어를 강요하는가?

갑자기 상사가 부하 직원들에게 "10분 후 회의실에서 잠깐만 아이디어 미팅을 하자!"라고 해서 모이는 경우가 있다. 사전에 주제도 말해 주지 않고, 다 모인 다음 그때서야 주제를 알게 되는 경우도 많다. 당연히 참석자들은 아무 말도 하지 않는다. 미팅 주제나 목적도 방금 들었고 생각할 시간도 부족했으며 자칫 주제를 오해해서 잘못 말하면 망신당하기 쉽기 때문이다. 게다가 이럴 때는 침묵이 금이라고 배웠다. 솔직히 아이디어가 있어도 말하고 싶은 마음이 없다. 아이디어를 말할 자신감도 부족하지만, 이런 진행 방식도 불편하다. 결국 서로 눈치만 보다가 화가 난 팀장은 "내가 이래서 아이디어 미팅을 싫어해. 제발 생각 좀 하고 살자!"라고 부하 직원들을 탓하면서 미팅은 끝난다. 도대체 뭐가 어디서부터 잘못된 것일까?

우선 아이디어 미팅을 진행하려면, 주도하는 사람이 참석자들에게 사전에 미팅 목적, 주제, 어떤 아이디어가 필요한지에 대해 구체적으로 공유해야 한다. 또한 미팅은 편안한 분위기에서 진행되어야 하며, 참석자들 사이에 주제에 대한 공감대가 형성되어야 한다. 보통 공감대 형성은 최소 30분 정도가 걸린다. 하지만 이 과정을 상사가 마음이 급하다고 해서 생략한다면, 이는 미팅을 이끌 자격이 부족한 것이다.

그렇다면 참석자들의 아이디어는 누구의 성과인가? 아이디어가 절실히 필요한 사람은 누구인가? 혹시 아이디어를 말하면, 안 그래도 바쁜데 업무가 추가되는 것은 아닌가? 그래서 참석자들에게 아이디어를 지금 당장 내놓으라는 방식으로는 시간과 감정만 낭비되기 쉽다. 또한 참석자도 선별해서 뽑아야 한다. 사람만 많다고 해서 좋은 아이디어가 나오는 것도 아니다. 참석자는 자신의 생각을 표현하는 데 있어 주저함이 없어야 한다. 자신감도 있고 잘 몰라도 무엇이라도 말할 수 있는 적극적인 사람이 중요하다. 이런 사람들의 이야기 속에서 새로운 단어가 문장이 되며 의미 있는 아이디어를 도출할 수 있다. 혹시라도 참석자 중 다른 사람의 이야기에 "그건 이미 예전에 검토했어! 과거에 해 봤는데 효과 없어! 도대체 그게 무슨 뜻이야? 이건 말도 안 돼!"라는 식으로 말하는 사람이 있다면, 즉시 미팅에서 배제해야 한다. 하지만 그 사람이 상사일 경우, 아이디어 미팅은 성공적으로 진행되지 않으며 당신은 어떤 방법을 통해서라도 그 자리에서 벗어나야 한다. 자칫하면 배가 산으로 가는데 상사와 함께 갈 수도 있다. 그리고 이렇게 참석자나 진행 방식을 통제해도 참신하고 필요한 아이디어가 나올지는 솔직히 미지수다.

지금 당신의 부서는 아이디어 미팅을 어떤 방식으로 진행하고 있는가?

혹시 당신은 아이디어를 강요당한다고 느끼는가? 그렇다면 이는 능력 없는 상사의 분명한 갑질이다.

아이디어는 누구나 가지고 있는 것이 아니다

직장인들은 왜 아이디어 미팅에서 말하지 않는가?

혹시 당신은 상사와 아이디어 미팅할 때, 주도적으로 이야기를 하는 편입니까? 솔직히 그냥 아무 말도 하지 않고 이해하는 척을 하면서 잘 들어주는 것이 가장 편하지 않습니까? 지금 당장 해야 할 업무도 많은데 지겨운 미팅 시간이 빨리 끝나기를 원하지는 않습니까? 게다가 상대방이 "누가 저걸 몰라서 말하지 않나? 왜 혼자만 잘난 척을 하지? 저 친구는 항상 이런 식이야!"라는 평가를 누구나 피하고 싶어 한다. 또한 괜찮은 아이디어를 말해도 상대방이 제대로 듣지 않고 이해해 주지도 않을 것이라는 생각을 하기도 한다. 결국 최대한 조용히 있는 것이 최선이라고 생각하게 되며, 그동안의 직장 생활 경험이 이렇게 하는 것이 옳다고 조용히 속삭인다.

그렇다면 어디서나 자신의 생각을 적극적으로 말하는 사람은 왜 그렇게 하는 것일까? 혹시 잘난 척하려고? 설마 관종이라서? 물론 그럴 수도 있다. 하지만 그 사람은 항상 생각을 자신 있게 이야기하며 모든 업무에 적극적인 스타일을 가진 사람일 확률이 높다. 그리고 원래 뒤에서 남을 험담하고 평가하는 사람은 따로 있다. 수많은 주제를 가지고 미팅을 해도, 말하는 사람은 계속 말하고 안 하는 사람은 주제와 상관없이 아무런 말도 하지 않는다. 이것은 개인 스타일의 문제이지 주제를 잘 알고 모르는 것의 문제가 아니다. 그래서 아이디어는 누구나 가지고 있는 것이 아니다.

2. 정보력

• 아는 것이 힘일까? 아는 방법이 힘일까?

"아는 것이 힘이다." 영국의 철학자 프랜시스 베이컨의 말이다. 반대로 "모르는 것이 약이다."라는 말도 존재한다. 당연히 상황에 따라 아는 것이 힘이 되기도 하고, 모르는 것이 약이 되기도 한다. 그리고 정보는 현재 상황과 필요 여부에 따라 같은 내용도 다르게 해석된다. 예를 들어 50% 할인하는 옷을 구매했는데, 얼마 후 80% 할인하는 것을 알았다면? 교환이나 취소가 불가능하다면, 80%나 할인되는 정보를 굳이 알 필요가 있었을까? 그래서 정보는 정확성과 적시성이 생명이다.

정보란 '관찰이나 측정을 통해 수집한 자료를 문제 해결이나 의사 결정에 도움이 될 수 있도록 정리한 지식'이라고 정의한다. 의사 결정을 할 때, 정확하고 객관적인 정보를 적시에 알 수 있다면 정보력이 있다고 할 수 있다. 또한 사람들은 "이제 세상은 Know-How의 시대는 가고, Know-Why와 Know-Where의 시대가 왔다."고 말한다. 앞으로의 시대는 정보, 지식, 경험 그리고 그것들의 조합과 연결을 통해 새로운 가치와 부가 생겨날 것이다. 물론 개인의 Know-How는 여전히 중요하겠지만,

세상의 수많은 정보 중 지금 당장 필요한 정보를 누가 가지고 있고 어디에 있는지를 알 수 있는 능력이 훨씬 중요해졌다. 구글이나 네이버 등 단순 정보 검색만이 아닌 Chat GPT, AI 등을 통해 기대 이상의 지식 검색도 가능해졌다. 이제는 업무나 의사 결정을 위해 필요한 정보가 어디에 있고 누가 가지고 있는지 등을 확인하고 적시에 적용할 수 있는 정보력은 직장인에게 필수적이다.

정보는 Data, Information, Knowledge 이 3가지로 구분한다. Data는 방향성이나 의미가 없는 단순한 사실 자체이며, Information은 의사 결정에 도움이 되도록 Data를 가공하고 분석을 통해 유의미성을 지니게 된 것을 말한다. Knowledge는 Information을 상황에 맞게 적용하고 체화시킨 것을 의미한다. 즉, 굳이 찾지 않아도 이미 알고 있는 것이다. 그리고 누군가는 정보의 최종 단계를 Wisdom이라고 말하기도 한다.

데이터나 정보는 경험이나 감각보다 정확하다. 그래서 정보력과 분석력을 통해 얻은 지식은 기획력과 의사 결정력을 향상시키고 성과로 이어진다. 또한 정보를 가장 중요하게 생각하는 의사 결정, 이를 '데이터 기반의 의사 결정'이라고 한다. 많은 CEO들은 "모든 의사 결정은 정확한 데이터와 정보가 근거가 되어야 하며, 숫자로 확인되지 않는 근거는 의미가 없다."고 강조한다.

그렇다면 정보력을 키우려면 어떻게 해야 하는가?

첫째, 무엇보다 자기 자신에 대한 이해가 중요하다. 즉, 메타인지가 높아야 한다. 자신이 무엇을 할 수 있고 무엇을 좋아하며 무엇을 알고 모르는지 등 자신의 지식과 역량을 객관적으로 이해하는 것이 중요하다. 그래야 지금 상황에 필요한 정보가 무엇인지 알 수 있다. 또한 모르는 것을 모르는 것으로 정확한 이해가 선행되어야 앞으로 알아갈 수 있다. 자신을 객관적으로 바라보고 모르면 배우고 노력하면서 경험과 정보 역량을 꾸준히 키워야 한다.

둘째, 관심과 호기심을 가지고 과감히 시도하고 실패에 대한 두려움이 없어야 한다. 물론 실패로 인해 큰 상처나 후유증이 생겨서는 안 되지만, 그렇다고 실패를 무조건 두려워해서는 안 된다. 설령 실패해도 경험은 남는다. 오히려 아무것도 하지 않는 것을 가장 경계해야 한다. 또한 금전적 여건이나 상황이 어렵다고 해서 포기하고 집에서 잠만 자면 인생에 전혀 도움이 안 된다. 그리고 만약 무엇인가 하고 싶다는 마음이 생겼다면, 즉시 메모하고 실행에 옮겨야 한다. 정보력은 인터넷이나 학습을 통해서도 가능하지만, 실행과 경험이 훨씬 중요하다.

셋째, 부지런히 움직이고 행동해야 한다. 독서, 운동, 사람 관계 등 관심이 있다면 적극적으로 실행해야 한다. 다양한 사람들을 최대한 많이 만나고 그들의 이야기를 경청하며 경험을 이해할 수 있는 시간을 많이 가져야 한다. 원래 무엇이라도 하면 할수록, 해야 할 것들이 더 많이 생기고 절대적인 시간이 부족해진다. 게다가 알면 알수록 부족함을 더 많이 느끼고, 하면 할수록 더 잘하고 싶어지는 것이 우리의 본능이다. 나태함과 게으름은 당신의 무능함을 드러내는 가장 확실한 모습이다.

넷째, 다양한 친구, 지인, 멘토 등을 많이 만들어야 한다. 특히 당신에 대해 정확하고 솔직하게 말해 줄 수 있고 무엇이라도 배울 수 있는 사람들이 중요하다. 익숙한 학교나 회사 외에 다른 생각과 경험을 가진 사람들을 많이 만나야 한다. 그래야 스스로 생각하고 배울 수 있는 기회가 생긴다. 우물 안의 개구리는 세상 밖을 알 수 없으며, 인맥과 네트워크는 정보력의 가장 기본이다.

다섯째, 정보를 습득할 수 있는 채널을 많이 만들어야 한다. 친구들과의 정기적 모임이나 독서나 취미 등의 커뮤니티에 참여하고, 유튜브 채널이나 신문 구독 등 어떤 방법도 상관없다. 솔직히 많으면 많을수록 좋다. 하지만 그만큼 부지런해야 한다. 이렇게 쌓인 정보력은 사람마다 다르고 한순간에 극복하기도 힘들다. 그러니 지금부터라도 자신에게 맞는 정보 채널을 선택하고 직접 참여함으로써, 지속적으로 정보를 받아들일 수 있도록 노력해야 한다.

마지막으로 정보에 대한 자신만의 기준을 정립해야 한다. 지금은 정보가 넘쳐나는 세상이다. 한 달이면 세상 모든 정보의 양이 2배씩 늘어난다고 하며 그 시간도 점점 빨라지고 있다. 이렇게 급속도로 늘어나는 정보를 모두 이해하고 따라가는 것은 불가능하다. 게다가 너무 많은 정보는 선택과 집중, 실행을 어렵게 하고 도움도 되지 않는다. 그래서 AI와 큐레이션 영역이 급속도로 성장하고 있지 않는가? 이제는 관심과 호기심이 있고 역량 향상에 필요하며 업무에 도움이 되는 자신만의 정보 기준을 정립해야 한다. 이렇게 선택된 정보는 전문성과 성과를 올려 주며 걸러진 정보는 쓰레기에 불과하다. 지금부터라도 자신만의 지식 창고를 만들고 지식, 경험, 정보력을 꾸준히 강화해야 한다.

정확히 진단해야 효과적인 치료가 가능하다

병의 원인에 따라 처방이 다르듯이, 정확히 진단해야 효과적인 치료가 가능하다. 그래서 요즘 병원에서는 처방이나 수술 시간보다 정확한 진단을 위해 검사하는 시간이 더 오래 걸린다. 그만큼 정확한 검사와 진단이 중요해지고 있다.

당신이 몸살 감기로 병원에 방문했다고 가정하자. 의사는 체온을 측정하고 증상을 듣고 약을 처방했다. 그리고 만약 열이 내리지 않으면 다시 방문하라고 말한다. 열이 내리지 않아서 다시 병원에 방문했다. 의사는 체온을 측정하고 이번에는 주사와 약을 처방한다. 이렇게 해도 열이 내리지 않으면 다시 방문하라고 말한다. 그리고 또 다시 병원에 방문했다. 점점 짜증이 치밀어 오르는 중이다.

만약 당신이 의사라면, 3번째 방문하는 환자에게 어떻게 하겠는가? 그냥 늘 하던 대로 또다시 체온을 측정하고 더 강한 주사와 약을 처방하겠는가? 실력이 있는 의사라면, 환자에게 어떤 생활의 변화가 있는지 확인한다. 혹시 꾸준히 하던 운동을 멈췄거나, 최근 업무 스트레스가 유난히

심하던가, 일상생활에 큰 변화가 있었는지 확인할 것이다. 겉으로 보이는 증상이 아닌, 정신 건강과 생활 습관까지 확인하면서 병의 원인에 접근하려고 노력할 것이다. 솔직히 이렇게 하는 것이 당연하지 않을까? 그래서 같은 검사 결과도 의사의 경험과 역량에 따라 병명과 치료 방법이 달라진다. 그렇다고 우리가 〈낭만 닥터 김사부〉나 〈닥터 K〉를 바라는 것은 아니다. 하지만 생명을 다루는 의사의 잘못된 진단은 환자에게 치명적일 수 있다. 그래서 의사를 믿지 못하는 많은 환자들이 작은 병원보다는 종합병원이나 큰 병원으로 향하고 있지 않은가? 큰 병원에 가 보면 세상의 아픈 환자들이 모두 다 몰려 있는 것 같다.

지식과 정보의 힘을 믿었던 기억

IMF 직후인 1999년 1월, 대학생이었던 나는 《매경경제》 신문사와 카이스트가 공동 기획한 '지식경영 아카데미' 과정을 7기로 수료했다. 총 4주간의 교육으로 학교의 필수 과목도 아니었고 학점이 인정되지도 않았지만, 왠지 중요하고 꼭 필요할 것만 같아서 과감하게 신청했다. 비용은 50만 원이었고, 가난한 대학생에게는 너무나 큰돈이었다. 그 당시 한 달 아르바이트 비용이었다.

그 당시 나는 기획, 지식, 정보 3가지에 대해 관심이 많았다. 그리고 이 과정을 통해 Data, Information, Knowledge, 형식지와 암묵지 등 기업이 지식과 정보를 어떻게 관리하고 새로운 가치를 만들어 내는지에 대해 배웠다. 게다가 앞으로의 세상은 자본보다 정보와 지식이 더 중요하고 많은 가치를 만들어 낼 것이라고 확신했다. 지금 생각해 보면 자본주의 2.0과 3.0의 차이를 조금은 이해했던 것 같다.

지식경영 아카데미 참석자 대부분은 회사의 대표나 임원, 간부 사원이나 대학교수 등 40대 이상이었다. 그리고 그들은 회사에 떠밀려 강제로 참석한 표정이었다. 그나마 나는 자발적으로 참석한 유일한 대학생이자 20대 젊은 피였다. 그래서 신기했는지, 그곳에 있던 《매일경제》 기자가 다가와 나에게 인터뷰를 요청했다. 다음은 그 당시 실제 인터뷰 기사다.

한양대학교 경영학과 3학년에 재학 중인 ○○○ 씨는 '유형자산이나 매출액 등 눈에 보이는 것으로 기업을 평가하는 것보다 기업의 지식 자산이 중요하다는 점을 깨닫고 이번 수강을 결정했다. 앞으로는 대학원에 진학해서 지식 경영을 전공하겠다'는 포부를 밝혔다.

하지만 나는 2000년 11월, 만 21년을 함께한 회사에 입사했다. 그리고 위로보다 월급이 소중한 직장 생활이 시작되었다.

3. 몰입과 집중력

• 스스로 간절하고 절박해야 한다

막냇동생의 초등학교 생활기록부에 "주의가 산만하고 학습 능력이 부족함."이라고 쓰여 있었다. 그때는 '산만'이라는 단어의 의미를 몰라서, 덩치가 산처럼 크거나 불만이 많다는 의미로 이해했다. '산만'은 요즘 말로 하면 주의력 결핍이다. 증세가 심각해지면 '주의력 결핍 장애(ADHD)'라고 하기도 한다. 그리고 부모님은 막냇동생을 용서하지 않았다. 비가 오는 날에 먼지가 나도록 혼났다. 당신은 부모님들의 대화 중 "우리 아이는 주의가 산만하고 집중력이 부족해서 성적이 안 좋아. 조금만 열심히 하면 충분히 잘할 수 있는데."라는 말을 들어 본 적이 있을 것이다. 자식에 대한 막연한 기대와 희망의 표현이다. 물론 누구나 열심히 집중하면 잘할 수 있다. 단지 우리는 열심히와 집중이 힘들 뿐이다.

몰입력은 '깊이 파고들거나 집중할 수 있는 힘'이라고 정의한다. 『몰입의 즐거움』이라는 책의 저자 칙센트 미하이 교수는 '플로우'라는 말을 강조한다. 플로우란 '자신도 모르게 자연스럽게 창조성이 흐르는 상황, 매우 깊이 몰입한 상태'를 의미하며, 플로우 상태란 '완전히 집중해서 의식

속에 잡념이나 다른 감정이 섞일 틈이 없고, 자신에 대한 자각이 사라지고, 평소보다 훨씬 강해진 느낌을 받으며, 시간 감각이 사라지면서 몇 시간이 단 몇 분처럼 흘러가는 상태'라고 정의했다. 그리고 플로우 상태를 경험하면 즐겁고 행복하며 충분히 보상받는 느낌을 받는다. 개인적으로 플로우 상태를 공부나 회사 업무를 하면서 느껴 본 적은 별로 없으나, 당구나 농구 같은 운동이나 스타크래프트 게임을 할 때는 자주 느꼈다. 정말 시간이 눈 깜짝할 사이에 지나간다. 누구나 한 번쯤은 이런 경험을 가지고 있지 않을까?

또한 "미쳐야 미친다. 미치지 못하면 미치지 못한다."는 불광불급(不狂不及)의 의미도 몰입의 중요성을 강조한다. 미친 것처럼 집중해야 원하는 목표에 도달할 수 있다. 게임광, 독서광, 워커홀릭 등 어느 한 분야에 미친 듯이 몰입하는 사람에게 '광(狂)'이나 '홀릭(Holic)'이라는 표현을 사용하듯이, 진심으로 원하는 바가 있다면 미친 듯이 몰입해야 도달할 수 있다.

그렇다면 몰입과 집중력을 높이려면 어떻게 해야 하는가?

첫째, 간절함과 절박함이 있어야 한다. 수능시험 날, 시험을 잘 쳐야 한다는 간절함이 시험을 치는 긴 시간을 몰입하게 만드는 원동력이었다는 것을 누구나 느꼈을 것이다. 그날은 간절함과 절박함 때문에 시험 시간이 짧게만 느껴졌다. 솔직히 시험을 포기한 친구 외에 시간이 남는 친구를 본 적이 없다. 그리고 수능시험 하루를 위해 고등학교 3년을 준비했을 만큼 그날의 우리는 모두가 간절했다. 아마 살면서 그때보다 더 집중하고 몰입했던 경우는 없었다고 생각한다. 사람을 움직이게 하는 힘이 동기라면, 간절함과 절박함은 그 어떤 동기보다 강력하다.

둘째, 선택적 몰입을 할 수 있어야 한다. 만약 내일이 수능시험이라면, 지금 전체 과목을 다시 볼 수는 없다. 그래서 공부가 부족했던 부분이나 필요하다고 생각되는 과목을 선택하고 집중해야 한다. 마찬가지로 회사도 시간이나 금전 등 자원이 한정되어 있기 때문에 선택과 집중을 통해 성과를 내야 한다. 물론 모든 선택에는 기회비용이 발생한다. 하지만 선택을 해야 집중을 할 수 있다. 그래서 제대로 된 선택이 중요하다. "모든 것을 다 하려고 하면, 아무것도 하지 못한다."라는 말처럼, 지금 자신에게 가장 필요한 선택을 해야 몰입을 할 수 있다.

셋째, 몰입과 집중이 잘되는 시간과 장소를 스스로 찾을 수 있어야 한다. 남녀나 친구 간에도 궁합이 있듯이, 시간과 장소도 자신에게 맞는 궁합이 있다. 자신이 아침형 인간인지 저녁형 인간인지, 어느 시간에 집중력이 높아지는지 등을 인지하고 그에 맞추어 행동해야 한다. 특히 어느 장소에서 기분이 좋아지고 집중력이 올라가는지를 잘 알고 있어야 한다. 그래야 집중이 필요할 때 찾아갈 수 있다. 특히 요즘 대학생들은 강의실이나 도서관, 스터디 카페나 스타벅스 등 자신에게 집중이 잘되는 장소를 알고 있다. 그래서 카공족이라는 말도 생겼다. 그렇다면 당신은 언제, 어느 장소가 집중이 잘되는가?

넷째, 몰입과 집중에 방해되는 요인을 제거해야 한다. 즉, 환경 설정을 잘해야 한다. 집중을 위한 노력이나 정신력보다는 주변 환경을 어떻게 설정하느냐에 따라 결과가 다르다. 예를 들어 공부를 위해 핸드폰을 꺼놓거나 책상 주변을 정리하고 친구와 저녁 약속을 연기하는 등 공부에 최대한 집중할 수 있는 환경을 만들어야 한다. 이는 고시를 위해 절에 들어가는 것과 동일하다. 그리고 집중을 위해 참는 것보다 참을 필요가 없는 환경을 만드는 것이 더 쉽고 효과적이다. 게다가 너무 바빠도 집중이 안 된다. 의도적으로 시간과 여유를 만들고 차분하게 집중할 수 있는 환경을 만들어야 한다.

다섯째, 스스로를 긍정적으로 생각해야 한다. '나는 무엇이든 잘할 수 있다!' 혹은 '나는 원래 무엇을 해도 운이 좋고 잘되는 사람이다!'라는 긍정적인 생각을 해야 한다. '나는 무엇을 해도 안 되는 사람이야!'라는 식의 생각은 몰입과 집중력, 자신감과 성과 등 모든 것을 저하시킨다. 그나마 가진 운도 사라지며 될 일도 안 된다. "긍정적인 기대감이나 관심이 좋은 효과를 일으킨다."라는 피그말리온 효과처럼, 항상 모든 일이 잘될 것이라는 자기 충족적 예언을 충분히 해야 한다. 원래 모든 것은 마음먹기에 달린 것 아닌가?

마지막으로 휴식과 자기 몸에 대한 이해가 중요하다. 몸이 아프거나 피곤하면 집중력이 절대로 좋아질 수가 없다. 솔직히 정신력은 오래갈 수도 없고 투자 대비 효율도 좋지 않다. 게다가 "직장 생활은 이가 없으면 잇몸으로, 몸이 안 되면 정신력으로!"라는 말은 오래된 꼰대들만의 생각이다. 그리고 이가 없어서 잇몸을 사용하면 나중에 더 큰 문제가 된다. 당신은 정말 직장 생활을 정신력이라고 생각하는가? 만약 직장 생활을 하다가 만성 피로나 건강이 나빠져 정신력까지 필요한 상황이 지속된다면, 직장 생활에 대해 다시 한번 고민해 보는 것이 맞다. 직장인은 휴식과 업무에 집중할 수 있는 컨디션을 유지하는 것도 실력이다. 가장 바보 같은 일은 번아웃이 되어 건강도 잃고 가족도 잃는 상황이다. 하지만 의외로 이런 모습의 직장인이 많다. 당신의 몸은 건전지가 아니라 충전지다. 그냥 한 번 쓰고 버리는 것이 아니라 충전해서 다시 쓰고 오래 써야 한다. 그리고 직장 생활은 당신의 생각보다 훨씬 길다. 지금은 젊고 아프지 않다고 해서 휴식과 건강 관리를 소홀히 한다면, 의외로 후회하는 시간이 금방 다가온다.

4. 전문성

• 자격과 실력, 과연 무엇이 우선일까?

당신이 생각하는 프로와 아마추어의 차이는 무엇인가? 가장 큰 차이는 돈을 받고 일하는지 아니면 돈을 주거나 아무것도 받지 않고 일하는 것이다. 아마추어는 취미나 본업으로 하지 않는 사람을 의미하고, 프로는 전문적인 자격이 있거나 특별한 기술을 가진 사람을 의미한다. 그리고 이렇게 생각하면, 직장인은 월급은 받지만 업무에 대한 특별한 기술이나 전문성이 없다면 아마추어다. 하지만 회사는 "전문성과 책임감을 가진 프로가 되자! 프로 의식을 갖자!"고 강조한다. 회사가 말하는 프로 의식이란 '일을 했으면 반드시 성과가 있어야 하고, 책임감과 탁월함을 통해 성과로 연결하고자 하는 마인드'이다. 그렇다면 '나는 프로인가?' 직장인이라면 누구나 한 번쯤 고민하게 되는 부분이다. 슬프지만 생각하면 할수록 우리는 아마추어임을 확인하게 된다.

전문성은 '자신의 영역에서 누구나 할 수 있는 수준 이상의 능력과 성과를 나타내는 것'이라고 정의한다. 쉽게 말하면 실력이 있는 것이다. 혹시 1994년부터 지금까지 연재하고 있는 『열혈강호』라는 만화를 아는가?

온라인 게임으로 알고 있는 친구들도 많다. 어쨌든 개인적으로 직접 구매해서 보는 나름 찐 팬이다. 『열혈강호』에는 8대 기보가 나온다. 8대 기보는 마령검, 패왕귀면갑, 화룡도, 괴명검, 추혼오성창, 현무파천궁, 한옥신장, 일월쌍륜 등이다. 이 기보들은 자신에게 맞는 주인을 스스로 선택한다. 그리고 8대 기보의 주인들은 모두 자신만의 스토리를 가지고 있으며, 각성과 진각성을 통해 점점 강해진다. 그렇다면 직장 생활을 하는 당신만의 무기는 무엇인가? 당연히 그 무기는 전문성과 실력이다. 하지만 대부분의 직장인은 자신의 전문성에 대해 명확히 말하지 못한다. 물론 나 또한 마찬가지였다. 그렇다면 전문성이 있어도 말을 안 하는 것인가? 모르는 것인가? 아니면 진짜로 없는 것인가? 솔직히 없거나 모르는 경우가 대부분이다.

또한 『아웃라이어』라는 책에서 '1만 시간의 법칙'을 강조한다. '1만 시간의 법칙'은 '전문가가 되려면 제대로 된 훈련을 최소 1만 시간 이상을 투자해야 한다.'는 의미다. 그리고 전문성에 필요한 1만 시간은 직장인의 경우 하루 8시간, 최소 5년 이상의 시간이 필요하다. 게다가 집중력 있고 제대로 된 노력이 병행되어야 한다. 이직 시 경력이나 전문성을 의미하는 업무 경험이 최소 3년 이상은 되어야 한다는 것과 일맥상통한다. 그렇다면 같은 부서에서 10년 이상 근무하면, 전문성은 생기는 것일까? 대부분의 직장인은 자신이 오랫동안 했던 업무에 대해서도 전문성이 없다고 생각한다. 그냥 오래해서 익숙한 수준 정도로 생각한다. 오히려 자신이 하는 업무는 누구나 쉽게 할 수 있다고 생각한다. 물론 실제로 그렇기도 하다. 개인적으로 경험한 회사에서는 단 한 사람도 전문성이 있다고 말하는 사람을 본 적이 없다.

도대체 왜 이렇게 생각하는가? 업무에 대한 전문성을 인정하는 프레임이 없기 때문이다. 회사 차원으로 직원들의 전문성을 인정하는 눈과 제도가 없기 때문이다. 그래서 직원들은 동일한 업무를 10년 이상 해도 자신의 전문성 유무를 판단하지 못한다. 만약 회사가 직원들의 전문성을 인정하는 프레임을 자체적으로 만든다면, 직원들은 내부적으로 전문가로 인정받을 수 있고 업무에 대한 자신감도 올라가며 스스로 학습을 통해 깊이가 생길 것이다. 만약 무면허로 10년 동안 운전한 사람과 운전면허는 있는데 장롱 면허로 10년이 넘은 사람이 있다면, 누구에게 전문성이 있다고 판단해야 하는가? 과연 전문성이란 자격일까? 실력일까?

그렇다면 당신에게 적합한 전문성의 영역은 어떻게 선택해야 하는가?

우선 자신에게 솔직해야 한다. 자신의 장단점과 강약점이 무엇인지 정확히 이해할 수 있어야 한다. 이를 통해 장점이나 강점은 강화하고 단점이나 약점은 개선해야 한다. 장점과 강점은 성과 창출의 힘이자 전문성이 될 수 있으며, 전문성의 영역은 장점과 강점에서 찾아야 한다. 반대로 단점이나 약점의 개선은 승진을 만들어 낸다. 만약 승진에 욕심이 있다면, 성과나 실력보다는 우선 약점을 인정하고 개선하는 노력에 집중해야 한다. 그러나 사람의 행동과 태도(Attitude)는 개선할 수 있지만, 사람 자체가 변하기는 쉽지 않다. 사람들은 "사람은 쉽게 변하지 않는다." 혹은 "철들면 죽는다."고 말한다. 그만큼 자신을 바꾸는 것은 정말 어려운 일이다. 그래서 약점에 대한 개선이 어렵다면, 최소한 너무 드러나거나 문제가 되지 않는 수준으로 스스로를 통제할 수 있어야 한다. 원래 모난 돌은 정을 쳐서 고칠 수 있지만, 약점이 많은 돌은 직장에서 쉽게 버려진다.

그렇다면 자신의 장단점을 어떻게 알 수 있는가? 보통 사람은 자신을 이해하는 영역보다 모르는 영역이 훨씬 넓다. 그래서 최근 유행하는 MBTI 검사나 친한 지인과 멘토에게 자신에 대해 솔직히 물어보고 확인하는 과정이 필요하다. 더불어 자신에게도 '나는 무엇을 좋아하고 잘하고 못하는지?'에 대해 냉정하게 확인해야 한다. 즉, 메타인지를 강화해야 한다. 우리는 누군가를 평가할 때, "저 친구는 액션만 좋다. 능력보다 과대 포장되어 있다. 실체는 없지만 무엇인가 있는 것처럼 행동하고 말한다."라는 식으로 상대방을 폄하하는 이야기를 많이 한다. 하지만 냉정하게 말하면, 당신은 이런 능력조차도 부족하고 열등감이나 질투하는 것에 불과하다. 그리고 이 또한 그 사람만이 할 수 있는 능력이다. 액션이나 의전, 자기 포장, 친분 관계 등 이 모든 것들이 능력이다. 만약 당신이 잘할 수 있다면 직접 하면 된다. 100점짜리 내용을 포장과 친분 관계를 통해 110점으로 만드는 능력을 직접 실행해 보면, 얼마나 많은 노력과 디테일이 필요한지 알 수 있게 된다. 이제는 누군가를 폄하할 생각보다는 자신의 전문성이나 실력이 없음을 먼저 솔직하게 인정해야 한다. 그래야 조금이라도 발전 가능성이 생긴다.

이제 자신의 강점을 이해하고 전문 영역을 선택했다면, 전문성은 어떻게 강화할 수 있을까?

첫째, 선택한 영역에서 탁월함과 지속성을 추구해야 한다. '이 정도면 되겠지?'라고 생각하면, 딱 그 정도까지만 된다. 솔직히 100점의 노력을 해도 90점을 인정받기가 쉽지 않으며, 그 노력은 당신만의 100점인지도 모른다. 그래서 업무에 대한 절대 기준을 높이고 완성도를 타협하지 말아야 한다. 그렇다고 완벽주의를 의미하는 것은 아니다. 완벽주의는 자신과 주변을 힘들게 할 뿐이다. 비교의 기준을 주변이 아닌 스스로 더 높게 봐야 한다. 또한 전문성은 지속적인 탁월함이 중요하다. 무엇보다 자신을 믿고 꾸준히 노력해야 한다. 세상의 어느 누구도 당신보다 당신 자신을 더 신뢰하거나 사랑하지 않는다. 그리고 무엇이든 자신감을 가지고 꾸준히 1년 이상 하면, 어떤 영역에서나 상위 10% 내에 진입할 수 있다. 탁월함과 지속성은 전문성을 향상시키는 가장 확실한 방법이다.

둘째, 전문성을 인정받을 수 있는 외부 자격을 적극적으로 활용해야 한다. 전문 분야에 대한 석사나 박사 등의 학위를 취득하거나, 공인회계사나 변리사 등 외부 전문 자격을 취득하기를 제안한다. 학위나 자격은 상대방에게 신뢰를 주고 기회는 성과를 이끌어 낸다. 하지만 직장 생활을 하면서 자격을 취득하는 것은 쉽지가 않다. 만약 학생 때 학위나 자격증을 취득했다면, 지금의 회사를 다니지도 않았을 것이며, 자격증을 취득한다면 더 좋은 회사로 이직을 선택할 수도 있다. 그만큼 외부 자격은 전문가로 인정받거나 새로운 기회가 많이 생긴다. 그렇다고 자격이 실력을 의미하는 것은 아니다. 하지만 세상의 많은 영역에서는 실력보다 자격이 중요한 경우가 더 많다. 실력은 눈에 보이지 않지만, 자격은 확실히 보이기 때문이다.

마지막으로 계획이나 고민만 하지 말고 무엇이든 적극적으로 실행해야 한다. 만약 옆집 학생이 성적에 대한 욕심은 많은데 공부를 하기 싫어한다면, 직장인이 전문성과 실력을 키우고 싶은데 고민만 하고 아무것도 하지 않는다면, 당신은 무슨 말을 해 줄 수 있을까? 생각이나 욕심보다는 당장 학원이나 공부를 시작해야 한다. 솔직히 마음만 있고 실행력이 부족한 것은 마음이 없는 것이고 몽둥이가 약이다. 욕심을 버리거나 확실한 자극이 필요하다. 우리는 말을 믿기보다는 행동을 믿어야 한다.

오랜 경험이 실력이나 성과를 보장하지는 않는다

우리는 새로운 도전보다는 익숙함이 주는 편안함에 안주하고 싶어 한다. 물론 누군가는 편안할 때 위기를 생각해야 한다고 말하지만, 사실 우리는 편안할 때가 가장 행복하다. 그러나 고인 물은 썩기 마련이다. 직장생활을 오래 했다고 해서 실력이나 성과가 뛰어난 것도 아니다. 그냥 오래 해서 익숙할 뿐이다. 상대방이 오해할 수도 있으나, 솔직히 전문성이나 실력 없음은 자기 자신이 가장 잘 알고 있다.

전문성이란 한 부서에서 오랫동안 근무했다고 생기는 것이 아니다. 우리가 쉽게 말하는 '1만 시간의 법칙'은 최소 1만 시간 이상을 체계적이고 집중적인 훈련으로 쌓아야 실력과 전문성이 생긴다는 의미다. 1만 시간의 양보다는 훈련의 집중도가 훨씬 중요하다. 그리고 경험은 무엇을 했는지가 중요하지만 전문성은 왜, 어떻게 했는지가 더 중요하다. 그래서 직장인은 전문성이 항상 부족하다고 느끼며, 실제로 대부분 쓸모없는 근무 이력만 가지고 있다.

나는 국내 기획 10년과 해외 기획 2년, 총 12년을 기획실에서 근무했다. 하지만 나 스스로 기획에 대한 전문성이 있다고 생각하지 않는다. 누군가는 나에 대해 기획에 대한 전문성이 있다고 오해할 수도 있지만, 솔직히 자신이 없다. 아마 대부분의 직장인은 나와 비슷하게 느낄 것이다. 그리고 퇴직을 하면, 할 줄 아는 것도 없고 세상살이에 미숙한 것도 깨닫게 된다. 그래서 하기 쉬운 프랜차이즈나 자격증을 알아본다. 보통 커피숍 같은 프랜차이즈는 매뉴얼이 있어서 적응하기 쉽고, 자격증은 전문성을 증명해 준다. 하지만 이 또한 알아만 볼 뿐, 직접 실행으로 옮기는 직장인은 거의 없다. 게다가 직장에서의 성과가 당신의 전문성이나 경쟁력을 의미하지도 않는다. 세상은 평생 직업을 가지라고 하지만 이 또한 쉽지 않은 것이 현실이다. 세상살이 참 어렵고 힘들다.

LBCS, 소중하고 감사한 기회

운이 좋게도 나는 2년 동안 그룹의 LBCS 글로벌 대표 강사로 활동했다. LBCS의 L은 그룹의 이름이며 BCS는 Business Communication Skill의 약자로, 해외 현지 임원과 주재원들에게 VIP나 최고 경영진 방문 시 보고 내용 및 보고 방법에 대해 강의하는 것이었다.

LBCS 글로벌 대표 강사는 총 2명이 선정되었다. 선정 방법은 외부 컨설턴트 3명, 대학 교수 3명 등 총 6명이 각 계열사의 기획이나 보고 실력자를 1명씩 선정하고, 그들의 실제 강의 능력을 평가했다. 나 또한 그들 앞에서 강의 평가를 받았다. 미리 준비한 내용을 5분 동안 강의를 하는 것이었다. 그 이후 강의에 대한 피드백은 "목소리의 전달력이 좋고 자신감이 넘친다. 다만 강의 중 움직임이 너무 많다."였다. 그래서 당연히 떨어진 줄 알고 있었는데 다행히 운이 좋아서 2명 중에 한 명으로 선정되었다. 이후 중국의 상해, 북경, 천진, 심양과 베트남의 호치민과 하노이, 인도네시아 자카르타 등에서 강의를 했다. 다른 한 명은 러시아, 벨기에, 우크라이나 등 유럽에서 강의를 했다. 솔직히 계열사 선배였지만 부러웠다. 또한 나와 함께 강의를 동행했던 사람은 그룹 인사실의 A 사장님이었다. 사장님은 항상 웃어 주시고 인자하기로 유명한 분이셨다. 강의는 2일 동안 총 16시간씩 도시별로 진행되었고, 참석한 임원이나 주재원들의 참여도는 그 어느 때보다 높았다. 아마 강의 중 맨 뒷자리에 A 사장님이 계셨기 때문이라고 생각한다.

개인적으로 강의 스킬과 해외 경험도 많이 생겼고 무엇보다 주재원들의 강의 평가 결과가 좋아서 다행이었다. 그 이후 '팀장 자격 스쿨'의 LBCS 강사로 활동하면서 동영상 강의와 시험을 평가하기도 했다. 나에겐 너무 소중한 경험이자 감사한 기회였다.

5. 통찰력

• 본질을 꿰뚫어 보는 힘

"높이 나는 새가 멀리 본다." 그렇다면 새는 왜 높게 날려고 했을까? 저 높은 곳에서 무엇을 바라보고 어디를 향해 날아가고자 했던 것일까? 높게 날 수 있는 능력과 멀리 보는 능력은 분명히 다르다. 높게 날려면 날개 근육이 좋아야 하고, 멀리 보려면 눈이 좋아야 한다. 각각에 요구되는 역량이 완전히 다르다. 또한 직장인은 주어진 업무만 열심히 한다고 해서 본질을 꿰뚫어 볼 수 있는 통찰력이 생기지는 않는다. 높게 나는 새가 되기 위해서는 체계적인 훈련과 연습을 통해 날개 근육을 강화해야 한다. 그렇다면 멀리 보기 위해 눈이 좋아지려면 어떻게 해야 할까? 혹시 라식 수술을 하거나 도수가 높은 안경이라도 써야 하지 않을까?

통찰력이란 '자신이 처한 상황이나 문제의 본질을 정확히 이해하는 능력' 혹은 '지식의 통합이나 자연과학과 인문학을 연결하는 힘'이라고 정의한다. 같은 사물과 현상을 보더라도 다른 의미로 재해석하거나 그 안의 진실을 꿰뚫어 볼 수 있는 능력을 의미한다. 즉, 전체와 핵심을 다각적으로 바라보는 안목과 판단 능력이라고 할 수 있다.

그렇다면 통찰력을 키우려면 어떻게 해야 하는가? "아주 간단한 비밀을 하나 말해 주면, 모든 것은 마음으로 보아야 보인다는 거야. 정말 중요한 것은 눈에 보이지 않아."라는 어린 왕자의 이야기처럼, 자신만의 지식과 경험을 바탕으로 상황의 본질을 이해할 수 있는 능력이 무엇보다 중요하다. 또한 동일한 상황을 다양한 각도로 쳐다볼 수 있는 시선과 기존의 것을 정확히 볼 수 있는 관찰력 그리고 보이는 모든 것에 대해 개성 있게 해석하는 힘도 필요하다. 솔직히 대충 무슨 말인지 이해는 되지만, 도대체 어떻게 해야 통찰력을 키울 수 있는지는 막연하고 어렵게만 느껴진다.

통찰력을 키우기 위해서는 꾸준한 학습, 창의적인 사고 습관, 실질적인 실행과 다양한 경험을 꾸준히 쌓아야 한다. 불교의 '돈오'라는 말처럼, 어떤 한순간에 무엇인가를 깨닫게 되는 것이 아니다. 또한 독서나 대화를 통한 간접 경험도 중요하다. 경험과 경험의 연결, 우연 같은 창의적 사고, 관심과 호기심이 가득하고 현재 상황의 모순과 새로운 대안을 원하는 간절함 등이 통찰력의 성장을 이끌어 낸다.

그렇다면 직장인이 통찰력 있는 기획과 성과를 내려면 어떤 능력들이 필요할까? 물론 수백 가지 능력이 필요하겠지만, 무엇보다 업무에 대한 이해력과 추진력, 상황과 숫자 분석 능력, 문서 작성과 보고 능력, 관찰력과 소통력 등은 필수적이며, 이 모든 바탕에는 실행력이 전제되어야 한다. 그리고 이렇게 다양한 능력 중 자신이 가장 잘할 수 있고 경쟁 우위가 있다고 생각하는 능력이 한 가지라도 있다면, 당신은 충분히 뛰어난 기획력과 성과를 창출할 수 있다.

하지만 회사에서 통찰력의 중요성을 언급할 때 조심할 점이 있다. 그것은 당신이 직장인이라는 사실이다. 통찰력에 대한 이야기가 자칫 상대방에게는 구체적이지 않고 뜬구름을 잡는 거대 담론으로 들릴 수 있다. 솔직히 직장인에게 요구되는 통찰력의 수준은 남들이 보지 못하는 큰 의미가 아닌, 지금 자신의 업무에서 조금 다르고 개선하는 수준이면 충분하다. 이제는 머리로만 고민하고 뜬구름만 잡을 시간이 없다. 지금이라도 하나씩 찾아서 실행해 나가야 한다.

6. 장단점과 강약점

• 강점과 장점은 성과를, 약점과 단점의 개선은 승진을 만든다

지피지기면 백전불태. 자신을 먼저 알고 상대를 이해하면 백 번을 싸워도 패하지 않는다는 의미다. 직장 생활이 전쟁은 아니지만 엄연한 경쟁 사회며, 성과를 위해서는 자신의 장단점과 강약점을 정확하게 이해하고 집중할 수 있어야 한다. 이를 위해서는 자신을 정확하게 이해하는 힘. 즉, 메타인지가 높아야 한다. 메타인지란 자신이 아는 것과 모르는 것을 정확히 구분하고 자신의 힘과 학습 과정을 스스로 조절할 수 있는 능력을 의미한다. 할 수 있는 것과 할 수 없는 것, 아는 것과 모르는 것을 정확히 이해할 수 있어야 한다. 또한 "다른 사람을 아는 것은 지혜롭지만, 자신을 아는 사람은 현명하다."라는 노자의 말처럼, 우리는 다른 사람을 이해하기는 힘들어도 자신에 대해서는 정확하게 이해할 수 있어야 한다.

강점과 장점의 차이는 무엇인가? 강점은 남들보다 우세하거나 뛰어난 부분으로 비교의 의미가 포함되어 있다. 보통 경쟁 우위라는 말은 '누구보다 혹은 무엇보다'라는 비교의 개념을 포함하고 있듯이, 강점은 남들과의 비교를 통해 더 뛰어난 점을 의미한다. 그리고 장점은 스스로 잘하거나 긍정적이라고 생각하는 부분이며 비교의 개념은 포함되어 있지 않다. 예를 들어 자신감과 자존감이 높거나 도전 의식과 열정이 충만한 모습은 장점이다. 여기에 비교의 기준이 합쳐지면 강점이 된다. 만약 신입사원이 자신의 강점을 열정과 책임감이라고 말한다면 틀린 말이다. 열정과 책임감은 비교도 어렵고 본인 기준의 장점이다.

그렇다면 당신의 강점과 장점은 무엇인가? 사실 우리는 이런 질문에 대해 익숙하지도 않고 대답하기를 머뭇거린다. 반대로 단점이나 약점은 스스로 잘 이해하거나 쉽게 말하기도 하지만, 장점과 강점은 표현에 미숙하다. 하지만 누구나 강점과 장점을 가지고 있다. 다만 자신의 강점과 장점에 대해서 잘 모르거나 생각해 본 적이 없을 뿐이다. 우리는 어릴 때부터 강점과 장점에 대해 말하는 자체를 겸손하지 못한 행동이고 금기시했기 때문에 정확히 이해하고 표현하는 방법을 배우지 못했다. 게다가 학창 시절의 어느 교육 과정도 당신의 강점과 장점에 대해 알려 주지 않았다. 많은 직장인들이 강점과 장점은 성과를 만들어 낸다고 말한다. 하지만 자신의 강점과 장점을 모르면서 어느 분야에 어떻게 집중해서 성과를 만들어 낼 수 있겠는가? 그래서 대부분의 직장인은 수동적으로 주어진 일을 열심히 할 뿐, 자신의 강점과 장점을 발휘할 수 있는 생산성이나 성과, 아이디어나 창의성이 상대적으로 부족한 것인지도 모른다.

자신의 강점과 장점을 정확히 이해하려면 어떻게 해야 하는가? 자기 자신이 가장 잘 알아야 하는 것이 당연하지만, 그렇지 못한 경우는 당신을 잘 알고 이해하는 사람들에게 솔직하게 물어봐야 한다. 물론 그들의 이야기가 당신의 생각과 다를 수도 있다. 자기 이해에 대한 고민과 갈등은 바로 이 지점에서 시작된다. 자신의 강점과 장점에 대해서는 잘 모르지만, 남들의 말에도 쉽게 동의할 수가 없기 때문이다. 게다가 장점을 단점으로 생각하는 경우도 의외로 많다. 바라보는 위치에 따라 자신감이 넘치는 장점이 겸손하지 못한 단점으로 보이기도 한다. 과한 것은 부족한 것만 못하다고 하지만, 그 기준 또한 어느 수준인지 정확히 알 수도 없다. 그래서 남의 말보다 자신을 믿을 수밖에 없다.

혹시 〈개구쟁이 스머프〉라는 만화를 아는가? 스머프들은 모두 자신만의 개성과 장단점을 가지고 있으며, 그 특징들을 자신의 이름으로 사용한다. 많이 배웠으나 겸손하지 못한 똘똘이 스머프, 운동을 좋아하고 힘이 센 근육이 스머프, 모든 것이 불평인 투덜이 스머프, 유난히 먹을 것을 좋아하는 욕심이 스머프 등이다. 이들 모두는 자신의 개성과 장단점에 대해 정확히 이해하고 있다. 만약 당신이 스머프라면 어떤 스머프인가? 대답하기 쉬울 것 같지만 그렇지가 않다. 오히려 남들에 대해서는 험담이나 뒷담화를 통해 잘 알고 있다고 생각하지만, 정작 자기 자신에 대해서는 모르는 경우가 대부분이다. 어쩌면 이기심이나 내로남불이 여기서부터 시작되는지도 모른다.

또한 최근 유행하는 MBTI 검사를 통해서도 자신에 대해 어느 정도는 이해할 수 있다. 총 16가지 성격 유형 중 자신의 성격 유형과 그에 따른 장단점과 강약점을 알 수 있다. 그리고 조하리의 창이라는 분석에서는 자신에 대해 나만 알고 타인이 모르는 영역보다는, 타인은 나를 잘 알지만 정작 나 자신은 나에 대해 잘 모르는 영역이 더 크다고 한다. 게다가 회사에서 다면 평가를 하게 되면, 남들이 생각하는 나의 모습과 내가 생각하는 나의 모습과의 차이가 크다는 것을 확인할 수 있다. 우리는 다면 평가의 부정적 결과에 대해서는 분노하거나 인정하기 싫어하며, 긍정적인 결과는 솔직히 잘 몰랐어도 '아! 내가 이런 사람이구나.'라고 인정하게 된다. 원래 달면 삼키고 쓰면 뱉어 내는 것이 우리의 자연스러운 모습이다.

이렇게 자신에 대해 어느 정도 이해했다면 다음은 장점과 강점을 강화해야 한다. 이를 위해서는 타인의 장점과 강점을 볼 수 있어야 하고 부러워해야 한다. 그래야 실행력이 올라간다. 그러나 상대방의 단점이나 약점만 보는 사람은 무엇인가를 보고 배우기보다는 험담과 뒷담화를 통해 자신의 열등감만 위로하기 바쁘다. 당연히 발전도 없다. 게다가 그들은 장점을 보지 못하니 칭찬은 불가능하며, 단점만 보니 질책만 할 줄 안다. 간혹 상대방의 단점이나 약점을 통해 배우는 사람도 있다고 하지만, 직장 생활에서는 거의 없다고 봐도 무방하다. 솔직히 장점을 보지도 못하고 따라 하지도 못하는데 단점을 보고 배울 수 있을까?

강점과 장점의 강화는 성과를, 단점과 약점의 개선은 승진을 만들어 낸다. 하지만 대기업이나 공기업 같은 관료주의적 조직 문화는 직원들의 강점을 통해 성과로 연결하기보다는, 단점을 지적하고 개선하는 데 훨씬 익숙하다. 그리고 특별히 큰 문제만 없다면 어느 수준까지는 승진할 수 있다. 나름 월급도 괜찮고 사회적으로도 인정을 받는다. 그래서 입사를 하면 현실에 안주하기 쉽다. 게다가 무엇인가에 도전해서 성과가 있으면 다행이지만, 실패해서 회사에 손실을 주거나 절차상의 문제가 있다고 판단되면 회사를 그만두어야 하는 상황에 몰릴 수도 있다. 과연 누가 이런 조직 문화에서 과감한 도전을 선택하겠는가? 그래서 직장 생활은 장점이나 강점을 통해 성과에 집중하기보다는 단점이나 약점을 개선하는 것에 중심을 두는 것이 훨씬 쉽고 승진하기 좋다고 말한다. 원래 모난 돌은 정을 맞지만, 겸손한 돌은 사랑을 받는다.

그렇다면 당신의 단점과 약점은 무엇인가? 이 세상에 완벽한 사람은 없다. 사람들은 남들의 단점이나 약점은 정확하게 보지만, 자신의 단점이나 약점은 잘 모른다. 게다가 자신의 단점과 약점에 대해서는 상대적으로 관대하다. 누군가로부터 지적을 받아도 인정하거나 받아들이지 않는다. 또한 많은 단점 중 행동 측면의 단점은 노력하면 개선이 가능하다. 그러나 성향 측면의 단점은 아무리 노력해도 개선되기가 쉽지 않다. 예를 들어 지각하는 습관이나 업무 집중력이 낮은 경우는 개선이 가능하지만, 고집이 세거나 정직하지 못한 모습들은 잘 고쳐지지가 않는다. 특히

"사람은 고쳐 쓰는 게 아니다!"라고 하는 말은 성향 측면의 단점을 개선하는 것은 불가능하다는 것을 의미한다. 그리고 강점이 아닌 약점에 집중하면 자신감과 의욕을 잃기 쉽다. 그래서 수많은 직장인들이 자신감과 의욕이 없어 보이는지도 모르겠다. 어쩌면 단점을 개선하려고 노력하기보다는 강점에 집중하는 것이 직장 생활과 정신 건강에 훨씬 이로울지도 모른다.

자신의 단점과 약점에 대해 정확하게 이해하고 개선하고 싶다면 어떻게 해야 하는가? 우선 상대방에게 자신의 단점과 고민하는 부분을 솔직하게 오픈해야 한다. 상대방은 이미 당신의 단점을 정확히 알고 있을지도 모른다. 그리고 그들에게 당신의 단점이 나타날 때마다 지적해 달라고 부탁해야 한다. 단점은 한 번에 없어지거나 급격하게 개선되지 않기에 스스로 경계하고 꾸준히 관리되어야 한다. 개인적으로 겸손하지 못한 단점을 극복하기 위해 오랫동안 노력했고 어느 정도는 개선되었다고 말을 듣기는 했지만, 실제로 개선된 것이 아니라는 사실을 어느 순간 깨달았다. 개선하겠다는 의지로 참았던 것에 불과했을 뿐, 나의 단점은 언제라도 다시 튀어나올 수 있었다. 하지만 이조차도 너무 힘들었다. 그렇다고 개선되지 않을 것으로 생각해서 노력조차 하지 않는다면, 직장 생활은 정말 힘들어진다. 오히려 단점에 대해 고민하기보다는 개선되지 않는 모습을 걱정해야 한다. 그래도 세상에 완벽한 사람은 없으니 그나마 다행이다.

어쨌든 직장인은 장단점과 강약점의 균형을 잘 유지해야 한다. 균형을 잃으면 적이 생기고 직장 생활이 힘들어진다.

강점과 장점에 집중해야 한다

전문성은 강점과 장점에 집중해야 한다. 그렇다면 직장 생활에서 강약점은 어떻게 평가되는가?

강점은 많은 사람들이 인정하지 않는 이상 잘난 척으로 보이거나 모난 돌이 되어 정을 맞는 상황이 연출되기 쉽다. 오히려 경쟁자들의 시기와 질투로 강점 자체가 부인되기도 한다. 예를 들어 영업팀장의 실력과 실적이 아무리 뛰어나도 "실적은 영업팀장이 잘해서가 아니라 단지 트렌드가 좋아서 그래."라고 평가 절하하는 말들이다. 사실 어느 누구도 당신의 장점이나 강점을 인정하려고 하지 않으며, 오히려 이런 모습을 경쟁이라고 생각하기도 한다.

반대로 단점은 반드시 개선되어야 한다. 당신의 단점은 아무리 숨기려 해도 드러나며 경쟁자들이 계속 찾는다. 게다가 단점은 평판과 승진에 악영향을 준다. 특히 명확한 단점은 승진을 불가능하게 만들기도 한다. 또한 발 없는 말이 천 리를 가지만, 단점과 나쁜 평판은 더 빨리 더 멀리 날아간다. 결과적으로 당신에 대한 불편한 오해는 계속 부풀려지고 나쁜 평판은 직원들의 뇌에 확실히 각인된다. 나중에 거짓으로 확인되더라도 한 번 각인된 인식은 잘 변하지 않는다.

또한 직장 생활에서 강점은 강점으로 인정받기 힘들고, 단점은 현미경적으로 관찰되며 확대해서 부각된다. 만약 당신이 직장 생활을 오랫동안 무탈하게 하는 것이 목적이라면, 전문성이나 강점을 키우기보다는 인맥과 네트워크 그리고 단점의 개선에 집중해야 한다. 개인적으로 신기하게 생각하는 것은 이기적이며 수비적인 마인드로 직장 생활을 하는 사람들이 성과를 인정받고 계속 승진하며 더 높은 직책으로 올라간다는 사실이다. 회사는 실력으로만 승진하는 것은 아니다. 그리고 많은 직장인들의 "오래가는 사람이 강한 사람."이라는 말은 절대 틀린 말이 아니다. 어쩌면 오래가는 그들이 진짜 강한 것이며 직장 생활에 대한 나름의 전문성인지도 모른다.

역량은 굳이 표현하지 않아도 자연스럽게 드러난다

개인적으로 패기만 가득한 신입 사원이나 불합리하고 무능한 상사들을 보면 항상 답답했다. 건방지게도 가끔은 회사의 모든 직원들과 역량 대결을 해 봤으면 하는 생각을 하기도 했다. 현재의 직급이나 직책은 모두 내려놓고 주제와 상관없이 사람 대 사람, 실력 대 실력으로 경쟁해 보고 싶었다. 하지만 회사에는 이런 기회란 존재하지 않는다. 또한 신입 사원에게 젊다는 것은 그저 겉으로 드러나는 물리적인 부분에 불과했고, 경험이나 아는 것이 절대적으로 부족하다는 사실에 실망했다. 솔직히 신입 사원에게 잠재력이 있다는 말은 지금은 실력이나 역량이 부족하다는 말을 마음 상하지 않도록 돌려서 이야기하는 것이다. 그래도 성장할 시간은 충분하기에 보이지 않는 잠재력에 막연한 기대를 할 뿐이다. 그리고 상사나 선배들은 과거에 배운 것이 전부였으며 자기 계발을 오래전에 멈춰 버린 사람들도 많았다.

기획과장 시절, 나는 나보다 실력과 역량이 뛰어난 누군가가 나타난다면, 지금 이 자리를 즉시 넘겨줘야 한다고 생각했다. 그래서 한편으로는 두렵기도 했다. 가끔 후배들에게 "나는 회사에서 누군가가 나보다 일을 잘하는 것이 가장 두려워!"라고 말하기도 했다. 물론 그때는 자만심이 가득했고 겸손하지 못했다. 뭔가에 홀렸거나 미쳤던 것 같다. 사실 직장인은 무식해도 무식해 보이지 않으며, 똑똑해도 스스로 똑똑한지 잘 모른다. 게다가 직장 생활은 직급이 깡패고 자리가 실력을 가릴 때가 많다. 솔직히 개인의 역량이 드러날 기회가 그다지 많지도 않다. 오히려 모난 돌이 정을 맞는 상황을 항상 조심하면서 튀지 않고 생활해야 한다. 조용히 '낭중지추'라는 생각으로 자신의 역량을 꾸준히 키우고 미래를 준비하는 것이 가장 바람직하다.

역량은 굳이 표현하지 않아도 자연스럽게 드러난다. 조급해할 필요가 전혀 없다. 또한 직장인은 자신의 역량이 부족하거나 무식하다고 생각하지도 말아야 한다. 오히려 학습과 자기 계발을 멈춘 지금 상황이 더 큰 문제다. 다행히 이 또한 당신 외에는 누구도 모르고 아직 시간은 충분하다. 다행히 역량이 있다면 언젠가 드러날 것이고, 없다면 지금부터라도 쌓아야 한다. 역량이 없는 것도 언젠가는 반드시 드러난다.

당신의 성향은 바뀌지 않는다

개인적으로 직장 생활 동안 겸손하지 못하고 고집이 세다는 단점을 개선하려고 10년을 넘게 노력했다. 하지만 그 노력의 결과는 너무 처참했다.

어느 날, 멘토인 A 전무님께서 나에게 "그동안 너무 많이 변했어. 솔직히 예전에 가지고 있던 그 많던 장점들이 다 사라지고 엉망이 되었어!"라고 말했다. 그래도 나는 겸손한 척을 하면서 "에이~ 원래 저는 장점이 없었어요. 그동안 회사나 전무님께서 잘 봐 준 것에 불과해요."라고 마음과 다르게 말했다. 사실은 생각보다 단점을 개선하기가 너무 힘들었고, 노력했던 모습을 어느 정도는 인정받고 싶었는지도 모르겠다.

직장 생활은 자신의 생각과 의지대로 눈치 보지 않고 하는 것이 후회가 없다. 그냥 자연스러운 모습으로 생활하고 남들에게 피해만 주지 않으면 된다. 솔직히 피해를 주더라도 당신만 피해받지 않으면 괜찮다. 그리고 직장 생활은 약간은 이기적일수록 행복하다. 만약 상사나 누군가로부터 성향에 대한 지적을 받으면, 스스로 인정하고 주의하면 된다. 성향을 개선하려고 노력하면 성과는 없고 오히려 바보가 되기 쉽다. 특히 강점과 장점 등 당신이 가지고 있었던 좋은 것들도 잃어버릴 수 있다. 그래서 직장 생활은 자신의 색깔을 유지해야 한다. 행동과 습관은 바꿀 수 있지만, 신념이나 성향까지 바꾸려고 하면 절대 안 된다. 노력하면 할수록 당신만 고통스러울 뿐이다.

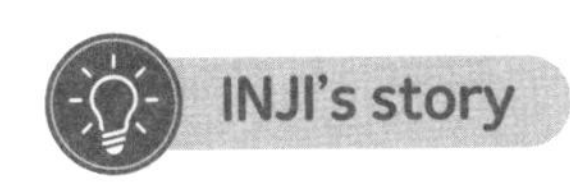

당신만의 강력한 경쟁력, '매력'

팀장 시절, 신입 사원들에게 자주 했던 질문이다.

"당신의 장점이나 강점은 무엇이고, 회사는 당신의 어떤 면을 보고 선택했다고 생각하는가?"라고 물어보면, 대부분은 머뭇거리거나 열정이나 정직함 등에 대해 이야기했다. 하지만 이런 정성적인 자질들은 비교가 불가능하며 강점이나 경쟁 우위도 아니다. 그리고 신입 사원들은 스펙도 대동소이하다. 하지만 당신이 신입 사원으로 뽑힌 이유는 분명히 있다. 그냥 재수가 좋거나 운이 좋아서 입사한 것이 절대 아니다. 그런 생각들은 당신을 선택한 면접관들을 무시하는 것이다.

신입 사원은 인사팀의 정답은 아니라도 자신만의 정답은 가지고 있어야 한다. 개인적으로 신입 사원에게 가장 듣고 싶었던 이야기는 "딱 보면 아시잖아요. 저만의 매력입니다. 게다가 잘생겼잖아요. 이 정도면 능력도 어디 가서 빠지지 않고요!"라는 자신감 있는 말이다. 신입 사원인 당신은 충분히 능력 있고 매력적이며 회사는 당신의 매력에 빠져 함께하게 되었다. 매력은 사람을 끌어당기는 힘이자 강력한 경쟁력이다. 하지만 회사의 어느 누구도 신입 사원에게 이렇게 말해 주지 않는다. 오히려 "그 스펙이면 더 좋은 회사를 갈 수 있는데 왜 하필 여기에 들어왔어?"라고 말한다. 도대체 왜 그렇게 말하는 걸까? 자신들도 이 회사에 있으면서 말이다. 안타깝게도 회사에는 누워서 자기 얼굴에 침을 뱉는 선배들이 꽤 많다.

Part 6

Communication

1. 경청

• 경청은 진심에서 시작되고 방법으로 표현된다

대부분의 기업들은 항상 고객의 이야기를 경청해야 한다고 강조한다. 하지만 내부 직원들의 이야기를 듣지 않는 기업이 고객의 이야기를 잘 들을 수 있을까? 이런 기업의 직원들은 고객의 이야기를 진심으로 귀담아듣을 수 있을까? 그렇다고 일방적인 강요를 하면 경청이 가능할까?

소통을 위해서는 경청, 역지사지, 진심, 배려, 겸손 등 많은 자질과 노력이 필요하다. 그리고 소통은 말하기는 쉽지만 아무나 할 수 있는 것도 아니고 실행하기 가장 어려운 것 중에 하나다. 그렇다면 소통에서 가장 중요한 자질은 무엇일까? 당연히 경청할 수 있는 능력이다. 소통은 상대방의 이야기를 먼저 귀담아 듣고 이해한 다음, 진심을 담아 겸손하게 말할 수 있어야 가능하다.

『논어』에서는 60세를 이순(耳順)이라고 한다. 이순은 "모든 이야기를 마음으로 듣고 이해할 수 있어야 한다."는 의미다. 하지만 60세가 훨씬 넘어서도 이순해지기보다는 자기 생각을 상대방에게 일방적으로 강요하는 나이 든 꼰대들이 더 많은 것이 현실이다. 상대방의 말을 듣기보다 자신의 생각만을 강요하며 지적하는 꼰대들을 보면, 논어의 이야기는 지금 세상과는 너무 동떨어진 이야기라는 생각이 든다. 솔직히 60세가 아니라 80세 이상이 되어도 꼰대는 꼰대다. 원래 듣는 사람은 듣고 안 듣는 사람은 절대 안 듣는다. 사람은 잘 변하지 않듯이, 경청은 나이와 크게 상관이 없다. 게다가 "말이 너무 많으면 안 된다. 말하는 양의 두 배를 들어라."라는 탈무드의 이야기도 다른 세상의 이야기처럼 들린다.

이청득심(以聽得心)이라는 말처럼, 경청은 상대방의 마음을 얻고 그 사람을 당신의 사람으로 만들 수 있는 최고의 방법이다. 사람은 태어나서 말을 배우는 데는 2년밖에 걸리지 않지만, 경청을 배우는 데는 60년 이상이 필요하다. 어쩌면 그보다 시간이 더 필요하거나 평생을 노력해도 어려운 경우가 대부분이다. 또한 말하기는 자신감이 중요하다면, 경청은 상대방을 향한 진심이 중요하다. 만약 자신은 경청을 하지 않으면서 상대방이 경청하지 않는다고 불평한다면, 이는 그냥 양아치적인 행동이다. 솔직히 누구나 할 수 있을 것 같지만 아무나 할 수 없는 것, 경청이란 상대방의 이야기를 존중하는 마음으로 듣는 것이다. 그래서 거짓된 마음으로는 경청이 불가능하다. 상대방을 싫어하면서 어떻게 상대방의 이야기를 공감하면서 들을 수 있겠는가?

그렇다면 우리는 왜 이렇게 경청하기가 힘들까? 인간은 누구나 이기적이며 말하는 것은 본능에 가깝다. 솔직히 듣는 것이 말하는 것보다 훨씬 길게 느껴진다. 말을 잘하려면 먼저 잘 들어야 하는데 이 또한 쉽지가 않다. 그리고 우리는 상대방의 이야기를 마음으로 듣고 공감하려는 노력보다는, 성급한 해답을 제시하거나 자신만의 이야기를 하려고 한다. 대화는 서로 주고받아야 하는데 주기만 할 뿐 받기를 싫어한다. 게다가 자신은 하지도 못하는 적극적인 호응과 경청하는 모습을 상대방에게 기대한다. 심지어 어떤 사람들은 이야기를 듣는 과정에서 자신이 할 이야기를 마음속으로 준비하기도 한다. 그래서 상대방의 이야기가 잘 들리지 않는다. 당연히 그 안에 상대방에 대한 진심이나 공감은 찾아볼 수 없다. 또한 경청은 엄청난 집중력이 필요하고 사람을 쉽게 지치게 만든다. 사람마다 차이는 있겠지만, 이상하게도 말하는 것은 쉽게 지치지 않는다. 역시 인간은 이기적이며 말하는 것을 좋아한다. 어쩌면 경청이란 인간의 본능에 역행하는 것인지도 모른다. 그래서 경청이 힘든 게 아닐까?

지혜는 듣기에서 시작되고 후회는 말하기에서 시작된다. 우리가 인생에서 행복이나 기쁨보다 후회나 아쉬움을 많이 느끼는 이유는 듣기보다 말하기를 더 좋아하기 때문이다. 그러나 우리는 태어났을 때 말하기보다 듣기를 먼저 시작했다. 확실히 기억은 안 나지만, 우리는 태어나자마자 산부인과 의사 선생님이나 부모님의 목소리부터 들었다. 그리고 살아남기 위해서는 무조건 들어야만 했다. 그래서 우리는 본능적으로 듣기를 잘할 수 있다.

당신이 소통을 잘하고자 한다면, 말하기 전에 반드시 먼저 들어야 한다. 귀를 먼저 열고 그다음 입을 열어야 한다. 그게 세상의 이치다. 그냥 들리는 대로 듣는 것이 아니라 진심을 담아서 들어야 한다. 그리고 누군가는 "3분 동안 경청하고, 2분 동안 맞장구를 치고, 1분 동안 이야기를 해야 한다."고 말하기도 한다. 물론 이렇게 할 수만 있다면 좋겠지만, 이 또한 매우 어렵다. 오히려 3분 동안 경청하기보다는 5분 동안 이야기하기 바쁘다. 특히 말할 때는 시간이 너무 빨리 흐른다. 반대로 상대방의 이야기는 길고 지루하게 느끼며, 듣기보다는 자신이 할 이야기를 생각하면서 듣기도 한다. 솔직히 관심도 없다. 하지만 이래서는 경청을 할 수 없다. 사람은 입이 한 개고 귀는 두 개인데, 우리의 귀는 너무 작고 입은 엄청나게 크다.

대부분의 직장인은 회사에서 많이 듣고 말하게 된다. 회의나 미팅에서 어쩔 수 없이 들어야 하는 경우도 많고, 지시나 업무에 대한 이야기를 듣기도 하며, 상사나 동료의 질책이나 충고 등을 들어야 하는 상황도 있다. 그리고 이때 우리는 경청하는 자세를 억지로라도 표현할 수 있어야 한다. 솔직히 경청하고 싶은 마음이 없어도 듣는 자세는 경청을 해야 한다. 기억에 남는 내용은 없어도 행동은 기억에 남기 때문이다. 그렇다면 회사에서 경청은 언제 가장 필요할까? 물론 상황에 따라 다르지만, 나에게 확실한 도움이 되고 필요한 이야기라고 판단되면 자연스럽게 경청하게 되고, 그렇지 않은 이야기는 대부분 흘려 듣게 된다. 가끔 힘들어하는 동료에게 어깨와 귀를 빌려주며 위로할 때나, 대표이사나 멘토와 대화할 때는 자동으로 경청이 된다. 그리고 경청을 하게 되면 당연히 호응하고 되물어보며 격하게 공감하게 된다. 그렇다면 업무에 대해 경청하는 것은 가능할까? 자신의 업무를 사랑하고 상대방에 대한 마음이 진심이라면 가능할지도 모른다. 하지만 대부분의 직장인은 그렇지 않다. 그냥 듣고 대충 이해하는 것만으로도 충분하다고 생각한다.

그렇다면 경청하는 능력은 어떻게 키울 수 있을까?

우선 상대방에게 관심과 호감을 가지며 긍정적이어야 한다. 그래야 상대방의 이야기에 집중할 수 있다. 솔직히 관심도 없거나 싫은 사람의 이야기는 듣기도 싫고 함께하는 자체도 고통스럽다. 특히 직장 상사가 그렇다. 경청은 상대방에 대한 진심이 있어야 하는데, 상사에 대한 진심이 도저히 마음에서 우러나지가 않는다. 하지만 싫어도 어쩔 수 없이 들어야 한다면, 온 힘을 집중해서 상사의 이야기를 경청할 수 있어야 한다. 솔직히 공감은 못 해도 최소한 이해는 할 수 있어야 한다. 아니, 이해하는 척이라도 해야 한다. 그러려면 많은 에너지가 필요하다. 사실 마음에 없는 경청은 온몸에 힘이 다 빠진다. 예를 들어 백화점에서 고객 컴플레인을 응대하는 상담실 직원들은 항상 지쳐 있다. 백화점 업무 중 가장 힘들고 정신적으로 피곤한 일이다. 그래서 상담실 근무는 아무나 못 하지만, 아무도 하고 싶어하지 않는다.

또한 상대방 이야기에 대한 질문과 호응이 중요하다. 질문과 호응은 당신이 경청하고 있다는 사실을 온몸으로 표현하는 것이다. 가장 탁월한 대화법은 경청과 질문이라고 하듯이, 이해하지 못했으면 다시 물어봐서 확인하고 이해한 부분에 대해서는 적절한 질문과 호응이 필요하다. 특히 시선이나 목소리, 몸의 자세와 방향 등 모든 것들이 경청에 포함된다. 당신이 경청하고 있는지 딴 생각을 하고 있는지는 말뿐만 아니라 몸의 반응과 행동으로 알 수 있다. 그래서 경청은 진심에서 시작되고 방법으로 표현된다. 직장인이라면 마음은 없더라도 표현은 할 수 있어야 한다. 직장 생활이 피곤한 가장 큰 이유 중에 하나다.

당신이 누군가와 진정으로 소통하고 싶다면, 상대방을 진심으로 위하고 역지사지를 할 수 있어야 하며, 배려와 겸손의 자세로 경청할 수 있어야 한다. '귀담아듣는다'의 귀는 들리는 귀가 아닌 상대방을 향한 마음의 귀임을 반드시 이해해야 한다.

솔직히 사람 자체가 싫은데 경청이 가능할까?

영업팀장 시절 있었던 일이다.

영업팀 소속의 POS 여사님 두 분이 영업 시간 중에 매장에서 충돌하는 일이 발생했다. 여사님 한 분이 갑자기 들고 있는 손가방으로 뒤통수를 때렸다고 했다. 그래서 나는 충돌한 두 명의 여사님, POS 조장님, 선임 대리와 함께 미팅을 했다. 당연히 미팅 전에 충돌에 대한 상황과 내용을 미리 확인했다. 그리고 충돌한 POS 여사님 두 분에게 한 사람씩 3분 동안 자신의 입장과 생각 그리고 그동안 있었던 이야기를 부탁했고, 상대방 여사님에게는 이야기를 반드시 경청해 달라고 강조했다.

A 여사님이 이야기하는 과정에서 B 여사님은 자신의 생각과 다른 부분이 있으면 이야기 중간에 바로 끼어들었다. 나는 B 여사님에게 3분간은 무조건 A 여사님의 이야기를 들으라고 말했다. 그리고 다 듣고 나서 B 여사님에게 "지금 A 여사님이 하신 이야기를 여기 참석한 사람들이 모두 들었으니, 듣고 이해한 내용을 다시 한번 정확하게 말씀해 보세요."라고 말했다. 그러나 B 여사님은 아무 말도 하지 못했다. 상대방의 이야기

는 들었는데 실제로는 듣지 않았다. 솔직히 들리지도 않았을 것이다. 아마 반대로 했어도 결과는 동일했을 거라고 생각한다. 사실 두 분의 여사님은 오랫동안 충돌해 왔고, 그로 인해 함께 일하는 다른 POS 여사님들은 계속 피해를 견뎌 왔다. 팀장으로서 너무 미안하고 죄송했다. 그래서 참석한 POS 조장님에게 죄송하다고 정중히 사과했다. 그리고 충돌한 두 분은 인사팀에 통보하고 이동 조치를 했다. 그다음 두 분이 어떻게 되었는지는 잘 모른다.

그렇다면 충돌했던 두 분은 왜 상대방의 이야기를 듣지 않았을까? 이유야 그들만이 알겠지만, 평소에도 본인이 하고 싶은 이야기만 했을 것이고, 상대방의 이야기를 듣겠다는 생각 자체도 없었을 것이다. 솔직히 사람 자체가 싫은데 경청이 가능할까? 안타깝지만 두 분 사이는 진심이나 배려, 겸손이나 역시사지는 존재하지 않았다.

2. 질문

• 우리는 질문하는 방법을 제대로 배우지 못했다

한국인들은 질문을 하지 않는다고 한다. 누군가는 "한국은 질문이 빈곤한 사회."라고 말하기도 한다. 질문이 없는 교실은 호기심과 창의력이 부족한 학생을 만들었고, 질문을 하지 않는 기자는 자의적 해석으로 거짓 뉴스를 만들어 내며, 질문이 없는 회사는 창의성과 생산성이 부족하고, 질문이 없는 사회는 권위주의를 강화하고 있다. 그리고 주변을 둘러보면 질문을 주고받기보다는 신변잡기적인 주제나 누군가에 대한 험담으로 공감대를 형성하는 대화가 대부분이다.

그렇다면 우리는 왜 질문이 없을까? 질문이 있어도 하지 않는 것은 아닐까? 혹시 상대방에 대한 관심이나 호기심도 없고 경청하는 능력도 부족하지만, 질문의 포커스를 맞추지 못하거나 잘못된 질문을 하는 것에 대한 두려움과 수치스러움. 즉, 쪽팔리기 싫은 감정 때문은 아닐까? 사실 우리는 질문하는 방법을 제대로 배우지 못했다. 어릴 때부터 이해보다는 암기, 예습보다는 복습, 코칭보다는 티칭 중심의 수동적 학습을 통해 성장했기 때문이다. 게다가 선생님에게 질문하는 자체를 오히려 건방진 행동이라고 생각했던 시절도 있었다. 질문이란 호기심과 궁금함을 해결하거나 해답을 찾아가는 과정이며, 스스로 성장할 수 있는 최고의 방법임을 아무도 몰랐던 것이다. 직장인도 마찬가지다. 모르거나 애매하면 질문을 통해 확인해야 하지만, 상사가 싫거나 질문하는 자체가 익숙하지 않아서 그냥 맥락으로 이해하고 대충 넘어간다. 그리고 끊임없는 질책과 수정이 계속 반복된다.

질문이란 '본질이나 핵심에 다가가기 위한 물음'이다. 궁금하거나 모르는 것에 대한 해답을 찾아가는 과정이며, 물음표를 느낌표나 마침표로 바꾸는 스킬이고, 스스로 깨닫고 성장해 가는 가장 확실한 방법이다. 또한 질문은 자신에 대한 믿음과 상대방에 대한 존중에서 나온다. 그리고 알고 있는 것과 알고 있다고 생각하는 것은 분명히 다른 것이며, 궁금한 것을 알아가는 것과 아는 것을 다시 확실하게 아는 것으로 확인하는 과정이 질문이다. "질문하는 사람은 5분 동안 바보가 되지만, 질문하지 않는 사람은 영원한 바보가 된다."는 중국 속담이나 "인생에서 가장 중요한 것은 질문을 멈추지 않는 것이다!"라는 격언을 통해, 우리는 질문하는 자체가 해답이나 진실을 향해 나아갈 수 있는 가장 확실한 방법임을 이해할 수 있다.

하지만 회사에서 미팅이나 회의 시, 질문은 해답을 찾아가는 과정이 아니라 오히려 상대방을 공격하고 내용을 부인하려는 목적으로 사용되는 경우가 더 많다. 상대방 또한 질문 자체를 자신을 향한 공격이라고 받아들인다. 그들은 이슈에 대해 찌르기 질문을 미리 준비하며, 최대한 날카롭고 난감한 질문을 통해 상대방을 공격한다. 또한 상대방은 질문에 답하지 못하는 것에 대한 두려움과 수치심, 내용에 대한 부인과 무능력의 확인 등 질문 자체에 대한 두려움과 공포심을 가지고 있다. 그래서 회사에는 일방적인 지시와 수명만 있을 뿐, 질문하는 자체를 그다지 긍정적으로 생각하지 않는 사람들도 많다. 특히 대기업의 경우, 질문이나 토론하는 문화는 거의 없다고 봐도 무방하다. 그냥 시키면 하면 되고 이해가 안 되면 동료나 선배에게 물어보면 된다. 또한 부하 직원에 대해 관심과 호기심이 많은 상사의 경우, 사적인 질문을 하는 것 자체가 괴롭힘으로 오해되기도 하며 반대로 부하 직원이 상사에게 질문하는 경우, 4차원이나 조직 부적응자로 이해되기도 한다. 게다가 상사들의 "모르거나 애매하면 반드시 질문하고 확인하라고 했잖아! 왜 사전에 확인하지 않고 혼자서 판단하고 일하는 거야?"라는 말에, 부하 직원은 '지시하는 당신도 업무 목적이나 방향을 잘 모르면서 뭘 확인하라고 하는 거냐? 그리고 혹시라도 질문하면 그것도 모른다고 일방적으로 화만 내잖아!'라고 생각한다. 안타깝게도 직장인들은 질문은 공격이고 답변은 수비라고 생각하며, 서로 간의 질문과 답변 속에서 관계만 점점 악화되는 경우가 많다.

하지만 직장 생활은 질문만 잘해도 성과가 향상된다. 부하 직원은 질문을 통해 업무 목적이나 보고 기한, 상사의 의견이나 생각 등을 미리 확인할 수 있다. 당연히 상사는 부하 직원의 이러한 질문 자체를 고마워한다. 어떤 부하 직원들은 상사에게 질문하는 것 자체가 예의 없어 보일 수 있다고 생각할지도 모르지만, 오히려 애매한 업무에 대해 질문하지 않는 것이 예의가 없는 것이다. 그리고 궁금한 것이나 모르는 것을 물어보는 것도 질문이지만, 아는 것을 다시 확인하는 것도 중요한 질문이다. 이러한 질문을 통해 상사와 부하 직원 간의 이해와 공감대가 강화되며 의사결정력과 실행력이 향상된다. 하지만 상사에게 마음 편하게 질문을 하려면, 서로 간에 신뢰가 있어야 한다. 신뢰가 없으면 오해나 피해 의식만 쌓이게 된다. 솔직히 질문하는 자체도 힘들지만, 질문을 잘하는 것은 더 힘들다. 게다가 상사는 훨씬 어려운 존재다. 아마 질문만 잘할 수 있어도 당신의 성과가 50%는 향상될 것이다.

그렇다면 이렇게 중요하지만 익숙하지 않은 질문은 어떻게 해야 잘할 수 있을까?

첫째, 질문하는 자체를 부끄러워하거나 두려워하면 안 된다. 상사나 상대방이 아무리 싫어도 용기를 가지고 과감하게 질문하는 자체가 중요하다. 질문하는 것을 두려워하기보다는, 애매하거나 확인해야 할 것을 모르고 그냥 넘어가는 자체를 두려워해야 한다. 솔직히 계속해서 모르고 넘어가는 것이 가장 바보 같은 일이다. 그리고 지금 당장이 편하기 때문에 쉽게 넘어가면 이는 업무 습관이 되고 당신의 업무와 성과의 수준이 결정된다. 회사에는 이처럼 바보 같은 사람들도 많고, 실제로 모르면서 알고 있다고 착각하는 사람들도 많다. 하지만 어차피 나중에 애매하거나 모르고 넘어간 부분은 상사에게 반드시 확인 당하게 된다. 상사는 바보가 아니다. 어쩌다 한 번은 넘어갈 수도 있지만, 행동은 습관이기에 계속 반복되고 나중에는 확인 사살을 당하게 된다. 이런 모습의 직장인은 상사의 신뢰나 성과가 뛰어날 수도 없고 앞으로 좋아질 가능성도 없다. 또한 애매하거나 궁금하면, 먼저 고민하고 그다음 질문을 해야 한다. 주의해야 할 점은 동일한 질문을 반복하지 않는 것이다. 그럼에도 가장 부끄러운 것은 질문하는 것이 아니라 모르는 체 그대로 넘어가는 것이다. 솔직히 오늘은 쉽게 넘어갈 수 있지만, 내일은 반드시 확인당하게 되고, 모레는 저성과자로 낙인을 찍히게 된다. 그러니 절대 그냥 모르고 넘어가거나 질문을 두려워해서는 안 된다.

둘째, 상대방에 대한 관심과 호기심, 경청하는 자세가 무엇보다 중요하다. 우선 상대방을 좋아하고 경청해야 내용을 명확히 이해할 수 있고 그에 맞는 질문도 가능하다. 솔직히 상대방에 대한 관심이 없으면 내용도 무관심하게 되고 질문도 없게 된다. 또한 질문을 했으면 상대방의 이야기를 경청해야 한다. 질문은 잘하지만 오히려 상대방의 이야기를 듣지 않고 그다음 질문이나 자신이 할 이야기만 생각하는 사람들이 의외로 많다. 그래서 동일한 내용을 반복해서 질문하거나 내용의 핵심을 벗어나기도 한다. 이런 사람들은 질문이나 대화의 중심이 항상 자신에게 있으며 상대방에 대한 배려가 부족한 사람들이다. 당연히 부서 간 협업이나 소통 능력도 부족하다. 안타깝게도 질문을 통해 공감대가 형성되거나 모르는 것을 알아가는 과정은 사라진 지 오래다. 우리는 경청을 통해 상대방의 마음을 얻을 수도 있지만, 질문을 통해 상대방과의 관계나 마음을 확인할 수도 있다.

셋째, 자신이 무엇을 모르고 어떤 부분을 궁금해하는지에 대해 정확하게 먼저 이해하고 질문해야 한다. 질문이란 궁금하거나 모른다고 해서 그냥 하는 것이 아니다. 개인적으로 질문이 많은 사람 중에 공부를 못 하는 사람은 거의 본 적이 없다. 사실 질문이 없다는 것은 내용을 잘 모르거나 관심이 없다는 의미다. 혹시 당신은 성적이 나쁜 학생이 수업 시간에 질문하는 것을 본 적이 있는가? 만약 있다면, 선생님의 첫사랑에 대한 질문 정도다. 회사에서도 마찬가지이다. 질문은 자신이 무엇을 모르고 궁금한 점이 무엇인지 정확히 알아야 가능하다. 그렇다면 당신의 질문은 누구를, 무엇을 위해서인가? 당연히 당신 자신과 성과를 위해서다. 그래서 질문은 궁금함과 고민이 선행되어야 하고 질문하는 자체가 간절해야 한다. 또한 질문은 자기 자신에게도 할 수 있어야 한다. 예를 들면 전공이나 대학을 선택하고 커리어를 고민하며 앞으로 무엇을 하고 싶은지에 대해 알기 위해서는, 스스로에게 질문하고 솔직한 대화를 할 수 있어야 한다. 주위의 기대나 스스로 이해가 되지 않는 상태에서의 선택과 실행은 열정과 최선을 다할 수도 없으며 당연히 결과도 좋을 수가 없다.

넷째, 질문은 타이밍과 메모도 중요하다. 질문은 상대방의 이야기 흐름에 영향을 주지 않고 질문할 수 있는 적절한 타이밍을 잡을 수 있어야 한다. 보통 처음 질문을 하는 경우, 질문의 내용도 중요하지만 타이밍을 잡는 것이 쉽지가 않다. 자칫하면 예의가 부족해 보이거나 상대방의 감정을 상하게 할 수 있다. 하지만 계속해서 질문을 하다 보면 저절로 타이밍을 알게 된다. 또한 자신의 생각을 미리 정리하고 키워드만이라도 메모해서 질문을 해야 한다. 그래야 질문하는 사람도 중언부언하지 않게 되며, 대답하는 사람도 질문의 핵심을 정확히 이해하고 답변할 수 있다. 메모를 하지 않고 질문하게 되면, 질문이 장황하게 되거나 요점이 애매한 경우가 많이 생긴다. 그래서 질문을 하다 보면, 모르거나 궁금한 것을 질문하기보다는 자신이 무엇에 대해 알고 있다는 것을 나타내기 위해 질문하는 상황이 연출되기도 한다. 그래서 질문은 그냥 생각나는 대로 아무렇게나 하는 것이 아니다. 그리고 질문을 잘하는 것도 센스이자 실력이다.

마지막으로 질문을 위한 꾸준한 연습과 상대방에 대한 예의가 중요하다. 질문은 연습을 통해 습관이 되어야 한다. 우선 상대방을 몰아세우거나 공격하기 위한 질문이 아닌, 궁금함을 해결하는 질문임을 공손하게 표현해야 한다. 사실 질문과 답변 모두 당신을 위한 것이다. 당연히 답변에 대한 감사와 호의 표시를 해야 한다. 간혹 질문만 하고 원하는 대답을 듣자마자 바로 '휙!' 하고 돌아가는 직원들이 있다. 그들은 '내가 질문했으니 당신은 답변하는 것이 당연하다.'고 생각하는 것이다. 솔직히 그 안에 감사한 마음은 찾아 볼 수가 없다. 하지만 상대방이 돈을 받고 알려주는 학원 선생님도 아닌데, 왜 그렇게 행동하는 것일까? 이는 질문에 대한 예의가 없는 것이 아니라 직장 생활과 상대방에 대한 예의가 없는 것이다. 원래 집에서 새는 바가지가 밖에서도 줄줄 샌다. 그러니 제발 못배운 티는 내지 말자.

질문같이 사치스럽고 건방진 행동은 하는 게 아니야

고등학교 시절, 그 당시 선생님들은 50분 수업에 49분은 수업을 하고 마지막 1분은 "질문 있는 사람 손!"이라고 말했다. 물론 퍼펙트한 수업이니 궁금한 것은 당연히 없겠지만, 그래도 예의상 말씀하신 듯하다. 하지만 '마지막 1분이라니!' 게다가 왠지 모르게 목소리조차 강압적으로 느껴졌다. 분명 '질문같이 사치스럽고 건방진 행동은 하는 게 아니야.'라는 뉘앙스였다. 그런데도 가끔 미친 척하고 질문을 하면, 이미 수업 시간에 설명했다고 하거나 그것조차도 이해 못 한다고 질책을 하셨다. 그렇게 하면 그다음 어느 누구도 질문하지 못했다.

지금 돌이켜 생각해 보면, 그 당시 선생님들은 가르친 내용에 대해 학생들이 정확히 이해했는지 여부는 그다지 관심이 없었던 것 같다. 아마도 시험을 치기 위해 빨리 진도를 나가야 했기 때문일 것이다. 그리고 선생님들은 수업과 시험을 통해 학생들을 평가하고, 성적이 좋은 학생은 칭찬하고 나쁜 학생은 질책하거나 걱정해 주는 척만 하면 된다고 생각했을지도 모른다. 안 그래도 바쁜 일들이 많으셨으니 말이다. 이런 생각들은 30년 전 개인적인 경험에 불과하며, 지금의 선생님들은 분명히 다를 것이다.

어느 유명한 대학 교수님은 교재 없이 주제만 가지고 학생들의 질문과 참여를 통해 수업을 진행한다고 한다. 솔직히 이 정도 수준까지 기대하지는 않지만, 최소한 고등학교 선생님은 학생들에게 질문할 수 있는 시간이라도 제대로 줬어야 하지 않았을까? 아무리 그래도 1분은 너무 심했다. 물론 질문할 시간을 줘도 안 했을 것이다. 게다가 질문을 하려면 쉬는 시간에 영향을 줘서도 안 되고, 친구들의 시기 어린 시선과 눈치도 봐야 했으며, 의외로 많은 용기가 필요한 행동임을 선생님들은 잘 몰랐었던 것 같다. 그리고 어쩌면 선생님들은 질문에 대한 답변을 두려워했을지도 모른다. 수업 내용에 대해 모든 것을 다 알아야 한다는 강박이나 모르는 질문이 나올 수 있다는 것에 대한 두려움 말이다. 수업이나 질문은 서로 주고받으면서 하는 것인데, 우리는 항상 일방적으로 받기만 했다. 선생은 가르치고 학생은 배워야 하는 어쩌면 일방적인 상하관계였을지도 모른다. 마치 상사에게 업무 지시를 받듯이 말이다. 결국 개인적인 호기심이나 궁금증은 학원이나 과외를 통해 해결해야 했고, 우리는 질문하는 능력을 점점 잃어 갔다.

3. 인맥

• 마음이 있는 곳에 사람이 있다

모든 사람은 친구나 가족같은 함께하는 사람들이 존재한다. 함께하는 사람의 수는 개인마다 다르다. 그리고 직장 생활은 외롭고 힘들며 고통스럽다. 직장인에게는 고민을 함께 이야기하고 들어주는 사람이 있어야 한다. 특히 멘토와 멘티는 외롭고 힘든 직장인에게 소중한 존재다. 하지만 멘토나 멘티를 누구나 가지고 있는 것도 아니다. 오히려 없는 직장인들이 훨씬 많다. 그래서 마음을 기댈 곳이 없는 외로운 직장인들은 점점 위로와 행복의 가치에 집착하게 된다.

사람은 누구나 성장 환경, 가정 환경, 조직 문화 등 다양한 환경에 영향을 받는다. 『아웃라이어』라는 책에서는 "성공은 개인의 노력과 역량만으로 결정되는 것이 아니다. 그 사람의 부모님이나 지인, 경제적 혹은 문화적 환경으로부터 지속적인 영향을 받아 개인의 성공이 이루어진다."라고 말하며 환경의 중요성을 강조한다. 또한 개인의 범주를 넘어 이미 결정되어 있거나 영향을 주는 모든 것들을 운이라고 한다. 예를 들어 금수저나 흙수저로 태어나는 그 자체도 운이다. 그리고 우리는 이러한 운의 영향에서 자유로울 수 없다. 직장 생활도 마찬가지다. 유유상종이라는 말처럼, 회사에서는 인정과 신뢰를 받는 사람들끼리 친한 그룹을 형성한다. 물론 반대 상황에 있는 사람들도 마찬가지다. 그래서 지금 당신과 함께하는 동료들의 포지션을 보면, 당신의 직장 생활을 대충이라도 예측할 수 있다. 학창 시절도 마찬가지다. 우등반과 열등반으로 구분되고 부모님께서 좋은 친구나 공부 잘하는 친구를 많이 사귀라는 말은 친구 관계나 교육 환경의 중요성을 강조하는 말이다. 특히 '맹모삼천지교'라는 말처럼, 부모님은 자녀들을 위해 강남 8학군의 좋은 학교를 보내기 위해 노력하고, 어려운 형편에도 불구하고 좋은 환경을 만들어 주기 위해 최선을 다하고 있다. 만약 성공이 운에 의해 결정된다면, 그 운조차도 좋게 만들어 주기 위해 노력하는 모습들이다. 그리고 능력 있는 동료들과 함께하고 싶다면, 당신도 그들과 어울릴 수 있는 수준과 자격을 갖춘 사람이 되어야 한다.

좋은 인맥을 만드는 것은 어렵지만 관계를 끊는 것은 생각보다 쉽다. 그냥 연락하지 않거나 서로에게 관심이 없으면 자연스럽게 멀어지거나 끊어진다. 또한 한때는 친한 관계였지만, 금전 거래나 동업을 하게 되면 오해나 불화로 인해 관계가 끊어지는 경우도 많다. 당신은 지금까지 좋은 인맥이라고 생각했지만, 상대방은 당신을 경쟁자나 적으로 생각하는 경우도 다반사다. 물론 당신은 배신이라고 생각하고 상처를 받겠지만, 솔직히 상대방은 배신한 것이 아니다. 원래 처음부터 당신을 친구가 아닌 경쟁자나 적으로 생각했기 때문이다. 오히려 당신만 몰랐던 것이다. 어쩌면 당신의 주변 사람들은 이 사실을 다 알고 있었을지도 모른다. 그렇게 사람들에게 상처를 받으면서, 좋은 인맥은 만들기 어렵고 새로운 사람에 대해 어떠한 기대도 하지 않게 된다. 결과적으로 직장 생활이 외롭고 힘든 것임을 점점 깨닫게 된다.

그렇다면 좋은 인맥을 만들고 꾸준히 유지하기 위해서는 어떤 노력들이 필요할까?

우선 사실과 생각을 구분해서 말하고 험담이나 뒷담화는 하지도 듣지도 말아야 한다. 당연히 욕설이나 막말을 삼가해야 하며, 남들의 이야기에 민감하게 반응하지도 말아야 한다. 상대방의 말을 끊거나 짜증을 내기보다는 차분하게 경청하고 배려하기 위한 노력과 인내심도 필요하다. 물론 어려운 일들이다. 게다가 모든 상황을 묵묵히 참기만 한다면 상대방은 당신을 호구로 생각할 수도 있다. 직장 생활은 능력 있고 좋은 사람이 되어야 하는 것이지, 참을성 강한 착한 호구로 인식되어서는 안 된다. 이는 그냥 자신감이 부족한 착한 사람 콤플렉스에 불과하다. 이러한 상황은 가급적 빨리 벗어나야 한다. 하지만 현실은 자기 자신이 착한 호구인지도 잘 모른다.

또한 좋은 인맥은 당신의 업무나 미래에 도움이 될 사람을 찾는 것이 아니다. 좋은 인맥은 먼저 상대방에게 필요한 사람이나 좋은 사람이 되는 것이 우선이다. 그래서 인맥과 네트워의 핵심은 실력과 진심이다. 우리는 항상 마음을 먼저 주고 그다음 받기를 기대해야 한다. 어쩌면 받기조차도 기대해서는 안 된다. 먼저 손을 내밀고 상대방에게 진심으로 다가설 수 있어야 한다. 주는 과정에서 나중에 다시 돌려 받겠다는 생각은 관계를 계산적이고 냉소적으로 만든다. 혹시라도 당신이 항상 받기만을 즐기며 주는 것을 자존심 상해하는 이기적인 생각을 가지고 있다면, 좋은 인맥을 만들고 싶다는 생각은 공허한 욕심에 불과해진다. 그리고 진심을 바탕으로 친밀감과 공감의 시간을 쌓아 간다면, 많은 사람들이 당신만의 좋은 인맥이 되어 있음을 확인할 수 있게 된다. 게다가 당신이 진심이라면 상대방은 절대 모를 수가 없다. 원래 좋은 인맥은 그렇게 만들어진다.

직장인은 항상 힘들고 외롭다고 한다. 단순히 업무적으로 아는 사람은 많지만, 고민을 함께하고 솔직하게 마음을 터놓을 수 있는 사람은 그다지 많지 않다. 그래서 "인생에서 친한 친구 3명만 있다면, 그 인생은 행복하게 잘 살았다."라는 말은 나이가 들어갈수록 공감이 된다. 개인적으로 한때 핸드폰에 3천 명이 넘는 사람들이 저장되어 있었다. 저장된 모든 사람들이 정확히 기억나지는 않지만, 분명히 업무적으로나 우연이라도 한 번 이상은 만났던 사람들이다. 그러나 업무나 회사 차원으로 아는 사람들일 뿐, 좋은 관계거나 다시 만나고 싶은 사람은 그다지 많지 않았다.

당신도 지금 핸드폰을 본다면, 이 말의 의미를 확인할 수 있을 것이다. 그렇다고 그렇게까지 슬퍼할 필요는 없다. 직장인은 대부분 비슷하다. 특히 MZ세대 직장인들은 자신만의 진짜 인맥에 집중하기 위해 과감한 인맥 다이어트를 한다. 이를 통해 사람 관계를 다시 한번 생각할 수 있고, 그동안의 애매한 관계를 확실하게 정리할 수도 있다. 물론 정리의 기준은 자기 자신이다. 사람 관계는 누구에게나 소중하지만, 관계의 정도에 따라 관리가 되지 않으면 소중한 시간과 에너지만 낭비하게 된다. 당신이 아는 모든 사람들에게 시간과 정성을 투자하기보다는, 모든 사람을 버려도 된다는 생각으로 과감하게 인맥을 정리해야 한다. 싫어하는 사람은 당연히 정리해야 하며, 단순히 업무적으로 아는 사람은 어차피 스쳐가는 인생에 한 페이지에 불과하다고 생각하고 과감히 정리해야 한다. 만약 관계를 정리하고 후회할 것 같다면, 그 사람을 다시 만나 친분 관계를 확인하면 된다.

특히 인맥 다이어트는 이사를 하는 것과 비슷하다. 이삿짐을 정리할 때는 반드시 필요한 물건이 아니면 과감하게 버려야 한다. 혹시 나중에라도 다시 사용할지 모른다고 생각해 버리기를 주저한다면, 이삿짐은 산더미처럼 많아지고 부담만 된다. 혹시 당신은 버린 물건을 다시 사용하거나 지워 버린 친분 관계가 다시 좋아질 것이라고 생각하는가? 그렇다면 나중에 다시 구매하거나 좋은 관계를 형성하면 된다. 인연이 있다면 반드시 기회는 온다. 지금 당장은 공간과 시간만 낭비하는 것이며 인생에 짐만 될 뿐이다. 또한 직장인의 인맥은 회사를 그만두는 순간 대부분 사라진다. 그동안 업무적으로 연락도 많이 하고 도움을 주고 받은 수많은 관계도 회사라는 공통점이 사라지면 동시에 사라진다. 개인적으로 퇴직을 하고 느낀 대부분의 인맥은 회사라는 플랫폼 위에서 형성된 인위적인 관계에 불과했다. 그래서 직장인이 퇴직하면 외롭다고 하는지도 모르겠다.

또한 과거에 친했던 지인의 "네가 너무 그립고 보고 싶다."라는 문자 하나에도 마음이 설레고 행복한 이유는 상대방의 진심을 느낄 수 있기 때문이다. 솔직히 생각만 해도 행복하지 않은가? 그래서 직장 생활을 하면서 과거에 함께했던 좋은 인연들이나 갑자기 떠오르는 누군가가 있다면, 지금 바로 연락을 해야 한다. 어쩌면 그들도 당신의 연락을 눈이 빠지도록 기다리고 있을지도 모른다. 혹시 오랫동안 연락하지 않아서 어색하거나 무덤덤한 반응이 두렵다면, 가벼운 안부 문자라도 해서 당신의 진심을 표현해야 한다. 그리고 친한 지인이나 친구가 당신을 찾으면 감사하게 생각하고 함께할 수 있도록 해야 한다. 만약 바빠서 거부하거나 함께하지 못하면, 그다음엔 친구가 당신을 찾는 경우는 점점 줄어들 것이다. 또한 상대방이 너무 바빠 만날 시간이 없다는 말은 대부분 거짓말이다. 솔직히 당신과 함께하고 싶은 마음이 없기 때문에 시간이 없는 것이다. 서로에 대한 진심만 있다면, 무슨 수를 써서라도 함께하려고 하는 것이 사람이다. 원래 마음이 있는 곳에 사람이 있으며, 좋은 인맥은 진심을 통해서만 가능하다.

"당신이 모든 사람에게 사랑을 받으려고 아무리 노력해 봤자, 열 명 중 두 명은 당신을 싫어하고, 일곱 명은 당신에게 아무런 관심이 없으며, 잘해야 한 명이 당신을 좋아하게 될 것이다."라는 어느 교수님의 말처럼, 직장 생활에서 당신이 알고 있는 모든 사람들과 좋은 관계를 유지한다는 것은 거의 불가능하다. 오히려 당신이 친하다고 생각했던 사람들이 적이거나 경쟁자인 경우가 더 많다. 그래서 사람 관계에서 상처받지 않으려면, 서로 존중하면서 적당한 거리를 유지하는 것이 무엇보다 중요하다. 직장 생활은 관계가 가까워도 오해가 생기고 멀어도 오해가 생긴다. 그리고 좋은 인맥이란 어느 한 쪽이 일방적으로 좋다고 해서 만들어지는 것이 아니다. 좋은 인맥은 서로에게 관심이 있고 마음과 시간이 투자되고 공감대가 형성되어야 가능하다. 만약 당신이 누군가를 싫어한다면, 굳이 싫은 내색은 하지 말고 적당한 거리를 유지하면서 지내면 된다. 일부러 적을 만들 필요까지는 없다. 대표적으로 직장 상사가 그렇다. 하지만 이렇게 주의하면서 직장 생활을 해도 적은 자연스럽게 생기고 안 맞는 사람은 절대 안 맞는다.

당연히 모두에게 좋은 사람이란 없다. 그냥 마음이 가고 좋아하는 사람들과 함께하면 된다. 그리고 착한 사람 콤플렉스에서도 벗어나야 한다. 솔직히 모든 사람에게 좋은 사람으로 보일 필요도 없다. 적당히 미움

받을 용기도 필요하며, 관심과 사랑을 받으려고 노력하면 할수록 점점 자신을 잃어 가기도 한다. 싫어도 싫다는 내색 한 번 못 하고 호구가 되거나, 매번 손해를 보면서 착한 척을 해도 결국은 똑같이 적이 생기고 좋은 친구도 생긴다. 그래서 좋은 인맥은 당신이 대접받고 싶은 대로 상대방에게 대하면 된다. 누구에게나 시간은 한정되어 있다. 당신의 소중한 시간을 일부러 많은 사람을 만나고 알리는 데 사용하기보다는, 진짜 소중하다고 생각하는 사람들에게 집중해야 한다. 그래야 당신의 진짜 인맥이자 소중한 사람을 한 명이라도 더 만들 수 있다.

누군가는 사람을 넓게 사귀려고 하고 누군가는 깊게 사귀려고 한다. 하지만 직장 생활의 인맥이 누가 더 많고 넓을지는 아무도 모른다. 지금부터라도 자신의 인맥 관계를 다시 정의하고 시간, 정성, 돈을 좋은 사람에게 투자해야 한다. 좋은 인맥은 그냥 생기는 것이 아니다. 그리고 당신이 아무리 깊고 넓게 사귀어도 진정한 인맥은 진심을 이해하고 함께하는 사람들과 만들어진다. 혹시라도 많은 사람을 알고 있다는 자체가 능력이자 인맥이라고 생각한다면, 당신의 인맥에 대해 다시 한번 생각해 봐야 한다.

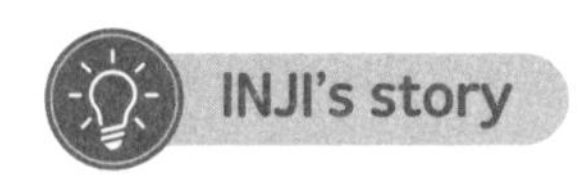

회사에서 당신이 가장 인정하는 사람은 누구인가?

팀장 시절, 직장 동료나 부하 직원들에게 가끔 했던 질문이다.

"대표이사가 지금 당신에게 전화해서 내일 오전 11시까지 회의실로 참석하라고 한다. 회의 주제는 내일 참석하면 알려 줄 것이며, 참석 조건은 당신이 회사에서 가장 뛰어나다고 인정하는 사람 3명과 함께 참석해라." 라고 말한다면, 당신은 누구랑 함께 참석할 것인가? 그리고 함께 참석하는 사람은 당신과 직급이 같은 사람 1명, 직급이 높은 사람 1명, 당신보다 직급이 낮은 사람 1명 등 총 3명이다. 혹시 당신은 지금 바로 떠오르는 사람이 있는가? 있다면 그 사람들은 누구이며 이름은 무엇인가? 내일 진행되는 대표이사 미팅은 당신의 승진 여부가 결정된다고 가정하자.

만약 당신이 대표이사에게 전화를 받았다면, 이는 매우 심각한 상황이다. 그리고 당신이 가장 인정하는 3명을 선택했다면, 그 사람들의 이름과 선택한 이유는 무엇인가? 우선 당신과 직급이 같은 사람은 친분, 소통, 업무 스타일이 당신과 가장 잘 통하는 사람일 가능성이 높다. 그리고 직급이 높은 사람은 당신의 멘토이거나 회사에서 실력과 성과를 인정받는 사람일 것이며, 마지막으로 직급이 낮은 사람은 그동안 한 번도 표현은 안 했지만, 당신보다 뛰어난 역량, 아이디어, 장점을 충분히 가지고 있다고 인정하는 후배일 것이다. 어느 누구도 이렇게 급박하고 중요한 상황에서는 단순한 친분 관계로 함께할 사람을 선택하지 않는다. 게다가 사람 자체를 잘 아는 것과 역량이나 전문성, 강점이나 장점을 아는 것은 분명히 다르다. 그렇다면 반대로 당신이 선택한 3명은 당신과 함께 대표이사 회의에 참석해 줄 것인가? 이 또한 다른 차원의 문제다. 만약 당신이 누군가로부터 함께 참석해 달라고 요청을 받으면 어떻겠는가? 기분은 당연히 좋겠지만, 함께 참석하자고 흔쾌히 말할 수 있을까?

솔직히 누구와 함께 참석할지 생각나는 사람이 없거나 고민된다면, 당신은 사람 자체는 많이 알고 있을지는 모르나, 평상시 상대방에 대한 장점, 강점, 역량을 인정하거나 볼 줄 모르는 사람일 확률이 높다. 어쩌면 대화의 90% 이상이 험담과 뒷담화였을지도 모른다. 반대로 무능력하고 형편없는 사람 3명을 선택하는 것이 오히려 더 쉬울 수도 있다. 회사에서 당신이 가장 인정하는 사람은 누구인가?

당신의 직장 생활 대차대조표는 어떠한가?

직장 동료나 후배들에게 자주 했던 이야기다. "만약 직장 생활을 지금 멈추게 되면, 당신의 직장 생활 대차대조표는 과연 어떻게 되어 있을까?"

당신의 자산은 직장 생활 동안 모은 약간의 돈과 제대로 관리되지 못한 커리어가 전부일 것이다. 하지만 부채나 자본은 직장 생활 동안 잃어버린 시간과 건강, 포기한 워라밸의 가치다. 솔직히 이렇게 생각하면 어느 직장인도 대차가 맞지 않는다. 아무리 생각해도 손해가 막심하다. 이는 분명히 어딘가 문제가 있는 것이다. 그렇다면 우리는 부족한 자산에 무엇을 더 포함시킬 수 있을까? 지금부터라도 커리어를 쌓고 자기 계발을 통해 자신의 가치를 키우는 데 집중해야 할까? 물론 할 수만 있다면 그렇게 생각할 수도 있다.

개인적으로 부족한 자산은 좋은 인맥으로 충분히 채울 수 있다고 생각한다. 좋은 인맥은 직장 생활을 어떻게 했느냐에 따라 다르다. 어떤 직장인은 동료들을 경쟁자나 적으로 생각하면서 직장 생활하고, 누군가는 좋은 관계를 많이 만들기 위해 최선을 다한다. 이렇게 형성된 관계와 인맥의 차이는 직장 생활을 정산할 때서야 깨닫고 후회하게 된다. 개인적으로 이 생각을 꽤 오래전부터 했다. 그리고 어느 순간부터 좋은 인맥에 집중하기 시작했다. 그래서 모든 관계를 사적으로 형이나 누나, 친구나 동생으로 규정하고 실제 호칭도 그렇게 불렀다. 물론 공식적인 회의 석상이나 직장 예절에 어긋나지 않는 범위에서, 나보다 직급이 낮더라도 형, 누나, 동생으로 부르고 그들과 함께했다. 하지만 나의 이런 모습에 반감을 가지는 상사들도 있었다. 그들은 "직장 생활을 그렇게 하면 안 된다."고 말했다. 솔직히 충분히 이해하며 틀린 말도 아니다. 하지만 사람마다 생각이 다르기에 조금 더 주의했을 뿐, 퇴직하는 순간까지 계속 유지했다. 그럼에도 기대보다 좋은 관계나 인맥은 많이 만들어지지 않았다. 그나마 다행히 마음이 통하는 형, 동생들이 꽤 많이 생겼다고 자부한다. 물론 이 또한 자기 만족이나 정신 승리에 불과할지도 모른다. 어쨌든 나의 부족한 자산을 메꾸기 위해 나름 최선을 다했다.

그렇다면 당신은 나중에 무엇으로 직장 생활의 대차대조표를 맞출 수 있을까?

인맥 다이어트를 하는 중입니다

인맥이나 관계는 유통 기한이 존재한다. 유통 기한은 직장 생활의 포지션이나 상황에 따라 다를 수 있으며, 좋은 인맥을 만들고 유지하기 위해서는 상대방을 위한 진심과 시간을 항상 비워 둬야 한다. 그가 언제 다가올지 모르기 때문이다.

정확히 언제인지 기억은 나지 않지만, 개인적으로 회사를 퇴직하겠다는 결심과 느낀 것들이 있어서 핸드폰에 지인이 얼마나 되는지 확인했다. 약 3천 명 이상이 저장되어 있었다. 그때부터 누구인지 기억이 안 나거나, 1년 동안 한 번도 연락하지 않는 사람들을 기준으로 과감하게 지워 나가기 시작했다. 그와 동시에 보고 싶었으나 연락이 뜸했던 사람들에게 안부 문자나 통화를 했다. 또한 핸드폰에 남아 있는 사람들과의 관계를 모두 재정의했다. 만약 이름이 홍길동이라면, '홍길동(동생, 형, 멘토, 부장, 상무, 선배, 후배, 친구 등)'으로 관계를 명확히 규정하고 마지막에 '님'이라는 호칭을 붙여서 다시 저장했다. 예를 들면 '홍길동(잘생긴 동생)님' 이런 식이다. 이렇게 연락하거나 관계를 정리만 하는데도 한 달이 넘게 걸렸다. 실제로 해 보니 생각보다 오래 걸렸다. 게다가 마지막 '님'

이라는 호칭을 통해 전화 예절도 많이 좋아졌다. 전화가 오면 누구인지 확인할 수 있었고, 마지막 '님'이라는 말이 보이기 때문에 조금 더 친절하게 통화할 수가 있었다.

그 이후 새롭게 만나거나 알게 된 사람들도 이름을 바로 저장하기보다는 최대한 저장하지 않으려고 노력했다. 저장을 하더라도 상대방에 대해 느낀 점, 이미지, 관계 등을 명확하게 표시했다. 이렇게 계속 인맥 다이어트를 하다 보니, 회사를 퇴직하는 시점에서는 800명 정도로 줄어 있었다. 그리고 지금도 인맥 다이어트를 하는 중이다. 하지만 나름 부작용도 있다. 가끔 모르는 번호로 전화가 오면 과거에 꽤 친했던 사람인 경우가 있다. 미안하게도 나 스스로 인연이 끝났다고 생각해서 번호를 지운 것이다. 그러나 상대방은 내가 그립고 생각나서 전화를 한 것이다. 너무 감사하고 소중한 인연이다. 솔직히 처음 목소리를 듣고 바로 아는 경우도 있지만, 미안한 경우가 더 많은 것도 사실이다. 그래서 모르는 번호는 가급적 받지 않는다. 또한 개인적인 인맥의 목표 숫자는 150명이다. 특히 좋은 관계를 계속 유지할 수 있는 사람의 수는 150명이 한계라고 한다. 이 숫자를 '던바의 수'라고 한다. 아마도 150명 중에 가족이나 친척, 친한 친구를 제외하면, 직장 생활 동안 맺은 진짜 인연은 그보다 훨씬 줄어들 것이다. 하지만 그래도 계속 인맥 다이어트를 하려고 한다. 소중한 사람들에게 집중하기 위해서라도 말이다.

사람은 항상 사람을 그리워한다

사람은 항상 사람을 그리워한다. 개인적으로 직장 생활 동안 좋은 사람들과 함께 '12지신'이라는 모임을 만들었다. 12지신은 함께 저녁 식사를 하거나 사우나를 자주 했다. 다들 인간적으로 많이 가까웠고 형과 동생의 관계였다.

언제인지 기억이 없는 금요일, 12지신 중 가장 큰 형님이었던 A 팀장이 부서 직원들과 회식을 하고 우리가 모여서 놀고 있는 사우나에 새벽 1시가 넘어서 도착했다. 형님의 별명은 하루에 소주 3병은 마셔야 한다는 '삼병이 형님'이었다. 그리고 그날은 유독 술을 많이 마셨다고 한다. 형님은 사우나에 도착해서 많이 피곤했는지 탕에서 잠을 자고 있었다. 나는 우연히 형님 앞을 지나가다가 발목을 봤는데 심하게 부어 있었다. 나름 '길바닥 허준'이라는 생각으로 자세히 봤다. 발목이 부러진 것 같았다. 그래서 구급차를 불러 병원으로 향했고 형님은 발목 수술을 했다. 나중에 알고 보니, 부서 회식 자리에서 테이블 위에 뛰어 올라가다가 떨어졌다고 한다. 나이도 있고 덩치도 산만 한 사람이 너무 한심하고 무식했다. 하지만 형님은 회식이 끝나고 발목이 부러졌음에도 우리가 있는 사우나로 왔다. 그렇게 아픈데 병원에 안 가고 어떻게 왔을까? 과연 술의 힘일까? 아마도 보고 싶고 함께하고 싶어서 그 아픈 다리를 절뚝거리면서 왔을 것이다. 어쩌면 몸보다 마음이 먼저 와 있었을지도 모른다. 그리고 12지신 모두의 마음이 그랬던 것 같다. 우리는 외롭고 힘든 직장 생활 중에 만났지만, 형이자 동생이고 함께하고 싶은 사람들이자 서로를 그리워하는 관계였다.

가끔 후배나 부하 직원들에게 "마음이 있는 곳에 사람이 있다. 지금 내 앞에 누군가가 있을 수는 있어도 마음이 없는 경우가 더 많으며, 마음만 있다면 우리는 어떤 방식으로든 함께하게 된다."고 말했다. 아마도 그때 형님의 마음이 그랬던 것 같다. 오늘은 삼병이 형님과 소주 한잔해야겠다.

4. 험담과 뒷담화

• 항상 똥 묻은 개가 겨 묻은 개에게 뭐라고 한다

우리는 어릴 때부터 험담과 뒷담화를 하지 말아야 한다고 배웠다. 그리고 직장 생활을 하는 지금까지도 험담과 뒷담화가 얼마나 나쁜 것인지를 직접 체감하면서 살아왔다. 누군가는 "험담과 뒷담화를 하는 것은 인간의 본능이다."라고 말하기도 한다. 그렇다면 험담과 뒷담화는 정말 인간의 본능일까?

"부모님을 욕하는 것은 참아도 나를 욕하는 것은 절대 못 참는다."라는 개그맨 박명수의 말처럼, 자신에 대한 험담과 뒷담화를 듣는다는 것은 무척 괴로운 일이다. 특히 다른 사람으로부터 자신에 대한 험담과 뒷담화를 듣게 되면 분노하기도 한다. 아마도 개그맨 박명수는 가족보다 자신에 대한 험담과 뒷담화를 듣는 것이 더 싫었을지도 모르겠다. 또한 험담과 뒷담화를 하는 사람은 자존감이 낮고 열등감이 크며 질투와 시기심이 가득하다. 그래서 상대방을 자신보다 못한 존재로 만들면서 스스로를 위로하기 위해 험담과 뒷담화를 한다. 이들은 상대방을 폄하해서라도 자신이 우위에 서야 한다고 생각한다. 게다가 험담과 뒷담화는 자신을 포함해서 누구나 똑같이 한다고 생각하며 경쟁 사회에서는 이를 당연하다고 생각한다.

사람들은 의외로 남들에게 관심이 없다. 관심도 있더라도 일시적이다. 그렇다면 왜 그렇게 관심도 없는 사람들에 대해 험담과 뒷담화를 할까? 혹시 모두가 험담을 하니 당신도 해도 된다고 생각하는 것인가? 어쩌면 마음이 통하는 사람들과 험담과 뒷담화를 통해 공감대를 확인하려고 하는 것인지도 모른다. 그리고 험담과 뒷담화는 사실이 아니라면 자연스럽게 사라진다. 그래서 자신에 대한 험담을 들었다면, 우선 그 내용이 맞는지 확인하고 거짓이라면 크게 신경 쓰지 말고 잊기 위해 노력해야 한다. 솔직히 험담에 신경쓰기 시작하면 본인만 힘들고 괴롭다. 설령 오해가 있더라도 화를 내기보다는 자신에게 집중하는 것이 험담과 뒷담화에 대처하는 가장 좋은 방법이다. 하지만 이 또한 말이 쉽지, 억울하기도 하고 화도 나며 잘 잊혀지지가 않는다. 이럴 때 필요한 것이 독고다이 정신이다. 독불장군이 아니라 험담과 뒷담화를 크게 신경 쓰지 않는 철저한 개인주의가 필요하다. 그렇지 않으면 보이지도 않는 오해와 싸워야 한다. 원래 험담과 뒷담화는 가해자는 찾을 수 없고 피해자만 생기는 게임이다. 그래서 그렇게 열심히 험담과 뒷담화를 하는지도 모른다.

그렇다면 사람들은 왜 험담과 뒷담화를 할까? 정말 인간이 가지고 있는 본능일까? 험담과 뒷담화를 하는 사람들은 상대방이나 회사에 대해서는 거침없이 말하면서도 정작 자신의 험담과 뒷담화에는 극렬하게 분노한다. 이건 내로남불의 모습이자 똥 묻은 개가 겨 묻은 개에게 뭐라고 하는 것과 같다. 그렇다면 사람은 원래 이기적이니까 이런 모습이 당연한 것일까? 어쩌면 이기적인 그들의 눈에는 자신들의 행동이 보이지 않으며, 할 줄 아는 대화가 험담과 뒷담화밖에 없을 수도 있다. 솔직히 눈에 보이는 모든 것에서 안 좋은 점만 찾는 시선의 문제일 수도 있다. 원래 아는 만큼 보이듯이, 그들에겐 아는 것 모두가 험담과 뒷담화의 대상일지도 모른다. 보통 사람들은 대화를 할 때 자신만의 경험이나 느꼈던 것들에 대해 말하지만, 이런 사람들은 할 줄 아는 것이 험담과 뒷담화가 대부분이다.

그러나 예전 A라는 회사 선배는 "직장인이 하는 회사에 대한 험담과 뒷담화는 모두 애사심에서 나오는 이야기다. 애사심이 없으면 회사에 대한 이야기를 하지 않는다. 무관심하기 때문이다. 그래서 그들의 회식 비용도 회사가 부담하는 것이 맞다. 업무의 연장선이니까."라고 말하기도 했다. 하지만 사실 이런 모습들은 애사심이 아니라 회사나 상대방을 부정적으로 말하는 것밖에 할 줄 모르는 사람들의 아우성이나 한풀이에 불과하다. 나름 걱정하는 척하면서 말하지만, 회사나 상대방에 대한 불만이 험담과 뒷담화로 표현된 것에 불과하다. 게다가 자신이 험담과 뒷담화를 하고 있다는 인식 자체도 없다. 그들은 당신 앞에서 회사나 누군가에 대해 험담을 하고 있지만, 다른 사람과의 대화에서는 당신이 험담의 대상이 되기도 한다. 그들은 사람을 가리지 않고 물어뜯고 나중에는 자신까지 물어뜯는다. 그리고 조심해야 할 점은 이런 사람들을 주변에 두면 당신도 똑같은 사람이 되기 쉽다는 것이다. 원래 나쁜 행동은 쉽게 물들고 금방 습관이 된다. 또한 발 없는 말이 천 리를 간다. 칭찬이나 좋은 이야기는 재미도 없고 멀리도 못 가지만, 험담과 뒷담화는 한 번만 들어도 귀에 쏙쏙 박히고 사실과 상관없이 천 리 이상을 간다. 개인적으로 오전에 생긴 나쁜 일이 점심시간 전에 부산에서 근무하는 동기에게서 들려오기도 했다. 나쁜 이야기는 정말 무서울 정도로 빠르게 흐른다.

우리는 험담과 뒷담화는 해서도 안 되고, 가급적 듣지 않는 것이 좋으며, 어쩔 수 없이 들어야 한다면 동조하지 말고 가만히 듣고만 있어야 한다. 하지만 이러한 태도를 유지하기가 쉽지 않다. 말하는 상대방이 당신에게 공감과 동조를 구하고 함께해 주길 원하기 때문이다. 그리고 험담과 뒷담화를 어디선가 들은 이야기라고 하면서 나름 객관적으로 말한다고 해서 죄의식이나 책임이 사라지는 것도 아니다. 뒷담화가 아닌 것처럼 말해서 죄책감을 못 느낄 수도 있지만, 뒷담화의 대상이 되는 사람에게 상처를 주는 것은 확실하다. 다만 자신이 만들어 낸 이야기도 아니고 어디선가 들은 이야기에 불과할 뿐이라는 마음속의 책임 전가만 있을 뿐이다. 또한 당신에 대한 험담과 뒷담화가 당신에게까지 들려온다면, 처음 말한 사람은 한 명이지만 수많은 사람들의 입을 통해 험담과 뒷담화가 퍼지면서 당신에게 들리는 것이다. 너무 억울하지만, 사실도 아니고 말도 안 되는 험담과 뒷담화를 많은 사람들이 사실로 인식한다. 그리고 나중에 거짓임이 확인되어도 이미 한 번 박힌 사람들의 생각은 잘 바뀌지 않는다. 게다가 처음 이야기한 사람을 찾을 수도 없다. 험담과 뒷담화는 상처를 준 사람은 찾을 수 없고, 상처를 받은 사람만 존재하는 잔인한 게임이다. "나도 어디선가 들은 이야기인데…."라고 시작되는 대부분의 이야기는 피해자만 발생하는 아주 질 나쁜 이야기들이다.

그래서 우리는 가능하면 직접 본 것이나 확인한 것만 말해야 하고, 직접 본 것도 오해일 수 있으니 재확인을 해야 하며, 가급적 상대방의 허물은 언급하지 않는 것이 바람직하다. 그리고 험담과 뒷담화를 꼭 하고 싶다면, 당사자에게 직접 하는 것이 옳다. 직장 생활을 하면서 가급적 적을 만들지 말라고 하지만, 직장 생활의 적은 누구에게나 생긴다. 당신이 지금 누군가를 험담하고 있다면, 스스로 적을 대량 생산하고 있다고 생각하면 된다. 아마 험담의 대상이 된 그들은 당신을 외나무다리에서 기다리고 있을 것이다. 주는 만큼 받는 것이 세상 사는 이치라면, 무엇을 생각해도 그 이상이 당신에게 되돌아올 것이다. 솔직히 기대해도 좋다.

어떤 사람들은 "험담과 뒷담화는 나쁜 행동이지만, 함께하면서 상대방이 내 편인지 아닌지를 확인할 수 있는 좋은 기회가 되기도 한다."고 말한다. 하지만 굳이 이런 방법으로 상대방이 내 편인지 아닌지를 확인하는 사람들은 대충 어떤 사람인지 짐작이 된다. 그들은 어릴 때부터 이런 과정을 통해 친구를 사귀고 성장해 왔을 것이다. 이는 직장 생활을 하면서 배운 것이 아니다. 그리고 당신이 지금 누군가를 험담하고 있다면, 누군가는 당신을 험담하고 있는 중이라고 생각해야 한다. 만약 그 이야기가 당신에게 들리지 않는다면, 당신은 남들의 이야기에 무관심한 이기주의자나 조직에서 왕따일지 모른다. 하지만 어쨌든 직장 생활이란 직책과 직급이 깡패고 나에 대한 험담과 뒷담화는 나에게만 안 들리면 좋은 것 아니겠는가?

"남을 헐뜯는 소문을 내는 건 살인보다 위험하다. 살인은 한 사람을 죽이지만, 험담이나 뒷담화는 퍼뜨리는 사람, 듣는 사람 그리고 화제의 인물까지 모두 다 죽인다."라고 탈무드는 이야기한다. 하지만 험담과 뒷담화는 화제의 인물만 죽어 나는 것이 엄연한 현실이다. 슬프게도 직접 험담을 하거나 말을 옮기는 사람들은 생각만큼 잘 죽지 않는다.

나는 기도한다. 당신과 가족 모두가 불행해지기를

영업팀장 시절 있었던 일이다.

상사가 본사 A 임원과 미팅을 하고 갑자기 매장으로 찾아와서 불같이 화를 냈다. "네가 나에 대한 험담과 뒷담화를 한다는 소문이 파다하다. 한 번만 더 이런 이야기가 귀에 들리면 가만두지 않겠다!"라고 말했다. 솔직히 이 말을 듣고 의아했다. 개인적으로 험담과 뒷담화하는 것을 좋아하지도 않고 실제로 했는지 기억도 나지 않았다. 물론 했을 수도 있다. 하지만 어릴 때부터 다른 사람들의 장점이나 좋아하는 것들에 대해 훨씬 관심이 많았다. 게다가 험담과 뒷담화는 그다지 관심도 없고 설령 들었어도 금방 잊어버리는 스타일이다. 그러나 상사가 그렇게까지 말하는데 굳이 하지 않았다고 변명하고 싶지 않았다. 그렇다면 진짜로 아니 땐 굴뚝에 연기가 날까? 가끔은 나기도 하는 것 같다.

그래서 나는 상사에게 "그냥 혼자서 알고 계시지, 왜 저에게 말하셨어요. 조용히 지켜보시면 자연스럽게 알게 되실 텐데요."라고 말했다. 솔직히 상사에게 많이 아쉽기도 했고 화도 났다. 어쩌면 상사가 생각했던 나의 모습이 A 임원에게 들었던 이야기와 비슷했던 모양이다. 하지만 시간이 지나면서 상사는 그 이야기가 거짓임을 깨달았던 모양이다. 그렇다고 해서 미안하다는 사과는 없었다. 단지 상사로부터 고과를 잘 받아서 부장으로 승진했다는 사실만 남아 있다. 만약 회사에서 팀장이나 되는 사람이 상사에 대해 험담과 뒷담화를 했다면, 승진은커녕 더 이상의 직장 생활이 힘들었을지 모른다. 상사에 대한 거짓말과 험담은 직장 생활을 한 방에 무너뜨리기도 하니까 말이다.

개인적으로 험담과 뒷담화를 들어도 크게 상처를 받거나 신경을 많이 쓰는 스타일이 아니다. 게다가 나는 회사에서 적을 대량 생산했기에 험담과 뒷담화를 누구보다 많이 들었다. 다만 이런 이야기를 들을 때마다 마음을 가라앉히기가 많이 힘들었다. 솔직히 험담과 뒷담화는 아무리 들어도 익숙해지지 않았다. 누군가는 빨리 잊고 용서하라고 말했지만, 이기적인 인간이기에 불가능했다. 그래서 나에 대해 잘 모르면서 함부로 험담하는 사람들은 가족에게 안 좋은 일이 생기거나 고통이 함께하기를 기도한다. 이 방법은 내 마음을 편안하게 유지하면서도 험담하는 사람 자신과 가족 모두에게 문제가 되기를 바라는 행위다. 만약 누군가가 당신의 가족 모두가 불행해지기를 열심히 기도하고 있다는 사실을 알게 되면 과연 어떤 느낌일까? 물론 누군가는 이 또한 구차한 정신 승리라고 말할지도 모르겠다.

도대체 누구를 위한 험담과 뒷담화인가?

새로운 점포로 이동한 지 얼마 안 되었을 때 일이다.

갑자기 처음 보는 A 대리가 반갑게 인사하면서 커피 한 잔을 하자고 했다. A 대리는 "이건 팀장님만 아세요. 여기서 근무하는 B 대리는 회사에 대한 악감정이 많고 사고뭉치예요. 항상 조심해야 합니다. 그리고 C 대리는 윤리적으로 문제가 있습니다. 특히 작년에는 성희롱으로 감사도 받았습니다. D 대리는…."라고 계속 다른 사람들에 대한 듣기 싫은 이야기를 했다. 그래도 10분 정도 인내심을 가지고 듣고 있었다. 이미 탄력을 받은 A 대리는 직원들에 대한 안 좋은 이야기만 계속했다. 하지만 왠지 더 들으면 안 될 것만 같았다. 그럼에도 A 대리는 열심히 이야기를 했고, 나는 어느 순간 짜증이 치밀어 올랐다.

그래서 A 대리에게 "여기가 소통이 안 되는 점포라고 들었는데, 그게 모두 당신 때문이군요. 당신 정말 안 되겠네요. 어떻게 처음 보는 팀장에게 다른 직원들에 대한 험담을 왜 이렇게 많이 하지? 그리고 그 험담은 도대체 누구를 위해서 하는 거야? 정말 팀장인 나를 위한 거야? 아니면 당신 자신을 위한 거야?"라고 말했다. "앞으로 나와 이야기를 하고 싶으면 반드시 누군가에 대한 장점이나 좋은 점만 말하세요. 그리고 굳이 할 이야기가 없으면 찾아오지도 마세요!"라고 덧붙였다. A 대리는 얼마나 놀랐을까? 다른 팀장들은 이렇게 반응하지 않고 직원들에 대한 정보를 말해 준 것 자체를 고마워했는데, 새로운 팀장의 반응은 확실히 달랐으니까. 하지만 나는 A 대리가 나를 위해서 말하는 것이 아니라, 자신을 잘 봐 달라는 이기적인 행동이라고 생각했다. 그래서 도저히 참을 수가 없었다. 그리고 얼마 지나지 않아 A 대리는 다른 점포로 이동했다.

도대체 누구를 위한 험담과 뒷담화인가? 혹시 당신은 이런 것들을 정보라고 생각하는가? 물론 어떤 임원들은 부하 직원들에게 이러한 정보를 주기적으로 요청하기도 하고, 자신의 안위나 친분 관계에 따라 기회로 활용하기도 한다. 그리고 A 대리는 이런 사람들과 직장 생활을 오랫동안 했던 모양이다. 그렇다면 이 또한 직장 생활의 당연한 일부분으로 이해하고 넘어가야 할까? 솔직히 넘어갈 수는 있어도 이해할 수는 없다.

5. 조직 문화

• 조직 문화란 정답이 없는 추상명사가 아닐까?

당신은 "우리 회사는 조직 문화가 가장 큰 문제야."라는 직장인의 한탄을 들어 본 적이 있는가? 직장인이라면 누구나 회사의 조직 문화에 대해 많은 이야기를 한다. 하지만 자세히 들어보면, 회사에 대한 불평불만이 대부분이고 좋은 점이나 발전 방향 등의 이야기는 듣기 힘들다. 솔직히 회사의 조직 문화에 대해 불평불만이 없는 직장인이 있을까?

조직 문화란 회사를 구성하는 개인이나 집단이 공유하는 행동, 사고방식, 가치관, 일하는 방식 등을 의미한다. 가정에도 고유한 문화나 분위기가 있듯이, 기업에도 기업만의 고유한 조직 문화를 가지고 있다. 그리고 조직 문화는 같은 상황에서 동일한 방향으로 생각하거나 행동하고자 하는 공통된 성향이다. 만약 회사가 직원을 우습게 생각하거나 갑질하는 조직 문화를 가지고 있다면, 파트너사나 내부 직원에게도 쉽게 갑질을 하고, 심한 경우 내부 직원들끼리도 갑질을 한다. 반대로 조직 문화가 건강하면 좋은 상사나 동료들과 함께 성장할 수 있는 기회도 많아진다. 유유상종이라고 하듯이, 건강한 조직 문화 안에 역량 있고 모범적인 리더십을 가진 직장인도 많다.

기업에서는 성과에 집중하기 위해 핵심 업무만 남기고 비효율적인 업무를 줄이려고 노력한다. 실적이나 경영 환경이 나빠질수록 효율과 성과에 집중한다. 하지만 조직이 크면 클수록 비효율과 문제점이 많아진다. 예를 들어 위기일수록 조직은 책임을 져야 하는 업무는 피하고, 권한이나 성과를 확실하게 드러낼 수 있는 업무를 강화한다. 이 과정에서 회사의 성과와 조직의 성과가 충돌하는 경우도 많다. 또한 모든 조직은 항상 인원이 부족하고 힘들다고 말한다. 원래 직장인은 자신이 근무하는 부서가 가장 힘들다. 그러나 일이 많아서 인원이 필요한 것이 아니라, 인원이 많아서 불필요한 업무가 늘어나는 경우가 대부분이다. 게다가 하지 말아야 할 일에 집중하거나 비효율적인 업무를 줄이기 위해 또 다른 비효율이 발생하는 경우도 많다. 그렇다면 왜 이런 상황들이 계속 발생하는 것일까? 무엇보다 조직은 생물임을 이해해야 한다. 조직은 사람과 똑같이 행동한다. 이롭고 유리한 것은 취하고, 불리하거나 불편한 것은 무조건 피하려고 한다. 이기적인 직장인의 모습과 똑같다. 그래서 부서 이기주의와 비효율이 계속 늘어난다. 그리고 우리는 이런 상황들을 직장 생활의 당연한 모습이라고 생각하고 받아들인다. 그렇다면 이러한 모습들은 사람의 문제일까? 조직의 문제일까?

개인적으로 기획실에서 10년을 넘게 조직과 조직 문화 업무를 담당했다. 그리고 회사와 성과를 위해서가 아닌 사람 때문에 불필요한 조직이 신설되는 경우도 많이 보았다. 누군가는 이를 위인설관이라고 말한다. 위인설관은 임원의 수에 따라 자리를 인위적으로 만들거나, 대표이사나 고위 임원의 개인적인 의지나 친분에 따라 불필요한 자리를 만드는 것이다. 즉, 조직과 성과의 필요에 의해서가 아니라 개인의 의지가 조직을 만드는 것이다. 그 결과 조직은 점점 옥상옥이 되고 또 다른 비효율이 계속 생겨난다. 의사 결정이 지연되고 책임이 분산되는 등의 부작용이다. 또한 자신의 조직은 항상 정의롭고 다른 조직은 잘못되었다는 내로남불식의 생각들이 팽배하다. 이를 부서 이기주의라고 하며 누군가는 부서 간 경쟁이라는 말로 이러한 모습들을 당연한 것처럼 포장하기도 한다. 그래서 많은 직장인들은 조직은 운영하는 사람에 따라 성과나 운영 방식이 다르기 때문에 조직보다 사람이 더 중요하다고 말한다. 하지만 조직의 성과나 효율성이 나쁜 경우에는, 사람이 아닌 조직 구성이 잘못되었다고 말한다. 조직 구성이 수장의 의견대로 진행되었어도, 성과가 부진하거나 책임을 피하고자 할 때 조직에 대한 불만은 여과 없이 드러난다. 원래 성과가 좋으면 사람 때문이며 나쁘면 조직 때문이다. 그래서 많은 기업들이 매년 대규모 조직 개편을 하게 되고 그 과정에서 나는 답도 없는 조직과 조직 문화 업무를 힘들어 했는지도 모르겠다.

그렇다면 직장인들이 쉽게 말하는 라인 조직과 스텝 조직의 차이는 무엇일까? 라인 조직은 회사의 근원적 목표인 실적과 성과에 대해 직접적인 책임을 지는 조직이며, 스텝 조직은 라인 조직을 포함한 조직 전체가 원활하게 돌아갈 수 있도록 지원이나 협력하는 조직을 의미한다. 쉽게 생각하면, 라인 조직이 아버지고 스텝 조직은 어머니다. 그리고 라인 조직은 영업 실적을 직접 책임지고 평가를 받기 때문에 많은 스트레스를 가지고 있다. 반대로 스텝 조직은 주어진 업무 범위 내에서만 책임이 있을 뿐, 회사의 이익과 성과에는 라인 조직에 비해 책임이 상대적으로 자유롭다. 라인 조직은 영업 조직이 대부분이며, 스텝 조직은 기획, 인사, 재무, 감사 부서 등이 해당된다.

또한 라인 조직과 스텝 조직의 힘의 균형은 조직 문화에 엄청난 영향을 미친다. 조직 내 위상과 업무 방식에 따라 스텝 조직이 라인 조직을 지배하는 경우도 많다. 보통 오너 중심의 조직은 라인 조직의 힘이 강하고, 전문 경영인 중심의 조직은 스텝 조직이 강하다. 그리고 회사가 오래되거나 관료화가 심해질수록 스텝 조직의 힘은 커져 간다. 즉, 관리 중심적인 조직이 된다. 그로 인해 라인 조직의 활력은 떨어지고 스텝 조직의 관리 지표나 평가의 힘만 계속 커져 간다. 대표이사를 포함한 많은 임원들은 영업 성과가 가장 중요하다고 강조하지만, 현실은 스텝 조직의 지배력만 계속 커져 간다. 이는 주인이 없거나 주인이 멀리 있는 조직의 대표적인 모습이다.

특히 스텝 조직의 팀장은 라인 조직의 팀장보다 회사에 대한 로열티나 역량이 뛰어나야 한다. 그들은 자신의 조직만이 아닌 회사 전체를 위해 판단할 수 있는 시야와 역량을 가져야 한다. 라인 조직의 팀장은 자신의 한정된 조직에만 영향을 미치지만, 스텝 조직의 팀장은 회사 전체에 영향을 미친다. 게다가 대표이사의 의사 결정과 영향력은 대부분 스텝 조직으로부터 나온다. 그래서 대표이사와 가까이에 있는 스텝 조직의 구성원들이 인정과 신뢰를 받기가 쉽다. 당연히 그들을 중심으로 핵심 인재가 선정되며 그들이 회사를 이끌어 가는 경우가 대부분이다. 우리가 쉽게 말하는 기획 출신, 인사 출신, 재무 출신 등 지연도 아니고 학연도 아닌 이상한 출신 라인들이 만들어지고, 그들만의 관계를 통해 기득권을 강화해 나가기도 한다. 그래서 어떤 대표이사는 이러한 모습을 가진 부서와 직원들을 모두 적폐라고 규정하기도 했다.

또한 신입 사원들이 희망하는 부서를 보면, 라인 조직보다는 스텝 조직을 더 선호한다. 실적을 책임져야 하는 라인 조직은 항상 힘들고 스트레스가 많다고 생각하며, 기획이나 인사 등의 스텝 조직은 몸도 편하고 실적에 대한 책임이나 스트레스가 상대적으로 적다고 생각한다. 게다가 본사 혹은 누구나 인정하는 핵심 부서에서 근무하고 싶다는 열망이 가득하다. 이는 중소기업보다 대기업을 선호하는 것과 유사하며, 커리어 관리나 역량 차원에서도 효과적이라고 생각한다. 당연히 이직하기도 쉽다. 신기하게도 신입 사원들은 누가 가르쳐 주지 않아도 어디가 더 힘들고 피해야 하는 조직인지 직감적으로 안다.

개인적으로 조직이나 조직 문화란 말만 들으면 머리가 아프다. 대부분의 직장인은 회사의 조직 문화에 대해 불평불만을 1시간도 넘게 말할 수 있지만, 정작 문제점과 명확한 해결 방안에 대해서는 1분도 말하지 못한다. 또한 무엇이 문제인지는 경험이나 피부로 느끼고 있지만, 해결 방안을 고민하는 직장인은 거의 보지 못했다. 솔직히 모두가 만족하거나 불평불만이 없는 조직 문화는 존재하지 않는다. 그리고 변하고자 하는 방향만 있을 뿐, 올바른 조직 문화도 없다. 오히려 리더십과 같이 성과가 있고 없고, 당신과 맞고 안 맞는 조직 문화만 있을 뿐이다.

나에게 조직 문화는 마치 내일 죽을지도 모르는 환자와 비슷하게 느껴진다. 하지만 신기하게도 조직은 잘 굴러간다. 어쩌면 조직 문화란 사랑, 예술, 음악과 같은 정답이 없는 추상명사가 아닐까?

6. 갑질

• 자리는 갑질을 하지 않는다

우리는 세상을 올바르게 살아가는 방법을 이미 초등학교에서 다 배웠다. 과거 서당에 가면 『소학』과 『천자문』을 통해 기본적인 자질과 윤리적인 삶에 대해 배웠다. 그리고 기업은 이익을 창출하고 공정 거래, 동반 성장, 사회적 책임을 다해야 하는 소명을 가지고 있다. 특히 직장 내 갑질이나 성희롱 등 개인 윤리의 중요성이 그 어느 때보다 강조되고 있다. 단 한 번의 갑질이나 비윤리적 문제가 개인이나 기업을 무너뜨리기도 한다. 지금은 그 어떤 공든 탑도 한 번에 무너지기 쉬운 세상이다.

세상은 공정과 윤리라는 단어가 시대정신이 되었다. 공정이란 '공평하고 올바름'을 의미하며, MZ세대는 공정의 가치를 그 어느 때보다 중요하게 생각한다. 물론 나와 같은 X세대나 그 이전 세대들도 공정과 윤리의 가치를 중요하게 생각했지만, 정보력이나 세상과 소통하는 힘이 강해진 MZ세대들은 불공정하거나 비윤리적인 모습에 미친 듯이 분노하며 단결된 모습을 보여 주기도 한다. 그들은 역량과 능력의 차이는 인정하되 차별은 절대 용납되어서는 안 되며, 경쟁은 항상 공정해야 하고, 공정한 경쟁에 따른 부와 지위의 차이는 이해와 수용이 충분히 가능하다고 생각한다. 즉, 모든 경쟁은 개인의 노력과 더불어 공정한 경쟁과 평가가 이루어져야 한다는 것이다. 물론 생각해 보면 당연한 이야기지만, 그동안 잘 지켜지지 않았다고 생각된다. 다행히 세상은 점점 윤리적인 방향으로 나아가는 중이다.

학교 폭력도 사회적인 문제가 되었다. 운동 선수나 연예인의 학교 폭력 이슈는 어디서나 쉽게 찾아볼 수 있고 점점 늘어나는 추세다. 분명히 그동안 숨겨져 있던 많은 학교 폭력들이 계속 들어날 것이다. 아무리 어리고 철없는 시절에 했던 행동이라고 해도 학교 폭력은 더 이상 이해되거나 용서되지 않는다. 이미 세상은 학교 폭력에 대해 분노하는 중이다. 그리고 그 어떤 사유라도 폭력의 본질이 변질되거나 이해되지 않으며 정당화 될 수도 없다. 특히 피해자 입장에서 생각하면, 학교 폭력이나 직장 폭력 등 모든 폭력은 명백한 범죄이다. 넷플릭스 드라마 〈더 글로리〉에서도 보여 주듯이, 폭력을 했다면 죄를 지은 것이고 합당한 처벌을 받아야 하는 것이지, 나이나 정신병 등의 이유로 용서받기를 기대해서는 안된다. 이미 세상은 공정과 윤리라는 기준에 어긋나는 모든 행위들을 재해석하고 엄격하게 실행하고 있다. 과거에는 수용 가능한 문화였고 용인이 되었어도 지금의 기준에서는 적폐라고 하듯이, 앞으로의 세상은 이 모든 적폐를 개선해 나갈 것이다. 지금은 그 어느 때보다 공정하고 윤리적인 사회가 도래하는 중이다. 그래서 만약 당신이 학교 폭력을 했다면,

반드시 처벌을 받을 것이라는 마음의 준비를 하면 된다. 피해자들이 당신을 절대 가만히 두지 않을 것이다.

우리는 타인에게는 관대하고 자신에게는 엄격해야 한다. 하지만 금전적 이익이나 유리한 것을 거부하기란 쉽지 않다. 오히려 자신에게 관대하고 남에게 엄격한 내로남불의 모습은 인간의 본능에 가깝다. 순자의 성악설도 '인간은 본래 이기적'이라는 사실을 강조하지 않는가? 직장 생활도 마찬가지다. 특히 본인의 의사와는 다르게 회사를 그만둬야 하는 사람들은 비윤리적 행동 때문인 경우가 많다. 성희롱이나 갑질, 금전 관계 등의 문제가 있으면 회사를 떠나야 한다. 회사에서 퇴직하는 1순위는 상사나 사람과의 관계 때문이며, 그다음 순위는 비윤리적인 문제다. 직장인은 업무 스트레스, 성과 부진, 승진 누락 등 개인 역량의 문제로 퇴직을 선택하지 않는다. 그래서 예전 A 팀장은 "회사를 오래 다니기 위해서는 3개 부서와 친해야 한다. 비용을 담당하는 부서, 인사를 담당하는 부서, 마지막으로 개인 감사 등 윤리를 담당하는 부서"라고 말했다. 개인적으로 100% 공감한다. 어쨌든 직장인은 반드시 윤리적이어야 한다. 아니면 비윤리적 행동이 문제 되지 않도록 스스로 관리할 수 있어야 한다. 하지만 그렇게 말한 A 팀장 자신도 윤리적인 문제로 도망치듯이 퇴직했다.

"사람들이 말을 함부로 하는 것은 자신의 실언에 대해 책임지지 않기 때문이다."라는 맹자의 말처럼, 자신의 말과 행동에 책임을 지지 않는 경우에 갑질이나 비윤리적인 모습이 많이 나타난다. 당연히 개인의 행동은 스스로 책임을 져야 한다. 특히 남에게 욕을 하거나 말을 함부로 하는 사람은 어린 시절 부모로부터 잘못 배운 사람이다. 그렇다면 그 사람으로 인해 상처받은 당신은 과연 누구를 탓해야 하는가? 그냥 어쩔 수 없으니 이해하고 참고 넘어가야 하는가? 절대 아니다. 회사에서 이렇게 행동하는 사람들은 당연히 시스템으로 걸러 내야 한다. 하지만 신기하게도 회사는 이러한 사람들을 열정과 성과가 높다고 인정하거나 승진을 시키기도 한다. 그래서 그들은 더욱 당당하게 생활하며, 승진하면 할수록 더 많은 사람들을 모질게 대한다. 하지만 이와는 반대로 상사들에게는 자신의 비윤리적인 모습을 노출하지 않는다. 부하 직원들은 '어떻게 직원들은 다 아는데 회사나 상사는 모를 수 있을까?'라고 생각하지만, 실제로 모르거나 알면서도 그냥 넘어가는 경우가 대부분이다. 그들이 회사나 상사에게 도움이 되기 때문이다. 그래서 임원의 50% 이상이 양심의 가책을 크게 느끼지 않는 극단적 이기주의자. 즉, 소시오패스라는 말이 나오는 것인지도 모르겠다.

갑질이란 '상대적으로 우위에 있는 사람이 신분, 지위, 직급 등을 이용하여 상대방에게 무례하게 행동하거나 제멋대로 하는 행동'이라고 정의한다. 갑질은 육체적 폭력, 정신적 폭력, 언어 폭력 등 다양한 형태로 나타난다. 특히 대한민국은 '갑질 공화국'이라고 불릴 만큼 갑질을 어디서나 쉽게 볼 수 있다. 과거 양반 제도의 계급 사회나 유교 문화, 재산과 지위가 높으면 상대방에게 함부로 해도 된다는 선민의식이 뿌리 깊이 박혀 있어서 그런 듯하다. 하지만 아이러니하게도 이렇게 갑질하는 사람들은 자신의 갑질은 인식하지 못하면서 남들에게 갑질당한 것은 확실하게 인식하고 분노한다. 예를 들어 고객이 직원에게, 상사가 부하 직원에게, 대기업이 협력 업체에 하는 갑질은 이미 사회 곳곳에 만연해 있고, 우리는 이러한 모습들을 당연하게 생각하거나 적당히 수용하면서 살아가고 있다. 마치 직장 생활의 룰인 것처럼 말이다. 하지만 이러한 모습들이 뉴스에 나오거나 눈에 보여야만 그때서야 갑질에 대해 분노한다. 그럼에도 정작 자신의 갑질에 대해서는 나름 명확한 이유가 있고 당연한 행동이라고 생각한다. 이는 내로남불의 극단적인 모습이다. 개인적으로 어제 본 드라마에서도 오너 자제나 고위 임원의 갑질을 갑질이라고 의식하지 못했다. 그동안 너무 당연하게 생각하고 넘어갔던 것 같다.

하지만 직장 생활은 롤플레잉이다. 자신과 상대방의 역할은 미리 정해져 있으며 게임의 규칙에 맞춰 행동해야 한다. 또한 갑을 관계는 회사의 규모나 개인의 능력에 의해 결정되는 것이 아니라, 의사 결정권이 누구에게 있느냐에 따라 결정된다. 그러나 이러한 의사 결정권 차이를 사람 자체가 다르다고 생각하거나, 자신의 힘이 더 강하거나 역량이 뛰어난 것이라고 오인하는 직장인이 의외로 많다. 이는 회사의 능력을 자신의 능력이라고 오해하는 것이다. 그래서 부하 직원이나 파트너사에게 함부로 하는 것이다. 하지만 회사가 갑일 수는 있어도 사람이 갑일 수는 없다. 이것은 분명한 착각이며 직장 생활을 잘못 배운 것이다. 그리고 원래 못 배운 사람일수록 상대방에게 그나마 조금 가진 힘을 과시하고 괴롭히려고 한다. 개인적인 경험으로 가난한 사람들이 더 힘들고 가난한 사람들에게, 1차 협력업체가 2차 협력업체에 더 심한 갑질을 한다고 생각한다. 게다가 약속 시간을 어기거나 상대방의 입장을 배려하지 않는 모든 행동들이 갑질에 포함된다. 대부분의 갑질은 상대방을 업신여기거나 홀대해도 괜찮다는 마음가짐에서 시작된다. 갑질이나 성희롱, 비윤리적인 모든 행동은 갑의 입장이 아닌 을의 입장, 가해자가 아닌 피해자 입장에서 생각해야 하는 것임을 잊지 말아야 한다.

상사와 부하 직원의 관계가 협력 관계가 아닌 확실한 갑을 관계인 경우도 많다. 보통 관계가 좋을 때는 서로 끌어 주고 밀어주는 우호적인 관계가 되지만, 관계가 나쁠 때는 상사의 갑질을 확실히 느낄 수 있게 된다. 지금 당신의 옆 부서만 봐도 이러한 모습을 확실하게 느낄 수 있다. 옆 부서 상사가 부하 직원 중 누구를 좋아하고 누구에게 갑질을 하는지 충분히 알 수 있다. 그리고 상사는 자신의 갑질에 대해 책임지는 경우도 거의 없다. 어쩌다 책임을 지더라도 회사를 그만두면 모든 책임에서 벗어나게 된다. 반대로 부하 직원은 계속 갑질만 당하다가 조직에서 밀려나거나 회사를 그만두게 된다. 재수가 좋아 부서 이동을 해도 부정적인 평판은 계속 따라다닌다. 대부분 부하 직원만 일방적 피해를 보게 되며,

심한 경우 공황장애나 트라우마가 생기기도 한다. 하지만 회사의 어느 누구도 이러한 상황에 대해 신경을 쓰거나 위로하지 않는다. 오히려 당연히 참고 견뎌야 할 게임의 룰처럼 받아들인다. 이처럼 상하관계는 완전한 갑과 완전한 을의 관계다. 그래서 상사는 항상 두렵고 무서운 존재다. '불가원 불가근'이라는 말처럼, 상사와는 적당한 거리와 관계를 유지해야 한다는 말이 괜히 나온 말이 아니다.

또한 농담으로 회사에서는 임원이나 부장은 갑, 차장이나 과장은 을, 대리 이하 직원들은 병신이라고 한다. 슬프게도 이러한 관계를 갑을병신의 관계라고 한다. 게다가 똥물에도 파도가 있다고 하듯이, 대리 이하 직급에서도 선후배라는 관계를 통한 갑을관계가 존재하기도 한다. 그리고 이들은 병신이었다가 을의 자리에 올라가면 또 다른 갑질을 시작한다. 안타깝게도 그들은 배운 것이 도둑질이며 직장 생활을 인내심으로 해 온 것이다. 그래서 회사에서는 자리가 사람을 만들지만, 자리는 갑질을 하지는 않는다. 갑질은 사람이 하는 것이다. 바로 옆에 있는 당신의 상사나 선배 말이다.

그렇다면 상사나 선배의 갑질을 피하려면 어떻게 해야 하는가?

첫째, 갑질에 대해 확실한 기록을 남기고 과감하게 행동해야 한다. 물론 상대방에 대한 배려와 역지사지 자세는 필요하다. 하지만 그것도 어느 수준까지만 적용되는 말이다. 게다가 만약 상사나 선배가 어차피 후배보다 먼저 회사를 그만둘 예정이므로 갑질을 해도 괜찮다고 생각하는 사람이라면, 당신은 부서 이동이나 퇴직을 고민해야 한다. 이런 사람들은 절대로 생각이 바뀌지 않는다. 그래서 피하는 게 답이다. 솔직히 이들과 맞서 싸우려면 몸을 던지고 자신을 희생해야 한다. 하지만 당신은 유관순 열사나 잔다르크가 아니다. 그래서 평소에 상사의 갑질을 정확히 기록하고, 사내 윤리 부서나 회사 외부에 신고할 수 있도록 철저히 준비해야 한다. 즉, 확실하게 싸울 준비를 해야 한다.

갑질의 피해는 당신 탓도 아니며, 피해를 봤다면 자책할 문제가 아니라 신고를 하거나 복수를 해야 할 문제다. 바보같이 당신만 일방적으로 피해자가 되면 안 된다. 어쩔 수 없이 코너에 몰려 그때서야 상대방을 물려고 덤빌 것이 아니라, 평소에 힘을 길러야 한다. 부하 직원이라고 해서 절대 만만하게 보여서는 안 된다. 개인적인 경험으로 함께 근무했던 A라는 부하 직원은 파트너사나 팀장인 나와 통화한 내용을 핸드폰의 자동녹음 기능을 통해 항상 기록으로 남기고 정리하고 있었다. 나중에 알게 되었을 때는 한편으로 괘씸했지만, 오히려 더욱 주의하게 되는 계기가 되기도 했다. 마찬가지로 당신도 상사나 선배에게 일방적으로 당하기만 해서는 안 되고 스스로를 지킬 수 있어야 한다. 참아서 골병 들면 당신만 손해다.

둘째, 상사가 목표나 방향을 정확히 이야기를 안 해 주는 경우는 반드시 질문을 통해 확인하고 메모해야 한다. 나중에 업무 갑질을 당하지 않도록 사전에 확실히 해야 한다. 즉, 확실한 근거를 남겨야 한다. 또한 질문하고 메모하는 자체만으로도 상사에게 긴장감을 줄 수 있다. 물론 질문할 때는 불편할 수도 있지만, 업무 목표와 방향을 확실히 해야 당신의 성과도 향상되고 스스로를 지킬 수도 있다. 당연히 관계도 개선된다.

셋째, 업무에 대한 권한과 책임의 범위를 명확하게 해야 한다. 하지만 업무에 대한 권한은 없이 책임만 주어지는 경우도 의외로 많다. 자칫하면 성과는 팀이나 상사가 가져가고 당신에게는 책임만 강요되는 어처구니 없는 상황이 연출되기도 한다. 솔직히 재주는 당신이 부리고 돈은 왕서방이 가져가는 경우가 비일비재하다. 우리는 이런 사람들을 호구라고 부른다. 그리고 이런 상황이 반복되면 주변 동료들도 당신을 호구라고 생각하게 된다. 그래서 반드시 잘못된 부분에 대해서는 용기를 가지고 명확하게 자신의 생각을 표현해야 한다. 겁쟁이는 호구의 또 다른 이름이다. 그리고 직장에서는 절대 호구가 되어서는 안 된다. 업무에 대한 권한과 책임을 명확하게 구분하는 것은 직장 생활의 기본이다. 직장 생활은 경험과 커리어를 쌓아야지, 책임과 스트레스만 쌓아서는 안 된다.

마지막으로 과도한 업무 지시나 부당함은 상사에게 명확하게 말하고 개선해야 한다. 특히 부당한 강요나 지시는 명백한 갑질임을 알려야 한다. 사실 상사도 부하 직원의 눈치를 보거나 경계하고 두려워한다. 전혀 아닐 것 같지만, 당신이 상사가 되어 보면 확실하게 느낄 수 있다. 만약 부하 직원인 당신이 부당한 상황에서도 참고 견디며 아무런 행동을 하지 않는다면, 상사는 모를 수도 있으며 당신은 항상 피해자로 남게 된다. 특히 상사로부터 업무적으로나 인격적으로 모욕을 당한 직원들은 자존심에 많은 상처를 입는다. 하지만 누군가는 이런 상황들을 상사의 일반적인 갑질이고 오히려 당연한 모습으로 받아들이기도 한다. 속담 중에 "맞은 사람은 편안하게 잠을 자도, 때린 사람은 잠을 못 이룬다."라는 말은 맞은 사람과 때린 사람이 서로 상황을 잘 이해하고 있을 때의 경우다. 하지만 직장 생활은 때린 사람은 자신이 때렸는지 잘 모르고, 맞은 사람은 상처가 너무 커서 피가 홍건한 경우가 많다. 맞은 사람은 너무 억울해서 잠이 안 오지만, 때린 사람은 자신이 때린 줄도 모르고 죄의식도 없이 편안하다. 그리고 나중에 때린 사람이 자신이 때린 사실을 알게 되더라도, 그 자신도 과거 어느 누군가에게 맞은 기억으로 인해 자신의 행동을 정당화하기도 한다. 물론 학교 폭력도 마찬가지다. 때린 사람은 우정이자 추억이지만, 맞은 사람은 평생의 상처가 된다. 가해자와 피해자의 생각이 너무 다르다. 결국 갑질에서 벗어나는 방법은 자신의 생각이나 상황을 확실하게 표현하고 스스로를 지키는 방법 외에는 없다. 어쨌든 갑질은 하지도 말고 당하지도 않아야 한다.

쓰레기 선배의 갑질을 아직도 기억하고 있다

입사한 지 얼마 안 되었을 때 일이다.

선배인 A 대리가 회식 중 갑자기 "내 밑으로 모두 대가리 박아!"라고 고함을 쳤다. 솔직히 처음에 들었을 땐 농담인 줄 알았다. 회식하다가 이게 무슨 상황인가? 말도 안 된다고 생각했지만, 동료나 선배를 따라 어쩔 수 없이 대가리를 박았다. 속으로 '뭐 이런 미친놈이 다 있나? 여기가 군대인가?'라고 생각했다. 지금 생각해 보면 강요한 A 대리도 미친놈이지만, 그걸 시킨다고 했던 나머지도 정상은 아니었다. 혹시 그 시절이 원래 그랬다고 생각하는가? 절대 아니다. 그 시절에도 대부분 선배들은 안 그랬다. 그냥 A 대리만 미친놈이었다. 지금은 세상이 변해 회식 자체도 줄었고 직원들도 회식을 원하지 않는다. 그리고 만약 어쩔 수 없이 회식을 하게 되면, 이런 안 좋은 기억 때문에 후배들에게 술을 강요하거나 함부로 행동하지 않는다. 오히려 한 번 더 주의하고 조심하게 된다.

가끔 후배들에게 "선배들로부터 피해를 받았어도 후배들에게 그대로 해서는 안 된다. 그런 행동은 쓰레기 같은 복수심에 불과하다!"라고 말했다. 그 당시 조직 문화가 아무리 그랬다고 해도, 그런 행동은 사람의 인성 문제이며 부모가 잘못 가르친 탓이다. 게다가 만약 요즘 이렇게 행동했으면, 뉴스에도 나오고 회사에서도 큰 문제가 됐을 것이다.

하지만 신기하게도 몇 년 후, A 대리는 폭언과 성희롱으로 회사를 그만뒀다. 당연히 그럴 줄 알았다. 집에서 새는 바가지 밖에서도 새듯이, 대리 때도 그랬는데 직급이 올라갈수록 더 하지 않겠는가? 그동안 A 대리로 인해 상처 받은 직원들이 너무 많았다. 사람은 변하지 않으며 쓰레기는 반드시 정리되어야 한다. 우리는 누군가를 때린 사람은 마음 편하게 잠을 못 잔다고 배웠다. 하지만 직장 생활은 때린 사람은 기억을 못하지만, 맞거나 상처받은 사람은 절대 잊지 못한다. 그래서 난 쓰레기 선배의 갑질을 이직도 기억하고 있다.

7. 소통

• 소통은 진심에서 시작된다

행복한 삶을 위해 가장 중요한 것은 무엇일까? 누군가는 금전, 건강, 사람과의 관계인 소통이라고 말한다. 그리고 이 3가지는 노후에만 준비해야 할 것이 아니라 현재를 살아가는 모든 사람들에게 적용된다. 물론 이 외에도 행복한 삶을 위해 중요한 것은 너무나 많다.

소통이란 '막히지 않고 잘 통함' 혹은 '뜻이 서로 통하여 오해가 없음'을 의미한다. 건강한 몸은 혈액이나 기의 순환이 잘되어야 하듯이, 행복한 삶은 함께하는 사람 간의 관계와 소통이 잘되어야 한다. 회사에서도 마찬가지다. 부서 이기주의가 만연하거나 부서 간 소통이 안 되면 지속적인 성장이나 혁신은 불가능하다. 또한 소통을 잘하기 위해서는 'GIVE & TAKE'를 잘해야 한다. 먼저 받고 주는 것이 아니라, 먼저 주고 그다음에 받을 수 있도록 상대방을 배려해야 한다. 누군가는 주고 나서 받겠다는 생각조차 하지 말라고 말한다. 그리고 받은 만큼만 주거나, 먼저 받고 나중에 주겠다는 생각은 단순한 거래 관계에 불과하다. "세상에서 가장 어려운 일은 사람의 마음을 얻는 것이고, 내가 좋아하는 사람이 나를 좋아해 주는 것이 바로 기적"이라는 어린 왕자의 이야기처럼, 누군가와 마음을 함께할 수 있다는 것은 정말 어렵고 기적 같은 일이다.

진정한 소통은 역지사지의 자세와 공감대가 형성되어야 가능하다. 물론 그 안에 상대방에 대한 경청과 배려, 진심과 친절도 담겨 있어야 한다. 소통은 무엇보다 상대방의 입장에서 생각할 수 있어야 한다. 서로 마주 보는 대화가 아닌 같은 방향을 바라보는 대화를 할 수 있어야 한다. 그래서 말하는 사람과 듣는 사람 모두 서로의 입장을 바꿔 생각할 수 있는 자세가 중요하다. 원래 오해와 이해는 한 끗 차이다. 하지만 소통을 단지 대화나 말을 많이 하는 것으로 오해하는 사람들도 많다. 회사에서 수많은 미팅과 대화를 하지만 진정한 소통은 이루어지지 않는다. 솔직히 이야기는 많이 하지만 지시나 지적, 험담과 뒷담화가 대부분이며, 서로의 입장과 생각의 교류가 제대로 이루어지지 않는다. 그리고 대부분 자신의 입장에서 대화가 진행된다. 이들에게 소통은 '내가 이야기했으니 너는 이해하는 것이 당연하다.'는 어처구니 없는 갑질이다. 그 안에 역지사지의 자세나 경청, 배려, 진심, 친절 등은 찾아보기 힘들다. 당연히 공감대는 형성되지 않으며, 우리 모두가 원하는 진정한 소통은 불가능하다. 그럼에도 불구하고 회사는 소통의 중요성을 계속 강조한다. 사실 강조만 할 뿐, 지금 상황에 대한 정확한 인식과 문제의식, 구체적인 실행은 찾아보기 힘들다. 만약 쉽게 가능했다면, 소통이라는 말이 이렇게 부각되지도 않았을 것이다.

콩 심은 데 콩 나듯이, 진심을 심은 곳에 사람이 난다. 진심을 가진 사람은 사람을 끌어당기는 매력이 있다. 당신이 누군가의 마음을 얻고자 한다면, 먼저 마음을 열고 진심으로 다가갈 수 있어야 한다. 즉, 소통은 당신의 진심에서 시작된다. 개인적인 경험상 100명에게 진심으로 대하면, 최소한 10명 정도는 당신의 진심을 이해하고 다가오는 사람들이 생긴다. 이들은 당신의 진심을 이해하는 소중한 사람들이다. 그래서 누군가에게 마음을 심고 상대방의 반응이나 행동이 기대에 못 미치더라도, 실망하지 말고 진심을 꾸준하게 심을 수 있어야 한다. 그래야 소중한 사람들이 한 명이라도 더 생긴다. 하지만 진심으로 대해도 오해가 생기기도 한다. 사람들은 의외로 당신에게 관심이 없으며, 당신의 진심을 이해하지 못하는 것이 당연한지도 모른다. 어쩌면 당신의 진심을 상대방이 이해하길 바라는 것 자체가 욕심인지도 모른다. "그가 나의 이름을 불러주었을 때, 나는 비로소 그에게 의미가 되었다"는 김춘수 시인의 이야기는 직장인에게 크게 와닿지 않는다. 오히려 직장 생활의 적은 숨만 쉬고 가만히 있어도 늘어나고 오히려 소중한 사람들을 어떻게 만들어야 할지 고민이 된다. 그래서 직장인이 외롭고 힘든지도 모른다.

또한 "내가 어떤 이야기를 했느냐보다는 상대방이 내 이야기를 어떻게 이해했느냐가 더 중요하다."라는 앨빈 토플러의 말처럼, 상대방이 당신의 이야기를 어떻게 받아들이고 이해 했는지가 소통의 핵심이다. 말하는 사람과 상대방이 이해하는 내용이 다르면 소통이 제대로 안 된 것이다.

회사에서는 상사가 전달한 내용을 부하 직원이 제대로 이해했는지 서로 확인했을 때 비로소 소통이 되었다고 할 수 있다. 만약 상사가 마음이 급하고 시간이 없어서 간단히 지시하고, 부하 직원은 애매하거나 구체적인 내용을 정확히 확인하지도 않고 이해하는 척만 했다면, 이는 소통은 안 된 것이며 상사와 부하 직원 모두의 문제다. 그리고 이러한 문제는 서로 간에 관계가 나쁘거나 신뢰가 부족하기 때문에 생긴다. 멘토인 A 전무님은 "달을 가리켰는데 부하 직원들은 자꾸 손가락만 쳐다본다. 모든 일은 목적과 방향이 중요한데, 부하 직원은 자기 입장에서만 이해하려고 하기 때문에 핵심에서 멀어지고 성과가 나지 않는다."라는 말로 자신의 답답한 심정을 자주 이야기했다. 하지만 원래 상사와 부하 직원의 소통은 힘들다. 서로 간에 입장도 다르고 생각이나 관계도 다르기 때문이다. 당연히 그 안에 진심과 배려, 경청과 역지사지 등은 찾아보기 힘들다.

만약 당신이 진실한 사람을 만나기 힘들다고 생각한다면, 먼저 자신의 모습을 냉정하게 바라볼 필요가 있다. "좋은 사람을 찾기보다는 스스로 먼저 좋은 사람이 되면, 좋은 사람은 저절로 다가온다!"라는 이효리의 말처럼, 좋은 사람이 먼저 다가오길 기대하기보다는, 상대방에게 진심을 가지고 먼저 다가갈 수 있어야 한다. 무엇보다 상대방에게 좋은 사람이 되는 것이 우선이다. 그러나 싫어하거나 불편한 사람이 있다면, 그런 관계는 가급적 빨리 정리해야 한다. 솔직히 싫어하거나 불편한 사람까지 당신의 소중한 시간과 진심을 쏟는 노력은 굳이 하지 않아도 된다. 세상에는 당신과 진정한 소통을 원하는 사람들도 많다. 물론 모든 사람과 좋은 관계를 만들어 가고 싶은 당신의 마음은 충분히 이해한다. 하지만 불편한 사람과의 소통은 진심을 솔직하게 표현하기도 힘들고, 상대방 또한 당신을 불편해하며 당신의 진심을 진심으로 받아들이지도 않는다. 게다가 당신의 배려를 오히려 당연하다고 생각하는 친구들도 생긴다. 이런 친구들에게는 그동안의 배려와는 반대로 당신의 불편한 감정을 확실하게 표현해야 한다. 누구에게나 이해와 소통이 가능한 선은 분명히 있다. 그리고 그 선을 넘으면 반드시 관계를 정리해야 한다. 어차피 이런 관계는 무엇으로도 개선되기 힘들고 시간이 흐르면 자연스럽게 정리가 된다. 결국 소통은 소통이 가능한 사람들과 해야 한다.

불행하게도 소통은 생각할수록 어렵고 행동할수록 힘들다. 솔직히 어떻게 해야 소통을 잘할 수 있는지도 잘 모르겠다. 소통 전문가 또한 이론은 잘 알겠지만 실행은 그렇지 않은 경우가 훨씬 많다. 마치 결혼생활 컨설턴트가 이혼한 것처럼 말이다. 하지만 이것 하나만은 확실하다. 소통은 상대방에 대한 당신의 진심에서 시작된다는 사실이다. 솔직히 진심하나면 충분하다고 생각한다. 그리고 당신의 진심을 이해하고 함께할 수 있는 사람을 계속 찾으려고 노력한다면, 당신의 삶은 충분히 행복해질 수 있다.

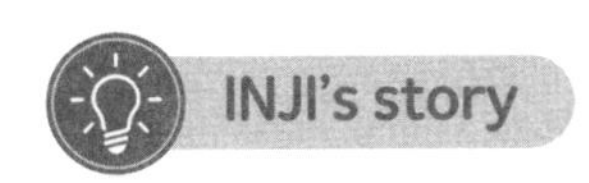

우리가 회식을 싫어하는 이유? 함께하는 당신이 싫기 때문이다

개인적으로 함께하고자 하는 마음이 없는 회식은 아무런 의미가 없다고 생각한다. 그래서 팀장이 되고 나서 부하 직원들과 팀 전체 회식을 한 적이 한 번도 없다.

그러던 어느 날, 3년 동안 함께 근무했던 A 대리가 "팀장님은 왜 전체 회식을 안 하세요? 다른 팀장님들과는 다르게 팀 전체 회식을 하자는 이야기를 전혀 안 하시네요?"라고 물었다. 나는 "여러분들이 자발적으로 마음과 시간을 먼저 내주지 않아서 안 하는데요. 마음과 시간만 먼저 내주면 당연히 제가 쏩니다!"라고 말했다. 혹시 듣는 입장에서 기분이 나쁘지는 않았을까?

직장 생활 동안 나는 진심으로 함께하고자 하는 마음이 없고 강제적으로 참석해야 하는 회식이 너무 싫었다. 사원이나 대리 시절에도 갑작스러운 회식이나 회식 자체를 싫어했다. 솔직히 술을 좋아하지도 않고 잘 마시지도 못하며, 조금만 먹어도 얼굴이 금방 붉어진다. 그리고 내가 주도해서 소규모로 회식을 하게 되면, 반드시 개인 돈을 사용했다. 그냥 회사 돈으로 회식하는 것을 싫어했다. 만약 회식이 업무의 연장이라면, 초과 근무 수당을 줘야 한다고 생각한다. 술값으로 주는 것이 아니라 돈으로 줘야 한다. 혹시 당신은 팀원들을 또 하나의 가족이라고 생각하는가? 솔직히 팀원은 가족도 아니고 성과를 위해 인위적으로 모인 집단에 불과하다. 그래서 회식은 업무의 연장이 아닌 개인의 선택 문제라고 생각했다. 누군가는 이런 모습을 보고 원칙주의자라고 말하겠지만, 어쨌든 회식에 대한 내 나름의 기준이었다. 또한 업무 활동비는 반드시 업무에 사용해야 하며, 회식은 업무의 연장선이라고 생각하지도 않았다. 그리고 퇴직하는 순간까지 내 생각을 지키려고 최선을 다했다.

회사에는 회식을 좋아하는 사람도 있고 싫어하는 사람도 많다. 누군가는 회식을 동료 의식이나 팀워크를 향상시키고 자신의 개성을 표현하거나 관계 회복의 계기가 된다고 말한다. 물론 회식을 좋아하는 사람들의 이야기다. 반대로 회식은 시간이나 체력 낭비에 불과하고 상사나 고참 중심의 강압적인 분위기에 재미가 없어서 하기 싫다고 하는 사람들도 많다. 게다가 MZ세대 직장인들도 회식을 싫어한다. 특히 상사와 함께하는 회식은 더 싫어한다. 그렇다면 그들이 회식을 이토록 싫어하는 근본적인 이유는 무엇일까? 무엇보다 함께하는 당신이 싫기 때문이다. 그들은 당신과 1분 1초도 함께하기 싫고, 이미 근무 시간에 충분히 함께하고 있다고 생각한다. 만약 그들이 당신에 대해 호의적이라면 분명히 다를 것이다. 어쩌면 당신의 집 앞까지 찾아와서 저녁을 사 달라고 말할지도 모른다.

개인적으로 함께하고자 하는 마음이 없는 부하 직원들과 회식을 하고 싶은 생각이 전혀 없었다. 나 또한 저녁을 함께하고 싶은 친구들도 많고, 하루 종일 업무에 피곤하기도 하며, 자칫하면 실수할 수도 있고, 아까운 내 돈을 내고 잔소리하고 싶지도 않았다. 게다가 회사 정책도 회식을 지양했다. 솔직히 퇴근 이후의 시간은 나만의 자유 시간이다. 가급적 진심을 이해하고 좋아하는 사람들과 함께 즐겁고 편안한 마음으로 회식을 하고 싶었다. 누구나 그렇지 않을까?

만약 직장 상사나 선배 등 누군가가 당신에게 회식 참여를 강요한다면, 그 사람은 직장 생활을 잘못 배운 것이다. 지금 시대와는 어울리지 않는 직장인이다. 어쩌면 당신은 오늘도 상사 때문에 10번도 넘게 퇴직을 고민했을지도 모른다. 그리고 소통이 잘되어야 회식의 의미가 생긴다. 혹시라도 회식을 통해 소통을 개선하겠다는 생각은 당신을 꼰대로 만들 것이다.

마음이 있는 곳에 사람이 있다. 만약 마음이 없는데 사람이 있다면 이 또한 분명한 갑질이다. 어쩌면 회식은 소통이라는 미명하에 벌어지는 또 다른 갑질인지도 모른다.

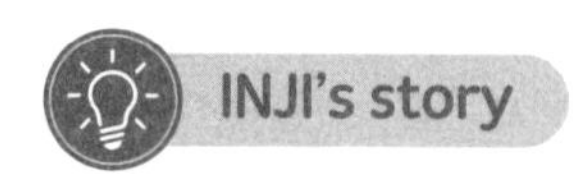

내가 말한 것을 다시 한번 말해 볼래?

회사에서는 당신이 말한 것을 상대방이 정확히 이해했다고 쉽게 생각하면 안 된다. 그리고 중요한 업무일수록 상대방이 정확히 이해했는지 반드시 확인을 해야 한다. 하지만 팀장인 당신이 부하 직원에게 "내 말을 이해했어?"라고 물으면, 돌아오는 답변은 "네!"밖에 없다. 가능하면 "내가 말한 것을 다시 한번 말해 볼래?"라고 묻고 부하 직원의 이해 여부를 정확히 확인해야 한다.

팀장 시절, 가끔 부하 직원들에게 했던 말이 있다. "도대체 왜 본사는 자신이 만든 자료를 그대로 점포 직원들에게 공유하는 것인가? 솔직히 배경 설명도 부족하고 이해도 안 되며, 내용의 경중도 잘 모르겠다. 그래서 자료는 공유되었는데 내용 공유가 안 된다. 만약 당신의 자료를 초등학생에게 설명한다면, 대표이사에게 보고한 자료를 가지고 그대로 설명하겠는가? 당연히 아닐 것이다. 그들과 눈높이를 맞추고 가급적 이해하기 쉬운 단어로 바꾸지 않겠는가? 그렇다면 지금 당신은 누구를 위해 어떤 목적으로 자료를 공유하는가? 혹시 상사가 자료를 공유하라고 시켜서 한 것에 불과한가? 어쩌면 그 안에 상대방에 대한 이해나 배려를 기대했던 내 자신이 이상한 것인지도 모르겠다."

또한 새롭게 부임한 대표이사님에게 회사의 방향이나 제언 등에 대해 글을 쓰고 직접 이야기도 할 기회가 있었다. "만약 대표님께서 중요하거나 시급한 내용을 직원들과 소통하고자 한다면, 단순한 자료 공유는 지양하시고 대표님의 목소리나 모습을 통해 직접 표현하고 전달해 주세요. 그래야 대표님의 의도나 목적이 오해 없이 정확하게 공유되고 직원들의 공감대와 실행력이 좋아질 것입니다. 특히 대표님께서 직원들과 처음 인사하실 때 사용했던 라이브 방송을 활용하면 더 좋을 듯합니다!"라고 말했다. 하지만 대표님은 "내가 나이도 많고 아직 라이브 방송에 익숙하지 않아서 어떻게 해야 할지 잘 모르겠다."라고 말했다. 물론 이해는 된다. 하지만 아쉬운 것은 방법이 익숙하지 않다면 다른 방법을 찾았어야 했는데 그렇지도 못했다.

도대체 왜 듣는 사람 입장에서 생각하고 말하지 않을까? 회사에서 지시하거나 말하는 사람들은 대부분 상사들이고 듣는 부하 직원들은 상사의 말을 당연히 이해해야 한다고 생각하기 때문은 아닐까? 혹시라도 '사장인 내가 이야기했으니 부하 직원인 너희들은 당연히 잘 이해하고 실행해야 한다.'라는 암묵적이고 강압적인 생각은 아닐까? 그래서 부하 직원들은 잘 모르면서도 이해하는 척을 해야만 했는가? 그래도 한편으로는 다행이라고 생각한다. 만약 내용 전달이 정확히 되었는지 확인하라는 대표님의 지시가 있었다면, 수명을 받은 주관부서는 전 직원을 대상으로 시험을 쳤을지도 모르니 말이다.

우리가 그동안 열심히 해 왔거나 할 줄 아는 것에 계속 집착하는 이유는 다른 방법에 대한 두려움이나 개선에 대한 의지가 부족하기 때문이다. 또한 직장인은 항상 도전이 두렵고 변화는 힘들며 배려는 하는 것이 아니라 받는 것이라고 생각한다. 그래서 소통의 방법은 다양해졌으나, 소통이 더 안 되는 신기한 현상을 목격하게 된다. 소통은 방법의 문제가 아니라 진심의 문제다. '진심만 있다면 우리는 반드시 함께하게 된다.'는 생각을 왜 하지 못할까?

Epilogue

직장 생활에 대한 일타 강사가 되고 싶다

2021년 말, 나는 운이 좋게도 21년간의 직장 생활을 자발적으로 정리할 수 있었다. 개인적으로 50살이 되기 전에 반드시 책을 쓰고 싶었다. 모든 것은 마음먹기에 따라 다르다고 하지만, 실제 실행으로 옮기기는 쉽지 않았다. 10년 가까이 준비하면서, 처음에는 아주 작은 의지로 시작했지만, 나중에는 감당하지 못할 만큼 커져 있었다. 이 책은 21년간 직장 생활을 하면서 좋은 일과 나쁜 일, 많은 인연과 복잡한 인간 관계, 회사에 대한 서운함과 불합리한 모습들, 수많은 사건 등을 경험할 때마다 솔직하게 기록했던 것을 바탕으로 했다. 그리고 10년에 가까운 기록은 어느덧 꽤 많은 내용이 되었고, 직장 생활을 하는 누군가에게는 분명한 의미가 될 것이라는 확신도 들었다. 또한 회사를 다니면서 글을 쓸 수도 있다고 생각했지만, 솔직히 그렇게 하고 싶지 않았다. 오히려 지금까지 준비했던 내용들을 가지고 세상과 한번 자신 있게 이야기하고 싶었다.

하지만 막상 해 보니, 글을 쓴다는 것이 얼마나 힘들고 고통스러운 일인지 절실하게 느꼈다. 누군가의 “글은 엉덩이로 쓴다.”라는 말이 전혀 틀리지 않은 이야기임을 몸으로 직접 확인했다. 또한 글을 쓰면서 생각과 감정이 뒤범벅되기도 하고, 왜 글을 쓰는지 후회가 밀려오기도 했다. 그러나 나는 이 글을 쓰기 위해 많은 것들을 포기했다. 처음에는 열정과 자신감으로 시작했지만 의지와 끈기가 없었다면 불가능했을 것이다. 지금은 마치 평생 사용할 수 있는 의지력을 전부 소진한 듯한 느낌이다.

이 책은 어제도 힘들었고 오늘도 불안하며 내일도 희망이 없다고 생각하는 직장인들을 위해 썼다. 그리고 그들의 가슴에 다가갈 수 있는 나만의 진짜 이야기를 들려주고 싶었다. 그래서 최대한 솔직하게 쓰려고 노력했으며, 조금이라도 도움이 되기를 바라는 마음으로 최선을 다했다.

개인적으로 직장 생활이 힘들면 배워야 하고 가능하면 선행 학습도 필요하다고 생각한다. 학창 시절과 같이 국영수 등의 과목이나 명확한 범위가 정해져 있지는 않지만, 직장 생활은 반드시 배우고 실천을 통해 습관과 실력으로 만들어야 하는 영역들이 있다. 하지만 아무도 가르쳐 주지 않고 정답이 없는 직장 생활에 우리는 답답함과 막막함을 느끼면서 살아간다. 그래서 결심했다. 만약 대치동에 일타 강사가 있다면, 나는 직장 생활에 대한 일타 강사가 되겠다고 말이다.

마지막으로 항상 옆에서 응원해 주는 와이프와 이 책을 기다리는 많은 지인들에게 감사함을 전하고 싶다.

2023년 마음이 따뜻했던 어느 날에